风雨广州湾

华轩 著

中国言实出版社

图书在版编目(CIP)数据

风雨广州湾 / 华轩著. -- 北京：中国言实出版社，2022.12
 ISBN 978-7-5171-4338-3

Ⅰ.①风… Ⅱ.①华… Ⅲ.①长篇小说—中国—当代 Ⅳ.① I247.5

中国国家版本馆 CIP 数据核字 (2023) 第 003391 号

风雨广州湾

责任编辑：郭江妮
责任校对：张馨睿

出版发行：中国言实出版社
　　地　　址：北京市朝阳区北苑路180号加利大厦5号楼105室
　　邮　　编：100101
　　编辑部：北京市海淀区花园路6号院B座6层
　　邮　　编：100088
　　电　　话：010-64924853（总编室）　010-64924716（发行部）
　　网　　址：www.zgyscbs.cn　电子邮箱：zgyscbs@263.net

| 经　　销：新华书店
| 印　　刷：成都市兴雅致印务有限责任公司
| 版　　次：2023年4月第1版　2023年4月第1次印刷
| 规　　格：880毫米×1230毫米　1/32　8印张
| 字　　数：173千字

定　　价：78.00元
书　　号：ISBN 978-7-5171-4338-3

出版说明

湛江市坡头区建区三十多年来，在历届区委区政府的正确领导下，文艺事业不断发展，文艺队伍不断壮大，创作水平不断提高，出现了一批有影响的作者、作品。特别是新一届区委区政府成立以来，区委区政府的主要领导认真贯彻落实习近平总书记在全国文艺工作座谈会上的讲话精神，加强了对文艺工作的领导，从人力物力上大力支持文艺工作，使我区文艺创作出现了空前繁荣的景象，出了一大批较有质量的作品，在全市范围内产生了积极的影响，受到了上级领导和各界的好评。

为了展示我区文艺创作的成果，激励我区广大文艺工作者积极开展文艺创作，为人民提供更多更好的精神食粮，把我区建设成为一个文化强区，我们决定出版"湛江市坡头区文艺作品系列丛书"。

编辑出版"湛江市坡头区文艺作品系列丛书"是一项浩繁的工作，为了把这项工作做好，使"丛书"在我区社会发展和精神文明建设中真正发挥其应有作用，我们成立了专家组，认真把好入选丛书的作品质量关，同时认真做好出版计划，让更多的优秀作品尽快面世。也同时诚恳希望有关专家给予指导和帮助。

湛江市坡头区文学艺术界联合会

七子之歌·广州湾

东海和硇洲是我的一双管钥,
我是神州后门上的一把铁锁。
你为什么把我借给一个强盗?
母亲呀,你千万不该抛弃了我!
母亲,让我快回到你的膝前来,
我要紧紧地拥抱着你的脚踝。
母亲,我要回来,母亲!

(节选自闻一多先生的《七子之歌》)

浣溪沙·游法殖风情街感怀

曾经风雨障凄迷,旧署残楼日影西。故迹荒痕挂薜泥。

国在每多亡国恨,有家酷似丧家鸡,广州湾里乱鸿啼。

——作者题记

序

一段历史的画卷

郑晓晖

华轩先生的《风雨广州湾》在风和日丽中付梓了。我祝贺他！

我和华轩先生曾是同事，而且是在同一单位的同一部门工作，虽然时间不长。我知道他是个忠厚老实不喜高谈阔论的人，却不知道他还是个能编故事能写小说的文学好手。直到他的《风雨广州湾》获得了湛江市的"文艺精品扶持奖"，并且他顺利加入湛江市作家协会后，我才知道他和我一样对文学有着同样的爱好。

说他能编故事，摆在我案头的这一本不太厚的长篇小说就是最好的明证，里面有不少精彩的恩爱情仇的故事，很引人入胜，读者诸君不妨慢慢欣赏。

这本书不仅是一部靠作者费心思编成的长篇故事，还是一段不平凡历史的画卷。

作者是以南二和南三岛的一段历史为线索，以鲜活的人物形象，具体生动的故事情节，再现了那一段历史的风云。

"广州湾"这个地名，有两个含义，一个是指大清地图上清清楚楚标明的地名，指的是广东吴川县南三都（即今之南三岛）的广州湾村坊及其附近的洋面。二是指1898年4月22日法国军队在南三岛的广洲湾登陆，然后不断向四周扩张，强行向清政府租借并以"广州湾"命名的地域，水陆面积是南三岛广洲湾的100多倍。它包括了现湛江海湾两岸的原吴川县和遂溪县的部分地方。海湾东岸的部分属原吴川县，包括了南一都、南二都（现坡头、乾塘两镇和南调街道）、南三都（南三岛和特呈岛）和南四都。这个广州湾因为"租借"给法国人统治，就有了一段不同于祖国其他地方的历史，广州湾人民就受到了不同于别的地方的残酷统治和压迫。从法军在南三岛广洲湾登陆的那一天起，法国统治者就受到了南三南二人民的强烈反抗，并且这个反抗一直没有停止过。《风雨广州湾》反映的就是法国人统治广州湾时期发生在南二南三这一带的故事，书中的一些具体的事件和人物，都是真实存在的。如南二南三人民为反抗法国广州湾当局推行"人头税"而喋血"三月三"就为史书所记载，位于坡头镇九有岭的抗法五烈士墓园现在成了爱国主义教育基地；郑香山及他的白头贴，在坡头地区广泛流传，并被收录入官方的文史资料；法国广州湾当局的铁杆走狗"一撮须"在坡头地区也臭名昭著，至今为人所唾弃；书中的一些人物（名字稍作改动）我在少年时曾识其面、知其事。另外，书中所述的一些风土人情，也是当年世态的再现。因此，打开这本书，似乎时光在倒流，一幅风云激荡千姿百态的历史画卷就呈现在我们的眼前，里面有着海湾的腥味、田野的稻香、利益的冲突、宗亲的深情、男女的情爱、民族的统治与抗争，读来令人感慨万千，唏嘘不已。

　　据我所知，《风雨广州湾》应该是坡头地区第一本反映法国统治广州湾时期南二南三斗争历史风貌的小说。如前所言，书中很多事件和人物一直以来就在民间流传，但能把这些人和事串联起来，并进行艺术再创作，使之有着鲜明的主题，塑造了鲜活的人物形象，反映了当年的社会生活，不能不说，这是作者长期深入生活收集素材、用心挖掘史料、精心制作的结果。一个年过花甲的文学新兵，在退休之后不长的时间里，能拿出一部这样具有一定艺术水准的作品来，实属难得，因此，对本书的其他方面事情，我实在无法有过多的苛求。

　　因为我们曾共事过，所以华轩先生叫我为这本书写几句话以作序言。盛情难却，但我无力为之，只好把心里所感的话与读者诸君共享，作为作品的介绍吧。

（本文作者系原湛江市坡头区第一中学校长，现任坡头区作家协会主席）

目录

一 001
二 006
三 009
四 015
五 017
六 021
七 028
八 032
九 035
十 042
十一 048
十二 054
十三 061
十四 066
十五 069
十六 073
十七 078
十八 082
十九 088
二十 090
二十一 098

二十二	101
二十三	104
二十四	107
二十五	113
二十六	117
二十七	123
二十八	127
二十九	131
三十	135
三十一	141
三十二	146
三十三	151
三十四	156
三十五	163
三十六	168
三十七	174
三十八	179
三十九	184
四十	190
四十一	195
四十二	202
四十三	206
四十四	209
四十五	215
四十六	221
四十七	224
四十八	229
四十九	237
五十	241
五十一	242

一

　　南海边陲，有一条颇有名气的大江，叫鉴江。鉴江发源于广东的信宜、高州，一路汇集众多溪水涓流，渐成大势，奔流南下，经化州，过茂名，穿吴川，江面逐渐开阔，浩浩荡荡，冲出海门，与南海相拥。鉴江夹带五百里流沙，历经不知几千几百年沧桑巨变，以它丰富的沉积，扇形推出下游百里小平原。土地肥沃，物产丰饶。在出海口处，江水与南海风浪共同作用，使河体一度摇摆不定。上游冲刷下来的巨大流沙，堆积江口，东南风鼓动的南海巨浪又将它推上西岸。西岸的沙越积越多，逼迫江体慢慢向东移位。然后海风、台风再用它威力无比的力量把岸上积沙西移，先形成三柏长坡及乾塘一带沙岸，再搬来梅魁、三片一线沙洲，最后又有了南寨、沙城一片连绵不断的沙丘。这三处流沙成带状分布，其间即夹着两条河流，东面一条叫梅魁江，西面一条叫北戈江。由北戈江往西约五里，地貌忽地截然不同，由南往北尽是一望黄泥大岭。黄泥岭间又夹着一条江流，叫米稔江。这江流自北蜿蜒流来，绕过一条渔村，突然一拐向东，在下游换了个名，叫乾塘江。因位置处于梅魁江、北戈江之西，所以当地人习惯上不分米稔江乾塘江而通称它西江。西江与北戈江、梅魁江在出海处三江汇合，一阵汹涌拥抱旋转后，融为一体，同奔南三大江，分别向东西两头流去。东流的一股即与鉴江大汇合。时而波涛跳跃，像个从未出过远门的小孩突然进了闹市，欢快蹦跳着融入大海。时而狂奔跌宕，像一群勇于格斗的悍夫，轰动成千上万激愤之众，狂呼怒号，汹涌翻腾，冲向大海，似乎要与天地作一番殊死搏斗。

三江口对面，南三岛横琴一般架在面前。

这样一个江海交汇的地方，是海产最丰富的地方了。当地人在南三大江上竖起网门，张开大罾，挂起围网。等海蜇，装虾蛋，网鱼罾虾。在海滩上刮螺、耙蟹、捉鳝、挖泥丁、钓地龙。世世代代靠这片海谋生。

西江上游拐弯处那条渔村，叫埇田村。这里地处海尾，水不是很深，但常有帆船停泊或溯流而上。由于江面渐窄，帆船到此不能借风前行，只能卸下风帆，用竹篙一篙一篙向上游点去。

村上不知什么时候起，就有了六条渔船。有篷没有帆那种，本地人叫"索罛"。每条船上又都有六条汉子，他们都是船的主人。海滩上围网，是他们的本业。每月自十二起，潮水越来越大，直到廿一二，海水能把远近海滩全部淹没，这便是围网人最佳作业潮期，这差不多十天的时间，他们称之为一水海。到廿三开始，潮水渐低，海水不能上到海滩，他们只得起网上岸，回家补网染网晒网。要到廿七八，小潮过去，大潮渐起，这叫流头起了，他们又要出海，至下月初七八，这又算一水海。这样每月两水海，每天两个流水（潮汛），这些赶海人随着潮流作业，不像耕田人那样日出而作日入而息。他们常常起五更睡半夜，难睡个囫囵觉。一日三餐或迟或早，总跟着潮水转。由于作业海滩离家较远。在一水海期间，除非卖鱼顺路，很少能回家。十天时间，吃住在船上,海水里泡,太阳下晒,海滩上摸爬滚打。他们几乎穿的都是批头短裤,开胸布褂。短裤是那种俗称裤头的大囊短裤。裤腰上一色的镶上一段白布。新做的裤这段布肯定是皎白皎白的,但现在都已经黄成泥浆一样颜色了。有的斑斑驳驳满是补丁,有的皱巴巴的咸菜一般。一条灯芯绳子便是裤带,裤带一头系上个方孔大钱或一块下品玉石。一头结个圆圈。裤带往裤腰的白布一围,将大钱或玉石穿过布带上的圈圈,然后将白布往下翻,包住裤带再翻两下,不勒腰又耐饿,干活带劲。布褂上虽然缀有六条木虫一样的布纽扣,但很少有人扣上,敞开着襟胸似乎更有汉子味道。在海上穿布褂似乎只是一种礼节需要。可是在海上却很少有礼节可讲。他们大多光着上身,甚至赤裸着全身。所以个个面目黧黑,浑身上下一个颜色,即使衣服遮掩过的地方,也没半点稍白处。

上一水海收获颇丰。他们昨夜围过一流海,早上瞅空赶回,刚刚祭过庙神,答谢过神恩,又准备动身出海了。潮水慢慢上来了,他们必须赶在潮平之前,到海部挂网。现在船上六条汉子,一个指挥,四个分排两边划船,一个船尾摇橹。六条船赛龙船一般出发了。每只船上四支桨一把橹,搅动一江浑水,船儿箭一般飞去,就像六条蛟龙,前追后赶,咬尾前进,吓得沿江捕食的鸭群扑腾腾四处乱飞乱扑,懵懂中终于弄清那些庞然大物的去向,才惊惶地向着波飞浪卷的相反方向游去。

海部是靠南三岛北面的一片望不到边的海滩,汊沟四散,海滩却一望平坦,做海人惯称这一带为"散尾"。潮水已经涨平,六条船远距离拉开。用竹篙定好船,船上的人迅速脱掉褂子批头短裤,赤条条跳进海水里。这时这里的海水一人多深，水面上隐隐约约看得见一排木桩尖儿，每隔5米左右一条。人只能游水前行，到了桩边，扶着木桩往下一沉，用脚趾勾起一条网纲，把网纲挂在木桩的小叉上。那是昨夜退潮时埋下的网，网一张张连起来，沿着海滩一直伸到遥远的地方，远到十里八里。网很快挂起来了，跟着潮水近岸觅食的鱼儿正玩得高兴的时候，归路已被截断。海水慢慢退下去，不时听到扑通扑通的鱼跳，挂完网回到船上的汉子们，仍然一丝不挂。他们身上的海水还没有晾干，短裤布裋还不能穿上。听着鱼儿跳出的水响，预感这趟海又必定丰收，心里就有股甜味儿。

海水很快退去。看得见有粼光闪动，那是离了水的鱼儿。它们或蹦跳在网上，或挣扎在浅水里。捡海的人越来越多，男男女女，老的少的，背鱼篓，戴斗笠，男的袒胸露背，女的高卷裤筒衣袖，看着蹦跳的鱼儿，个个蠢蠢欲动。

有几个挂完网的汉子，由于离船远，来不及上船，只好赤裸着下身，在人群中来回晃荡着，恶狠狠瞪着一双虎眼看人。他们腰上别着个硕大鱼篓，一面捉鱼捡鱼，一面驱赶着抢鱼的，粗声恶气，操祖宗骂娘，口上跟此时的身子一样没有半点遮拦。捡鱼的人中有妇女，有姑娘，看着听着，没有半点不好意思，只盯着那鱼，那虾，乘人不备，飞快捡起，塞进鱼篓里。捡海的越来越多，密麻麻把汉子们围了个半圆，身挨着身，汉子一只手终是快不过几十只手，鱼都进了别人篓里。于是一阵发狠，用力一推，男男女女向后跌倒一片。站得起来，一个个已经满身泥巴。斗笠坐烂了，鱼篓压扁了，于是骂声四起。

一个水没有退尽的浅水塘里。几个汉子正光着全身跪着摸鱼,时不时甩出一把烂泥,警示那些抢鱼的。捡海的人多势众,无所顾惧,逼近汉子乱摸。摸呀摸呀,你摸着我的手,我摸着你的手,以为是鱼,一捏,看看对方,松开手,继续摸。

鱼在浑水中乱窜,忽而碰在这人小腿上,忽而撞在那人裤囊下,引起头颅磕碰肩膀抵牾,左左右右一阵乱摸。看样子知道准有大鱼了,鱼罩、鱼铲、网兜一齐冲过来,横扫竖拖哗啦啦一片水响。

摸着摸着,子善的手让谁捏了一下,以为抢鱼,狠狠回捏一下。没想到是个姑娘,腼腆地笑笑。姑娘也笑笑,笑得有点别样。

"叫你捏。"姑娘捏了个小泥丸,弹在子善脸上。子善不在意,把泥丸拿下,自顾捉鱼。

大田一边看着,窝着一肚子火,心里直骂子善是个蹲着拉尿的。蹲着拉尿的是女人。在大田眼里,子善真不是条汉子。

忽然有人吵起来。"别拉,那是我的……"仁源的声音。那处被捏得疼痛,急忙用手护住,在泥水里用力往回拉。

"什么你的,我抓到了就是我的。"是妇女的声音,样子在紧抓不放。

仁源坐在泥水里大叫:"哎哟,你疯啦……"妇女用力猛拉。仁源痛了,仍坐在水里不敢露身。相持了一刻钟。妇女突然觉得不对劲,松开手。以为抓到了的不是鱼就是鳝,可两人手里啥都没有。众人突然顿悟,"轰"一声全笑倒了。这样的浑水摸鱼,常是摸出尴尬,摸出笑话。

二

这流海比上一流海更好。六条船的所有鱼箩都装满了。鱼箩不够用，只好放散舱堆着。船上散发着喜悦的鱼腥味。

饭已经做好，一只大瓦煲满满的一煲番薯饭，一只煲是满满的鱼虾。番薯饭的香味和着鲜美的鱼汤味，在每只船的上空里打转。

六个人一齐围过来，倒了半碗鱼汤，咽咽地仰头就灌。

这是5号船。船上六条汉子只有两人穿着裤头，其余的仍然光着身子。光着身子吃饭，他们习以为常。身上没有冲过淡水，咸水味加上浑身腻腻的样子，穿着衣服一点也不舒坦。况且他们都是有了老婆的，觉得身上再没有什么稀奇之处，你有我有大家有，司空见惯。穿着裤头的两人一个是子善，一个是大田，都还没有老婆。子善今天负责煮饭，所以裤头一直穿着。子善虽说是汉子，看上去真没有汉子那点血性，说话总是温温柔柔，有点像深闺小姐。动作也是慢悠悠的，火烧到自家屋梁，走路还是一步不乱的那种。三十六人中，数他年轻，也数他阅历最丰富。他读过私塾，能文会说。走过江湖，当过学徒，在苏杭铺里操过剪刀卖过布，所以算盘打得飞快。人情世故十分精通，话中带理，得体通情，所以颇让人喜欢。也许是年纪还轻肉还嫩，皮肤越晒越红，经霜的苹果一样，跟别人通体黧黑大不相同。加上对付捡海的下不了狠，骂不得人，眼睛越是瞪人越觉得可爱。一次，他学着大田仁源他们圆瞪眼，高声喝，猛跺脚。那些捡海的姑娘不怕也就算了，反而讥讽似的朝他笑，丢媚眼，这让他十分懊恼。懊恼归懊恼，面对这群人，却始终凶不起来。那些捡海抢鱼的也就觉得他好欺负，尽围着他进攻，就差没把手伸进他鱼篓里。刚才那女的敢捏泥团弹他，算是对他的个性摸透了。

除了子善，每个人都吃得挺快，三两条鱼连同顶到鼻尖的那碗薯饭，没几下，风卷残云般全进了肚子。这样狼吞虎咽了三四碗，打了几个饱嗝。有人便将筷子伸到别人的下处，轻轻一夹。那人痒得一跳，筷子便"嗑"的一下向他脑门飞磕过去。众人一阵笑。这是船上人常爱开的玩笑。要不就拖过水烟筒，咕咚咕咚的，腮帮一阵鼓动，悠然品一下土烟滋味。然后就把倒在仓里的小鱼装进大木桶，撒上粗盐，加点海水，准备腌它一夜，明天放篷顶曝晒，晒干了分给大家。之后又开始安排卖鱼、埋网的活计了。

每条船今天两担鱼，每担鱼两人叫卖。之所以要两个人，一是路上可以轮换着挑，二是卖鱼时一人操秤一人收钱，互相配合。还可以互相监督，防止使乖弄巧，徇私贪吞。两人中又须有一人精于计算。那时市集乡村有使用十六两秤的，有使用十两秤的，买卖场中常常要在十六两秤和十两秤间互相换算收钱，非头脑清醒精于此道者往往晕头转向。做买卖的，许多常常为此受人戏弄遭人耻笑不算，还会吃尽秤头上算盘上的亏。

鱼要赶鲜卖，所以船将人送过南三大江，挑鱼的便一路夹着响屁，一路小跑。另一个即在后面颠着屁股追。附近有几个圩场。但圩期相错，或一四七日，或二五八日，或三六九日，天天都有圩日，所以白天的鱼多是挑到圩上卖。晚流（夜潮）捉的鱼，天已近夜，就只能挑到乡下卖了。晚上八九点钟，常常听到"卖鱼啊""卖鱼啊"的叫声，那是他们卖鱼来了。当然，这个时候他们的批头短裤开胸短褂必定已经穿着齐全，而且已经在有淡水的地方洗去了身上的海水味和汗臭味，头发也拨拉得有模有样的了。

夜晚卖鱼的多半是有了老婆的，他们有家有室，妻子儿女要看一看，家里活计要理一理，趁着卖完鱼的机会，夜里回家见一见老婆，谈谈东垌的禾西园的菜，说说几天不见的思念，也希望老婆软软地朝脸上扇两下，酝酿点小别的感情，然后倍加亲热地滚上床。完了，就说着船上海鲜如何有功力的话题，然后就你不理我我不理你，各自睡去。

这条船上没机会卖鱼的，自然是两个没有老婆的汉子了。他们留在船上，上岸挑淡水，破柴。又要赶在涨潮之前把网埋好。忙活了几个钟，月亮已经升上天空。回到船上，两个人开始有一句没一句地搭讪。还没有老婆的汉子，话题总离不开女人。子善问："大田，给我甩泥的姑娘如何？"大田瞪圆了眼，吃惊地说："你好家伙啊，原来心甘情愿让人砸泥，是看上人家了。""看上又有什么用？说说而已。"大田说："那女人是不错，四平八稳的，是棵好苗。不过眼里总像有团火，吵架倒是把好手。""我不这么看，眼里有火，看人忽闪忽闪的，燎得人脸都热起来，我倒觉着亲热！""哇，好家伙，有情了，怪不得呢。等富哥、仁源回船，告诉他们，也让他们乐一乐……"大田说着说着，喉头里却像有水咕噜咕噜打着滚，声音渐渐有点含混不清了。

"别！别告诉他们。跟咱不是一条船的，传开去惹人笑话。跟你开个玩笑,你倒认真了,鬼头。"推推大田,原来睡过去了,鼾声渐大,猪一样嚎了。

　　子善还没有睡意,转身从舱底一个菅草包里摸出本《八才子花笺》,坐出舱外小声唱起来:"起凭危栏纳晚凉,秋风吹送白莲香……"他唱的是吴川木偶词,这唱腔两句一节,前一句唱得较快,后一句拉得很长。吴川木偶处理同一句词用不同腔调,可以唱出不同情调。子善现在唱得很凄婉,心里有根蛛丝牵着,拉不开,扯不断。他越唱声音越高,唱声在夜空里漂泊,好像在对岸碰了一下,又好像在这边树林子里晃了一遭,醉汉一样四处乱撞。唱到凸月西沉,水光潋滟,才悄悄停下来。望望大田,大田正睡得深沉。

　　远处有点点渔火在跳,鬼火一样。四周朦朦胧胧的,海面上星星点点的粼光,贴在一起一伏的海浪上,夹着眼睛涌向近处。离涨潮还早,海滩上到处是叽叽唧唧的怪响,偶尔有海鸟吱一声掠过。在这样的夜里,子善感到太孤独了。

三

　　时已五更,昨天卖鱼的,早早就来到村前埠头。昨天已经约好,这个时候有船接他们。

　　海水静静的,一片泛白。二十的弦月,黄得像将息的炭火,孤零零的投在江面。

　　刚站定,葭苇林里倏地射出一只船来,晃动一江星月。

一声咳嗽，几个人立刻认出是六哥。六哥五十出头，身材高大，眼神淡定，顾盼有神，黑夜里依然能看得见他眼里的闪闪流光。

六哥是船头，领导着这个船队。虽是领头，样样事亲临亲办，起得比别人早，睡得比别人迟。北风呼啸的夜里，下海挂网。年轻人耸肩抱肘，缩成一团。他脱掉衣服，扑通，下水了，干脆利索。年轻人只好跟上。昨天下乡卖鱼的不能当天回船，为了让大伙儿多睡会儿，他独自摇橹回村接人，这样他要比别人早起两个多钟头。

"六哥，你看谁来了？"

人群中走出个高个子来，精瘦精瘦的。六哥立刻上前双手握住那人的手，说："是师傅啊，看走眼了，昨夜在书房过夜的？"

村里人把私塾叫书房，村里的书房设在广圣庙里。自从村里有了功夫馆，广圣庙白天是书房，晚上就有人在这里习武。庙里两间厢房，东面一间住着私塾先生，西面一间就是武馆师傅留宿的地方。师傅是吴川人，叫李明芳。别看他人长得精瘦，力气可不小。一次一条壮实的黄牛追着撞人，情急之下，叫来了李师傅。李师傅当头截住黄牛。黄牛一吼，头一低，两只角向他横扫过来。李师傅横跳一步，抓住一只牛角。黄牛脖子一横，另一只角呼地一挑，李师傅腾出一只手来又把这只牛角抓牢。上马一步，横腿锁住两只牛脚，两手将两只牛角用力一扭，"扑"一声巨响，牛倒地了。师傅与人演武，动作灵活，猴子一般。出手快如闪电，拳头在你额上一晃，以为打在眼上了，手急忙往上招架，谁知肚子却挨了一拳。所以当地人无不佩服他，称他"鬼手"。

李师傅跳上船,说:"跟鸿德先生在私塾过了一宿,今天过南三卢师兄处。知道早上必定有兄弟回船,所以叮嘱他们叫一声,坐顺风船来了。"

"难得到船上来,过两天再走。"大家七嘴八舌说。

上了船,大家各操家伙,划船摇橹。六哥拉过李师傅说:"别管他们,咱们睡去。"两人钻进船舱。不一会儿,鼾声响起来了。

过了三江口,摇过南三大江,看得见海面上的"流渣"已经慢慢向岸上漂,潮已经涨了。海面上那些浮着的海苔、树叶、咸苗叶、垃圾,做海人叫它"流渣"。"流渣"的流向是做海人判断潮水涨退的标志。

李师傅被一阵声音惊醒。不知什么时候,船舱里头脚颠倒睡满了人,都叠勺子似的侧着身,这人的鼻子尖抵着那人的屁股尻,香香甜甜地打着鼾,鼾声时高时低。李师傅不习惯,起来了。坐在晨曦的薄雾里翘望着海,对海充满着好奇。大江两边巨大的网门上还亮着桅灯,那是警示来往船只避开网门行驶的。一张巨大的竹排,由粗大的大头竹横一层竖一层多重叠架而成,平平稳稳,如同平地,没有个七八级大风很难摇动它。抽罾的正放动辘轳,罾网随着嘚嘚嘚的声响徐徐下降,很快没入水中。排上的、船上的伙计一样的在晨风中干咳着,伴着咳声的是水烟筒的咚咚清响。早晨的大海,如果没有此起彼伏的咳嗽声,一点生气都没有,是死一般的沉寂。

忽然一阵"哒哒"的响声,李师傅举手撩额,似要拨开薄雾。只见一艘白色的小舰艇徐徐而来,上面扬着一面红、白、蓝的三色旗。舰艇越来越近。船两旁围栏边站着几个肩别蓝布带、头戴蛋壳帽的兵。中间一个个头特高，勾鼻子蓝眼睛。穿着与众不同，一身土黄衣服，上衣累累赘赘地挂着四个口袋，肩头上贴一个牌子，上面好像缀着些什么。袖口上还有一圈红布条。裤上沿腿边镶着红布，笔挺挺的。几个人中唯独他没别蓝布带，鹤一样立着，脸上笼着杀气，正游移着头向两岸巡睒。右边站着个厚嘴唇、紫皮肤、戴着尖顶笠，看上去与前面几个兵有点不同的矮个子，正嘟嘟噜噜地跟高个子说着话。一个仰着脸，一个俯着头，仰着的脸正好接着飘下来的唾沫，矮个子却怡然自得，边说边哈哈哈地笑着。

子善也醒来了，钻出船舱。见了小舰，说："法国鬼从白瓦特城巡逻来了。"

"什么白瓦特城？"李师傅惘然。

"白瓦特城很多人不知道，就是法国人说的西营。也就是海头汛一带埠头街坊。白瓦特本是法国的一艘军舰名称。法国人强租广州湾后就将海头汛埠头街坊命名为白瓦特城。地租过来了，连名都改了。野心不小啊。这艘小舰艇经常在江上巡逻，过一会儿，人就进'鬼楼'里了。"子善手指着江北岸一栋四四方方箱子一样的三层洋楼。

"鬼楼？就是法国人的炮楼、营盘？"李师傅问。

"对，我们湾东一带，这样的鬼楼就有四处。先是麻斜有，后来是坡头圩有。我们的乾塘有两处，一处在高岭儿，一处在三窝。喏，那就是三窝的鬼楼。法国人在光绪二十四年以接收广州湾领地为名，几艘军舰在南三靖海宫红坎岭一带登陆。广州湾原本小得很，不过是南三红坎岭一带村坊几条村庄。听说法国人先是以停船趸煤为由向清政府提出租借。

没等清政府答应，几艘军舰已经先行登陆，并在村坊一旧炮台上升起国旗并竖起'中国南营'大旗，鸣礼炮21响，以示庆贺。进而占领北涯头、麻斜嘴、海头汛。哪里把清政府放在眼里。倒是当地人有志气，看到法国人上岸打桩树柱，搭营房，建灯塔，俨然以主人自居，还四处抢粮捉鸡，戏弄妇女，完全一派强盗行为。非常愤慨。便组织起队伍，驱赶法国佬。南三田头的武秀才陈跃龙、霞瑶村文秀才陈竹轩等发动乡民行动，誓死抗击，才把法国人镇住了。法国人逃到船上，为了给当地人一点颜色看看，连向陆地放了几炮，那炮可真能吓人，'轰'，连黄牛都蹦起数丈。可当地人就是不怕，以后见了法国佬就赶。倒是地方官员急了，连忙上报清廷。你说可笑不？人家早已蓄谋占领这一带地盘，可清政府的官员们还不知道广州湾在哪里，围着地舆图团团转，跟着才派员南下实地勘察。法国人哪里满足于一个小小村坊，哪里是为了'停船趸煤'？于是继续向西向北扩张，军事威胁在先，横蛮租借在后。提出租借遂溪、吴川约2925平方里水陆面积的要求。并且把'广洲湾'改为'广州湾'，一字之义，野心尽显。法国人有坚船利炮，清廷不愿意也不行了，所以就把我们20万同胞连同三千里江山送给法国人了。都三十多年的事了。三千里啊，现在的广州湾，不再是几条村坊，而是北至调顺岛、吴川九有塱大岭，东至吴川高岭儿、乾塘，南至南三岛、硇洲岛近海，西至遂溪通明港、赤坎鸭㙟港一带大片广阔陆地海域。你我语言同源，都是吴川话，毗邻而居。你们吴川在'唐界'，我们南二南三却在'洋界'了。本同是吴川县治下，如今已是华洋两界。梓里乡邻，反而天涯相隔一样，天各一方了。哎！"子善摇着头。

"南三地理位置倒是非同一般。"李师傅说,"法国人对这一片海域早已垂涎三尺。你看南三岛东有东门口,西有西门口,海上锁钥,险要天成。先说东门口。那里是鉴江入海处,水深浪恶,航道怪异,险象深藏。不熟悉那一带水文,一旦闯入,就有船毁人亡之险。所以只要稍作防守,便可安然。法国人精明得很。你刚才说的'鬼楼',当是乾塘三合窝埠头边的营盘炮楼了。只要在这炮楼里架起几门大炮,便可轻松守住海门。北有高岭儿炮楼,俯视鉴江江面,东可望吴阳沙角旋,南可控出海江口,北可觊觎黄坡梅菉。那里视野开阔,四面一览无遗。风吹草动,逃不出法国人的眼皮。再说西门口。西门口西有东海岛拱卫,南有硇洲岛屏障,水深浪静,巨轮可以畅通无阻。由此北可进海头汛、赤坎港口,溯流而上还可达官渡石门。南可通香港、海南,西可通安南、广西。水运畅通,出入便利。经商可以来去自如,驻守可以坐镇三方。所以法国人在硇洲、东海岛、西营等地也筑有炮台,以重器镇守,稳扼南海大门。再看眼前这条南三大江,西可达麻斜、西营。东可控乾塘、鉴口。只需一艘铁舰东西游弋,便可两地照应,可说是地利占尽。法国人深谋远虑,已做长久打算。可叹清政府对这样一个边陲重地,视而不见,倒让人阴谋强占,签订租期九十九年。如今国民政府也是爱莫能及,只能跌足兴叹了。"

"李师傅深知此中三昧,可见师傅对这里十分留意。"子善打心里佩服。

师徒两人谈兴正浓。一看海面,原来已经流速减缓,"流渣"已经荡到了岸边,在岸边一上一下地涌动。

四

微风正助着小浪,在船边轻轻地跳,轻轻地撞着船底。这是做海人最熟悉最亲切的声音,它有时是催眠曲,有时是时辰钟。这要看你什么时候听它。现在六哥听到它了,是时辰钟的响声。六哥醒来了,他一声咳嗽,全船的人醒来了。六哥一声"挂网啰!"。船上舱板一阵响动,全船人都起来了。附近那条船也陆续有咳声回应。"挂网啰!"这呼声一直传下去,在晨曦里嗡嗡地传送着,回荡着。

太阳上来了。海面上淡红的晨光摇动,有海鸥静静地飞。忽然网外十多步处一串水泡向网这边移,水泡不断地冒,水泡欢快地跳,像一对情人玩着肥皂沫,越来越近了。

大田静静盯着。他知道,眼下是秋分时节,他知道那是什么东西。大田跳下海,向水泡游过去,拦头立定了,头一沉,一下钻到水底。忽地,提起一对沉甸甸的东西来,深绿色,一大一小。小的还骑在大的背上,死死地抱着不放。

大田举着那对东西往回游。

有人高叫:"好彩头,抓了鲎了。"

大田捧着鲎往船上放,鲎脚挠着舱板,咯吱咯吱地响。李师傅细看那对东西,长得古里古怪。一头尖一头半圆。半圆的一头像半个大钢盔,尖的一头如三角形的铁甲。"铁甲"两边长着一排寸来长的刺,底下长着六对带扇叶的短腿,短腿根部是一些不停扇动的软片,本地人说那是鲎叶。鲎尾上拖着条三棱瓣。其状如剑,"剑"边上也长有短刺。盔盘下藏着六对硬邦邦伸屈笨拙的带钳子的腿,也长着刺。可说是一身盔甲,身怀利器,全副武装。

李师傅说:"海边人虽然都熟悉鲎,我是分不出它的头和尾。子善,哪儿是头?"

子善说:"眼肯定长头上,看眼在哪儿?"

"在三角一头?"李师傅问。

"不,在半圆一头。"

"半圆一头是个钢盔,光滑滑的,眼在哪呀?"

"在这儿。"子善朝"钢盔"上一指。原来"钢盔"两侧都有道不显眼的棱,棱下有个淡淡的半透明的点。不经指点,谁会相信那是眼睛!

大田甩过一句:"所以海边人骂人不长眼睛,常爱说'看你那双鲎眼'。"

"哈哈哈,看来我是鲎眼了。"李师傅仰头大笑。

"啊,失言了,失言了!一时失言,李师傅见谅。"大田自觉鲁莽,脸顿时红起来。

子善连忙岔开话题说:"这东西也太有情了,抓住一个,另一个总不愿松开,要死就死一块儿。难得!"

李师傅说:"你说错了,这一点,你还不如我。你抓住公的试试,那母的不跑才怪!这回是让你歪打正着,刚好提着的是母的,所以那公的死抱不放。双双就擒了。"

子善说:"世上万物皆有情,人为万物之灵,一个情字,更不是万物可以比拟的了。"

"鬼仔戏里唱得好,'多情未肯付东流,痴心直到死方休'。谁想到万物中还有这样死也要死在一起的情种呢?你看,离水都这么久了,那公的还不离不弃地抱着母的,死不放手,痴得可以。"李师傅说。

子善似有心事,默然不语。

"当下正是母鲨产蛋时节,所以公鲨陪着母鲨靠岸产蛋,没想到让逮住了。"大田回过神来,说,"时下的鲨,最肥不过了,母鲨全是蛋。正好,趁师傅在,中午劏了下酒,大家热闹热闹。诶,世界都是鲨蛋送烧酒瘾人了。洞房花烛夜,金榜挂名时,久旱逢甘雨,他乡遇故知。听说这是四味,我看还得加上一味,鲨蛋烧酒儿。"子善听了,噗一声笑了,说:"人家是四美,不是四味。要是四味,加你这一味,成了五味,酸甜苦辣咸都齐了。"大田见子善调笑他,一时找不到合适的话回应,便大声说:"诶,把鲨绑了,别让跑了,我挂网去了。"

子善只好上岸扯了根鲨藤回来,把鲨绑好,心里像做了件对不起天下人的脏事,怏怏的跟随大家下水挂网去。

五

网慢慢地露了头,鱼儿翻着银鳞,在网边急切地窜来窜去,扑通扑通往网外跳。成群海鸥翻飞着,呼叫着,追逐着。与海鸥呼应的是水边一帮帮的捡海人,他们翘首以盼,盼望海水快点退尽。海水退下一点,他们就向前逼近一点。他们指指点点，目光追逐着水面箭浪的鱼。手指戳着海滩上裸着下身的汉子，或讥笑，或低声咒骂。

子善挂完网，游回船边，用手掩住下边，快速爬上船，穿好裤头褂子，戴上船上人常戴的菅草帽，朝岸上望。岸上有位姑娘，孤单单地立在一个土埠上，让人很容易看到她。他一眼认出正是那天往他脸上甩泥的姑娘。她轻扶斗笠，正往船这边望。子善心中有了股甜味，摘下菅草帽，招了一招，向姑娘示好。姑娘向他扁了扁嘴。子善又晃了晃草帽。姑娘背过脸去，好像在笑，肩头在斗笠下不停地抖。一会儿又推开斗笠，匆匆地向他丢了一眼，眼里闪着波光。

子善醉了……

不知过了多久，岸上的人都快到船面前了。忽然，呼地飞来一坨泥巴，子善躲闪不及，稀泥不偏不倚刚好打在脸上，溅得满脸都是。这坨泥不是那泥丸，那泥丸来得温柔；这坨泥来得凶狠辛辣，砸在脸上，泥花四射，脸上火辣辣的。

人们没有注意，但有两个人注意到了。一个是那位姑娘。姑娘惊讶地向砸泥的人白了一眼，她知道砸泥的是村里的癞狗。一个是大田，他顿时大吼一声："谁欺负人？"说着向癞狗冲去，扬起拳头。

李师傅见要打架，急忙跳下船来，扑向大田，拽住大田的拳头，一把拉开。癞狗扯长着脖子大喊："兄弟们，快过来，要打架啦！"

这一声喊不要紧，四下里互相传唤。捡海的往日已经有了怨气，恨不得找个机会出口气。经这一喊，人像涨潮的海水，汹涌着向这边扑来了。

李师傅拽着大田退上船。

忽然捡海的有人抢在前边,说:"哎,那不是李师傅吗?咱们卢师傅的师弟!"

"管他什么,上!打!"癞狗在推波助澜。

"你们是沙凹村的弟兄吧?我到过你们村,访过你们卢师傅,算是相识。明天还要到你们那里去。大家不要冲动,各退一步吧!"李师傅大声喊。这一声喊倒真有作用,捡海的不再汹涌了。几个头颅凑在一起,像在低声议论,然后挥挥手。人渐渐散去。癞狗在狂跳,在大喊,头上那块癞疤在阳光下随着头的疯转忽闪着。他手舞足蹈地跳了一阵,见没人理会,只好悻悻地讨自己营生去了。

李师傅屈着食指朝大田脑门上狠狠一扣,说:"你呀,真不知天有多高地有多厚。现在是在人家家门口谋生,知道吗?是你逞强的地方吗?只要人家一声呼唤,全村人立马就到。打起来,咱人伤了不算,恐怕连船也回不去,连这一带围海的地盘都会丢的!小兄弟,出门人可要忍气为上啊!"

大田红着脸,喃喃地说:"子善也太没用了,哪里像个站着拉尿的……"

正说着,不远处人群涌动,群鸭一样涌向一个地方。接着传来一声声惨叫"哇!哇!啊!"

"糟!"李师傅料定十有八九打架了,不顾一切冲过去,子善只好跟着跑。分开人群,只见一个少年跌坐地上。细一看,少年面前一个大鲼鱼,地上淌着一摊血。葵扇一样大的鲼鱼扑腾着,少年喊声惨烈。再一看,原来鲼鱼箭一样的尾巴从少年大腿前面穿过,直透大腿那边。

鲼鱼尾巴有毒,扎人钻心的痛,何况穿透肢体。

人越涌越多,个个张大着嘴,瞪圆了眼。有人试图抱起鲌鱼往外拔，可是鱼体滑溜溜的，刚一动，鲌鱼又扑腾几下。少年哭喊得更加惨烈。

"只有将鱼打死再想办法。"说的人就用耙柄朝鱼头猛击。鱼没命地挣扎扑腾，少年痛苦大喊，几乎昏死过去。那人只好停了手，不敢再打。

"别拉，鲌鱼尾巴有倒刺，拉不出的！也别打，再打，要出人命了。"

少年"哇，哇，啊"地号叫，大汗淋漓，脸都黑下来了。"哑巴这回惨了。欢喜一场，以为碰彩了，死死抱着不放。谁知鱼一挣扎，尾巴刺进大腿了。"有人述说着。

大家大眼瞪小眼，就是拿不出办法。

子善转身奔回船，抱来砍柴的木砧、菜刀，推开人群，放下东西。李师傅知道他想干什么，走过去附耳说："刚才双方矛盾才过，万一有个差错，你如何担当？！""看他痛成那样，血流那么多。顾不得许多了！"子善把木砧放在哑巴大腿前，挖开泥巴，让木砧正好抵着鱼尾根，瞅准了，一刀下去，鱼尾断了。没了尾巴的鱼嘭里啪啦乱跳，泥水四溅。留在腿上的鱼尾，鱼刺慢慢收拢来。子善又把木砧抱到哑巴腿后，将穿透大腿的一段箭尾也截了。没有鲌鱼的挣扎，哑巴不再喊叫，只轻声呻吟着。李师傅急急奔回船上，拿来跌打药丸、演功夫用的红腰带，还捧来一勺水。

李师傅含上一口水，两手捏紧鱼尾巴。"扑"，一口水猛喷哑巴脸上。哑巴一激灵，李师傅往后一用劲，鱼尾巴出来了。

一道紫黑模糊的血肉带出，血淋漓而下。哑巴一声惨叫，昏死过去了。

"啊呀?"众人大叫,"快……"

李师傅再一口水喷过去,哑巴眉头跳了两下,一会儿,慢慢睁开眼,苏醒过来,高一声低一声呻吟着。

姑娘拨开人群,一会儿走到这边,一会儿奔到那边。见哑巴醒过来了,才定下来,吁了口气。

李师傅捏碎药丸给哑巴敷上,再用腰带包扎。坐一会儿,村里人扶起哑巴,用一种陌生而异样的眼神,回头望着这两个船上人。

哑巴咬牙站起,一瘸一跛地跳着,回头望一眼李师傅和子善,"啊啊"两声,点点头。姑娘脸上冒着汗,她撩起衫尾,抹去汗,深情地看了子善一眼。转身跟上哑巴,一边搀扶着。

一条裹着耀眼红布的腿,在三条腿凌乱的撑持下一跳一跳地前行。两人头碰着头,跌跌撞撞地向岸上走去。

六

捉完鱼,清理完网上海苔,洗过网。然后就水移船,安排船只送人过江卖鱼,时已午后。五条船拢在一块儿,就像平地一般。伙计们就七手八脚忙着副鲨。大田提起母鲨,执住鲨尾,扣在舱口板上,让鲨身后仰着下垂,下面放着个木盘。高佬一只手握着柴刀,一只手握着截柴棍。刀尖搁在鲨胸上,柴棍敲着刀背。碧绿色鲨血滋滋地流下,流在木盘上,鲎蛋大如鱼眼，珍珠般伴着鲎血溜溜地淌。八只鲎脚无力地挣扎着。子善本来就觉得一对情物可怜，如今见如此残忍宰杀，不忍看下去，提起两只棕黑木桶，从后舱抽出扁担，上岸挑水去了。

　　船离取水的泉窝约有一里地。子善挑着木桶，顺着海滩走。海滩上小沟一样的小路并不泥泞，全是涩涩咬脚的粗沙。过了海滩，进了两边全是簕芥的巷子。巷子里一摊摊牛屎海蜇一样弹开着，斑斑驳驳的射在两旁簕芥叶上。再走过一片开着红花指着红果的仙人掌地，几棵铁屎木下便是一个汪着浑水的泉窝。子善拨开水上缕缕苔丝，掬起一捧放嘴里，确定没有牛尿味，才横倒两只木桶，装满水，使劲挑起。正走上泉窝，忽然"嘻嘻"两声。声音是从一棵铁屎木后传过来的。接着走出一个人来，是上午给他弹泥、扶着哑巴回家的姑娘。

　　姑娘没戴斗笠，模样儿可以看得清清楚楚。大眼睛上方长着一副男人的眉毛，粗粗浓浓的。皮肤显得有点老，但总遮不住眼睛里一泓汪汪的秋水。脸是四方的，嘴唇厚而方正。头上绕一只红布结，身上的衣服是红花格子的，有点炫眼。子善盯着花格子衫看了又看，像看着陌生人，口里说："怎么是你？"

　　"你每天都到这里挑水。我的地就在前面沙丘凹里，总能看到你。"姑娘说。

　　"哑巴没事了吧？"子善放下担子。

　　"还痛，不过好多了。多亏了你们。可怜的哑巴，没爹没娘，倒霉事尽让他沾上了。"

　　"啊，可怜！"

"想不到你们那么好,天底下竟有这样好人。你们真好!"姑娘停了停,好像没有什么话可说了,尽拣好话说。

"哎,有句古话,'见死不救心何忍'?何况是动动手就能做到的小事。"

"要不是今天的事,我憎死你们了。都当你们是敌人。我们村里人可恨你们了,要不是今天哑巴的事……"姑娘又像有许多话要说。

"恨我们?我们也是为了糊口。难道辛辛苦苦得来的都要让给别人?你们只要这样想想,可能心就平静多了。"

"是!"姑娘赞可地点着头,又说,"癞狗,你认识啦,他疯得很,你们别惹他好了。"

沙凹里闷热,沙丘上腾着热浪。

忽然"嗖"一声,一股凉风掠地而过。一看,一条丈多长的大蛇从姑娘脚面飞滑而过。姑娘失魂似的一蹦老高,尖叫一声,扑进子善怀里,把子善紧紧抱住,打着哆嗦。

"别怕,过去了。"

姑娘把眼睛埋进子善的布褂里,不敢朝外看。布褂上一颗大布纽抵得她的脸痒痒的难受。忽然,她像被什么咬了一口,猛地推开子善,脸陡然红起来,快速望望四周,迅速逃进凌乱的灌木林中,分枝拨叶而去。只见木枝晃动,一头乱发在枝叶间东蹿西碰,发上的红布结在绿叶中蹦跳着,像只点树而飞的大瓢虫。

子善揉揉眼,恍惚梦了一场。闻闻布褂,有一股茶油味,淡淡的,有点撩人。

子善挑起水,回到船边。送兄弟们过江卖鱼的船还没回来,也许等那些卖鱼的一齐返回吧。鲨肉已经煮熟,船上飘着酒香。邻村装网的周大哥也过来了。船上人气旺,笑声欢腾。鲨肉留出一点,是给送人的卖鱼的留的。然后分成几盘,分放在每一条船的尾舱上。舱板上都围着一圈人,酒碗砰砰相碰,气氛顿时活跃起来。子善倒了点酒,与李师傅、周大哥过完礼数,说要做饭。正要走开,李师傅说:"不吃鲨肉?"

"我不宜吃鲨肉,历来不吃。"

"必有古怪。"大田说。

周大哥接过话题:"是不是有什么禁忌?我就不吃乌贼。"众人不解。

周大哥说:"乌贼是我救命恩人。"众人更加不解。周大哥说:"那一次我死里逃生。十年了,就在对面的网门上,潮水急得很,水逼得网笼都绷直了。装网的每当这个时候,必定要检查网门,及时清理海苔、流渣。海苔、流渣多了,冲入网里,会把网袋撑破。网里有了鱼虾,往往会引来鲨鱼。正当我扶着网门柱休息的时候,一条大鲨鱼呼地冲来。没想到鲨鱼前头刚好有只大乌贼。乌贼以为鲨鱼要吃它了,情急下放出一泡浓墨,眼前海水顿时漆黑一片。鲨鱼什么也看不见,冲网外游去了。好危险!我因此躲过大难一场。人总得感恩,对万物也应如此。自那之后我不吃乌贼,以此报答救命之恩。"

听周大哥这么一说,子善似遇到知音。李师傅知道子善认定鲨是情物,不忍杀食。口里不便点破,只心里默默记着。

鲨肉吃完,收拾好碗筷。大家已经脸红小醉了,身上的血汹动起来。六哥抽出条网桩当棍子,跳上篷板,呼呼两下,船跟着摆动起来。做了个功夫礼,向众人敬了一圈。呵一声两脚跳开,棍尾由下向上一挑,一阵风声啸叫。跟着呼呼响个不停,忽而莲花盖顶,忽而龙尾扫地,左遮右挡,上下翻飞,只见风车轮转,不见棍子形迹。众人鼓掌叫好。一个套路下来,六哥气不喘,步不乱,依然气定神闲的样子。一旁倒急坏了瑞叔。他见六哥腿脚尽力,上下跳踏,船摇晃得厉害,怕震裂船底灰缝,又要上岸维修。瑞叔管着船队的柴米油盐、收入支出,一分钱掰开两半花,有点损失,心里先痛的是他。好不容易等得六哥停下来,瑞叔立即说:"不打套路了,讲对打,一步一步地较,好不好?"

"好!"李师傅赞同,"谁先来?"说着走上尾舱,尾舱也是木板铺的,但不需防水,所以不打灰缝,踩踏无妨。

"师傅,我来!"高佬呼地从另一艘船跳过来,轻轻落在李师傅面前。居然感觉不出船有半点摇动。高佬高高瘦瘦,竹篙一般,鹰睛鹞鼻,眼藏锐气。先前在赤坎一间赌馆看门,得罪了一班赌徒,三天两头遭人暗算,只好回到乡下。在村里功夫馆习武数年,眼见无以为活,兄弟们便邀他上船,一起在海上滚打。

"来!"李师傅猛喝一声,一拳照高佬面上打来,高佬头一偏,躲过拳头,长爪锁住李师傅的拳头,用力向右一拧,要他大开门户,然后长驱直入。没想到李师傅仰身飞起一脚,直铲高佬下巴。高佬又连忙接住他脚踝,左手一个刀掌正要朝小腿劈下。李师傅却来了个鹞子翻身,人已落在高佬背后,用力一推,高佬跟跟跄跄,翻了一个跟头,落在另一条船上,趔了两步才轻轻站稳,差点没掉下海去。两只船依然没有摇晃之感。

众人鼓掌,仁源说:"高佬一开始已经被动,只能接招,不能进攻。所以敌不过师傅。"

李师傅说:"高佬虽然被动,但落脚轻盈,步伐敏捷。不像六哥步子沉重。六哥马步虽稳,但看重不看快,脚步太注重于硬,移动不快,是有欠缺处。"

亚罗从后舱抽出网桩,向大春招手。大春过来,也抽了网桩。正要动手,瑞叔急忙阻止,说:"慢!慢!慢!船经不起折腾,万一弄漏水了,又出大麻烦。到岸上打去吧。"亚罗大块头,脊背略弯,人称"豆三"。乡下人说,花名安死人,一点不假。花名就是外地人说的外号、绰号。给别人起绰号叫"安花名"。亚罗花名"豆三",真的惟妙惟肖。"豆三"是什么呢,花生常有三颗仁的,三仁的花生必定是腰弯的,所以亚罗花名"豆三",听了就让人想笑。大春也有花名,叫"老鹞"。鹞鸟在空中发现母鸡带小鸡或是田鼠什么的,必定停在空中,一左一右地摇摆,为了观察准确,摇摆就更频繁。大春人不高,却腆着个大肚子。走起路来要两手抻成八字,不是前后摆动,而是硬直直地撑开,随着笨身子左右晃动,活像空中左右摇摆的老鹞。两人跳出船舱,落到水上,水不深,刚没过小腿。两人你一棍我一棍对打。水花纷飞,两人倒像两条小蛟龙,渐渐向岸上移动,泥浆飞射。两人满身溅满泥花,看得船上人全笑了。亚罗的力不知用在棍子上,而是用在全身上,体力消耗得快,没两刻钟,便大汗淋漓,像重轭下的老牛,口开鼻翼扇,喘息难耐,只好认输叫停,蹒跚上船。

李师傅说:"六哥的棍活,就活在有灵气。他的气力全用在棍梢上,所以快而有力。你亚罗的力气不是用在棍子上,力好像全在身上憋着,使不出去。纵有千钧大力,最后只是活活累死自己。亚罗，记住，以后练棍，记得守意在棍。"

"守意在棍？"亚罗不解。倒是子善有悟性，补充说："就是把力气用在棍子上，注意力全在棍子上，一挑一压，精神力气灌输在棍上。"

太阳慢慢西沉，海面波光粼粼。大家意犹未尽，有几个还在舞手弄掌，拳来脚往，探寻争论。

大家身上都汗涔涔的，坐在船舷上边歇边闲聊，谈着谈着又转到刚才与沙凹村差点打架的事。李师傅就说："还是不要冲突为好。何况沙凹也是陈姓。你们跟他们同宗，当是兄弟。"

"是，南三姓陈的多了，论村庄少说得有三四十条。追根溯源，他们不是来自乾塘就是来自米稔。论到这一层，大家应该有点亲情才是。"子善说。

"乾塘、米稔本系一宗，只因各有宗祠，各尊其祖，才显得有点生分。人都说宗族之事，重在追本溯源。但这沙凹村倒也奇怪，自本村开基祖以上，居然断了世系。"李师傅说。

"哎，世事纷纭，兵祸、天灾、疫病。说不定哪一天又要漂到什么地方。迁徙多了，祖宗是何方人氏？村里家里如果没有读书人，没有记载，一代一代就淡忘了。这不奇怪。"

有人叫挂网了。伙计们各归各船，移船就位。又到一丝不挂的时刻，脱去衣裤，一个个露出娘胎里带来的真相。轮一圈水烟筒，过足了烟瘾，准备下水。

七

跟每次一样,赶集卖鱼的伙计回来,总载着满满一船新闻。船刚定好,卖鱼的便嚷着:"天大新闻,天大新闻。"

大家围拢来。知道今天是坡头圩期,必定有圩上奇闻。可是亚美偏偏卖关子,说是肚子饿了,吃过饭再讲。大春便要讲,转头见瑞叔端出一盘鲎肉、鲎杂,也不讲了,跳过去扒上一碗自顾吃了。两人边吃边把嚼过的鲎脚、鲎节咚咚咚的丢进江里,彼落此起,雨点一样。大家看着两人那副狼狈吃相,知道饿得不轻,也不去催他们讲了。

吃过饭,亚美撩衫尾抹抹嘴,说:"中国人的脸丢尽了。"

众人愕然。

亚美说:"今日,圩上法国那个'鬼佬楼'前……"

"那是鬼佬兵营。"是谁纠正说。

"对,就是红带兵驻守的那栋楼,楼前摆两行铁圈,让人和狗各在一边爬着钻,钻得比狗快的有奖。狗那么听话?也能钻?这倒是新鲜事。人们就跃跃欲试。"

"奖什么?有人爬吗?"

"奖一个银圆。这样的大奖,怎么会没有人爬呢?只见他们牵出一条军犬,军犬垂着一条褐红的长舌,舌尖往回勾着,眼里藏着凶光,呼哧呼哧喘气,看着吓人。人和狗一齐开始钻了。人怎比得上狗快？奖没拿到，还挨了一顿骂。这不丢尽中国人的脸了吗？"

子善说："他们是借游戏羞辱中国人。"

瑞叔接过话题说："法国人就爱戏弄咱广州湾人。那是二十多年前的事了。好像那是个法国什么周年大庆日。坡头法国营盘张灯结彩，先放了十响礼炮，引来不少人观看。一队仪仗兵披红挂绿，打着羊皮鼓，吹着长短号。几十个鬼佬在狂跳吆喝。

"营盘前面是个小广场，小广场正中竖着根旗杆，顶尖上飘着面红白蓝三色旗。几十个绿衣兵绕旗杆围了一圈。鬼佬楼两边八字样一边站着六个红带兵，一边排着六个蓝带兵。中间站着个二画官，他们叽里呱啦说了一阵，没人能懂。

"过来围观的人越来越多。本来，除了'洋伞''洋钉''洋火''洋油''红毛泥'，人们历来不怎么看重法国人，因为除了那些东西外，法国人似乎再没有什么能给人好处的东西。而洋枪、鸦片、苛捐杂税、花会、番摊、妓馆，都让人看着有点嫉恨。所以来围观的人多半斜着眼，侧着头，眼神冷冷的。大家只用一种好奇的心态看看法国人又有什么新玩意儿。

"忽然走出个瘦高个子，紫绸长衫上罩着件蓝马褂，穿戴斯文。有人说那是公局里主事钱泮江。钱泮江讲话了。人们'咦'一声。他扫了四周一眼，说：'诸位！'下面是一片嗡嗡声。'诸位！'他清清喉咙。人们对他如此不恭，要是往日，他早已雷霆震怒，可那天不行，那天是个体面日子，而且旁边有二画官看着，他不好发作。只好温温柔柔慢慢地说着。什么大法国政府奉行'开化使命'，为辟'文明之路'

等。讲着讲着，见人们笑的笑，吵的吵，交头接耳，各自只顾着说什么。便不停地'诸位''诸位'。讲了半天，也不知他讲了什么。倒是最后几句让人关注，为庆祝什么周年大点。"

子善纠正说："是大典（在当地方言中，'点'和'典'发音不同）。"

瑞叔接下去说："大典，说他们要在坡头营地与百姓举行共庆活动。看完表演，会有礼品赠送。最后还有一项比赛活动，奖品多多。第一名奖品特别丰厚。他们说，听说你们国人都很有志气，今天就在旗杆面前比一比，看谁有志气，谁有面子，谁能拿下这份丰厚奖品。还说，这可是大面子啊！敬请诸位踊跃参与。

"最使人气愤的就是那最后的比赛。广场中间三色旗下面有个滑轮，滑轮嗵嗵嗵升起一个锤子一个瓦煲来。旗杆上涂满了牛油，滑溜溜的。一个官样儿的说：'瓦煲里有大白鸽几个，西贡币一百，作为奖励。谁要是能爬上旗杆，摘下上面的锤子打破瓦煲。白鸽属他，西币一百当然也是他的。报名的前边排队，依次比赛。'

"哨子一响，几个五大三粗的壮汉立刻抢先排队。又一声哨响，排头一个呼一声往旗杆上蹿，没想到刚爬两下就哧溜溜地滑下来了，衣服上脸上尽是牛油。两边法国人，仪仗兵、红带兵、蓝带兵、绿衣兵笑得前俯后仰。又有两个登场，爬着爬着都摇头走了。又一个蹦到旗杆前，朝掌上噗噗吐了两口涎水，呼的蹿上去，爬到一半，脚一用力，'嘶'，裤囊给撑破了，露出两片屁股。下面笑声立刻海浪一样哗哗涌起。那人蛇一样溜下来，钻进人海里去了。

"一个绿衣兵提来半桶牛油,举着竹竿刷子在旗杆上重新刷油。

"诱惑面前,总有人不甘,于是又一个出场。这个人却高高瘦瘦,臂长腿长,十足一个马骝模样。将背后辫子朝脖上绕了几圈——那时都推翻清朝了,这马骝还留着辫子。他两手抓住旗杆,就臂攀腿蹬起来,想不到那小子真有点本事,左摆右颠,没几下便蹿到了瓦煲下面,抱住木杆,腾出一只手摘下锤子,猛一锤击破瓦煲。那一击不要紧,哗啦啦瀑布一样泻下黑不溜秋的东西来,黑的刚过去,白得特别耀眼,几个白鸽扑腾腾飞了出来,带着雨点一样的东西满天飞洒,落在人们身上。广场上顿时臭气熏天。原来瓦煲里除了白鸽还装满臭屎。那些这个兵、那个兵、二画官跟钱泮江那狗东西,搞完仪式就进了鬼楼二楼,正在栏杆上远远地看。一见这般情形,哇哇哈哈的笑得前俯后仰。

"法国佬专爱搵咱广州湾人笨屎。"亚美气愤地说。

"那个马骝火了,飞一样直蹿杆顶,扯下顶上那面三色旗,往头上身上猛擦,然后向半空一抛。嗖嗖两下,下了旗杆,扬长而去。

"有个红带兵举枪正要射击,让二画官一把按住,继续哇哇地笑,解嘲地说:'够了够了,旗不过一块布,丢就丢了。他们丢的是脸,我们只丢一块布,那个实在啊!哈哈哈……'

"人们大喊'鬼佬缺德、汉奸歹毒'。向鬼楼扔砖头,砸牛粪,掷木棍,吐口水。

"鬼佬、汉奸自知理亏,见国旗被用来擦屎,有辱国格,也不好深加追查,只好捡起那面满是屎味的三色旗,瞪着怒眼看着人们散去。"

"亏了那只'马骝',总算为咱国人争了口气。"子善听完,挑水去了。

"光顾着听,都忘记挂网了,挂网啦!"有人在远处喊。众人开始移船,准备挂网。

八

到了泉窝边,刚放下木桶,希望见着的人果然来了。铁屎木林一阵晃动,走出个女人来,身穿花格上衣,头扎红布条,还是那个样子。子善一愣,故意说:"怎么又是你?"低头见她手里握着团红布,想起李师傅的腰带,问:"拿回来啦?"

"是,洗净晒干了。"

"哑巴呢?"

"好点了。只是还有点肿,叫人寻了点草药敷上。"

"给!"姑娘递过腰带,问,"你叫什么名字?连名字都没问,真是失礼死了。"

"子善。"

"怪不得那么善良,原来爹娘认定的。"

"你呢,是了,真对不起,还不知道你的芳名呢?"

"什么方名圆名。对了,正好我是个圆名,叫卜妹。"

"为什么是个圆名?"

"听说,我一生下来脸圆圆的,像个珈卜(柚子),所以就叫我卜妹。"

"卜妹,好听。不过,你现在不'卜'了,是四方脸了。"

"难看死了。"

"好看,我就喜欢。"

卜妹头低着,眼里秋波溜溜地向上射,直射得子善不敢抬头。

"你来了,不怕有人吃酸吗?"

"你才吃醋呢,上次我跟你提起过他,只是要你们提防他,这个人心术不正。"

"好像他在乎你?"

"关他鬼事。同村姊妹,见面打个招呼,就眼馋馋的。"

子善长这么大,第一次与一个陌生女人靠这么近,脸有点涩涩的,心也慌慌的,想起那天被她抱住的情景,脸就热起来。没想到卜妹向前走了一步,拉着他的手说:"今天初四了,流尾了,明天后天你们可能要回家了,所以洗好腰带给你们送来,哑巴叫我代他谢谢你们。你们是天底下最好的人。"说着身子靠得更近了,擦着子善的肩头。子善的心扑扑地跳起来,脸一下红了。她头上那股茶油味淡淡地飘来,钻进他鼻孔里绕了一圈,就上脑门上去了,子善浑身的血沸腾起来。

自古说,男追女,三分喜;女追男,逃脱难。女的一旦爱上男的,没有几个不成功的。

当下卜妹靠近来,说:"下一水海你们还来不来?"卜妹有点惆怅。"不忙挑水,人想你坐会儿。"说完坐在沙上。子善也坐下。

"如果还围这片海,当然还来。"子善回了一句。

本想坐下谈谈,谁知坐下反而没什么可说了。人就这样,没见面时,似有一肚子话要说,一见面,反而觉得没什么可说了。两人就那样静静地坐。卜妹一只手抓把沙子,让沙子从拳头下的小指漏下来,轻轻地扬,扬完又抓,抓起又扬。手下堆起一个小沙堆。手一抹,沙堆平了,又扬。

还是子善开口了:"卜妹,家里几口人?"

"俩,爹和我。"

"娘呢。"

"娭毑(母亲)早死了,是爹拉扯我大。"说着眼圈儿红了。

子善觉得可怜,心里难过,默默地坐。

太阳慢慢西沉,子善忽然想起挑水,站起来,拍拍屁股。卜妹站起来,突然一把抱住子善,"善哥!"泪水哗哗地流。

"蛇!"

"不怕。"

"为什么不怕了?"

"有你在。"卜妹搂得更紧。

"妹,不要。小心有人看见。说起蛇,我得感谢那条蛇。也许是上天安排。既然上天安排你我相会,以后总还有机会的。"子善推开她,摸摸她的头发,觉得这女子可怜又可爱。他到底还是挑起木桶,在泉窝里装满水,向卜妹摆摆手,朝海滩走去。

上得船上,掏出腰带,正要找李师傅,有人说李师傅刚走,到沙凹村访友去了。子善只好把腰带放菅草袋里。

九

　　流尾，江浅滩平岸阔。六条船一字排在村前江头。
　　村南广圣庙前。几个大灶烈焰熊熊。一只灶是今天专煮猪肉用的，今天是七月初七，是康王诞期。村里人正忙着祭神的事。另几只大灶里熬着染网用的油柑树皮。做海的伙计正挑来补好的麻网，一张张放进大桶里，只等油柑树皮熬出胶，开始染网。熬好的树胶是棕色的，捏在手上有涩涩粘粘之感。用了一水海的渔网，都变得柔软披花，只要经树胶一染，晒干，网顿时硬挺起来，几乎可以立起，似新的一样。
　　灶火正旺，灶里炭火炙人，小孩子便抱来一肚兜番薯，乘人不备，扒开灶中炭火，把番薯埋好，一旁静静地闻着薯香，心里焦急着。远处走来高佬，抽了几下鼻翼，薯香入鼻，知道有人煨薯，大声质问："谁扒散灶炭？"小孩子大气不敢出。高佬呼呼几下拨开灶炭，拨出番薯，就热一抓，扔出老远。孩子们望着扬着青烟飘着香味的番薯划了一个美丽的弧，很好看地落在远处的沙地上。知道番薯生硬未熟，可是又涎水欲滴，赶快跑了过去捡了起来，拍去沙，带皮便啃。高佬看着这些面带菜色的小孩，心生怜悯，远远喝道："拿来，给你煨着，看你们饿鬼似的。"把番薯重又埋进灶里，再烧火，又说："不准乱扒炭，弄死了火，打你们个屁烂。"孩子们欢笑起来。知道等会儿分"酒盏"的定是高佬，因为他长得高，跳起来也难够得着他手里的"酒盏"碗，领"酒盏"很难乱中得利。孩子们便巴结着高佬，围着他叽叽喳喳地转。

广圣庙建于清朝光绪戊戌年，庙不大，三进。大门进去是中门，中门平时是不打开的，好像只有正月菩萨出游时才打开。中门两扇，雕有梅兰菊竹，很有些古意。大门两边各有一面石鼓，光光滑滑的，泛着淡黑的油光。村里每年要在广圣庙里举行六次集体祭神活动，这活动叫做胙。正月元宵刚过，春耕在即，为祈求一年丰稔，于是便有正月十六的春头胙；二月二龙抬头，做土地头胙；五月夏禾将熟，为庆即将到来的丰收，便有五月胙；七月七是广圣神祇吉诞，庙门两边贴上"寿域宏开逢七夕，遐龄衍庆祝千秋"的对联，这便是七月胙了；八月稻禾穗饱将黄，为庆丰收将至，感念神恩，做胙预祝，便是禾黄胙；冬至乃是冬月之期，秋收冬藏，五谷丰登，春祈秋报，为答谢神庥，所以有冬至胙，也称冬胙。

做胙必定杀猪。猪声一叫，便招来了一批闹闹嚷嚷的小孩，里三层外三层围着。杀猪的白刀子进去红刀子出来之后，猪没了叫声没了动静。杀猪的就执起一只猪蹄，用利刀轻轻一划，猪爪上留下一道口子，口子不深不浅刚破猪皮。杀猪的拿起一根小指粗圆的铁条子，对着口子往上捅，猪皮下就隆起一道杠杠，铁条直捅到猪腿边才拔出来。杀猪的找来一根小绳子一边放着，然后俯下身子，嘴对着猪爪上的那道口子使劲吹气。等到吹气的两只腮帮鼓成了一对河豚的样子，眼睛红成了蟑螂模样，猪也像气球一样鼓得浑圆了。杀猪的赶快用准备好的绳子把猪爪上的口子扎紧。接着将烧开了的水往猪气球上泼洒。热气一边升腾，大家就七手八脚拼命帮着刮毛，唰唰唰，一袋烟工夫不到，猪毛刮净。

　　猪去毛、破膛、清好内脏后，劈成四胛，放一大锅里煮上几个钟头，猪肉熟透了。煮熟的猪肉再用大盆装成四脚扒拉的原猪模样。猪的内脏一点不少放在旁边。这叫"全猪"。只有猪小肠可以另切成一小段一小段，长如一节手指，用小盘盛着，拌上烧酒，连同"全猪"一起端到神案上，开始祭神。大人小孩黑压压跪了一地。跟着主祭的三拜三跪三叩首之后，主祭开始祷祝抛珓，众人跟着叩拜。那场面庄严而隆重。

　　拜过了神，那才是孩子们咽着涎水急不可耐的时刻。有人在庙里中座上放张方凳，一人就站在方凳上（这人必须个子特高），手里端着刚才那盘带着酒香的肠段（准确地说是肠粒），高高举着，准备分给孩子们。这叫"分酒盏"。那分不同一般的分，领也不是分好了让你去领，而是创造气氛，让孩子们欢呼雀跃，大人们看着高兴。古人们创下的这个例式，充满童趣，给做胙增加无限趣味，令人神往。

　　分"酒盏"的本来就高，而且站在凳上，加上高高举起，孩子们只能仰着头望着他手里的盘咽口水。要想乱中取巧实在不可能了，只有等着分。分了，小家伙们纷纷高伸小手，有时还跳起来，挤成一堆纷纷大叫："分尼（一点）我，分尼我！"童声在庙里震响。瓦楞里、桁木下的麻雀们吓得呼呼四散惊飞，雀毛纷纷飘落。大人们只能在一旁大笑，他们是不能代领"酒盏"的，领"酒盏"是小孩子们人生的第一权利。

　　高佬分"酒盏"了。五只散开的长指像八爪鱼（章鱼）一样，紧贴盛着"酒盏"的小盘边上，捧着高高举起。高佬眼眶深深的，眼珠却像山鹰的金黄眼球，无时无刻不在忽闪着。他忽闪忽闪地看着下面不停晃动的小手，一只手撮起肠粒，按先矮小后高大的规矩，像点种一样将"酒盏"点在下面的小手里。

"酒盏"领过吃过。胙头们开始分胙肉了，但离领胙肉的时间还早。

草坪中间。高佬来了，用食指屈成"7"字，放口里一吸，随着脖筋一绷，"嚯"一声，清脆悦耳。高佬做了个"饿虎擒羊"姿势，孩子们知道有好戏看了，纷纷围拢过来。

摔跤比赛开始了。高佬就开始点将，要眠蛇、核子出阵。眠蛇嘟囔着嘴，不大愿意，经不住"高佬"竖眼一瞪，悻悻出场了。眠蛇抓住核子两肩，核子将眠蛇腋窝抱住，两个人扭成一团，两分钟不分胜负，都用头相互抵着，像两头小牛碰"角"。冷不丁核子身子一缩，肩头正好抵着眠蛇腹部，用力将他右手向下一扯，侧着肩头向上一顶，眠蛇两脚离地，"噗"一声仰地了。掌声四起。大人们也围过来了。没想到眠蛇突然蛇一样立起，快速扑向核子，将核子一下扑倒，然后蹦起来大喊"赢了赢了"，那家伙就是这么鬼！虽然大家对眠蛇的突然袭击略有异议，但也不去认真计较，高声叫好表示鼓励。

高佬继续点将，又一对出场，没几下两人四脚凌乱一齐倒地，抱团在地上打滚，挣扎，互不相让，都想把对方压在下面。一个赢了，压在另一个身上了，脚腿牢牢将下面的死死扣住。高佬过来了，将上面小孩的脚掰开，叫声"下面的用力"，下面的用力就势一掀，跟着一个鲤鱼打挺，翻上来了。

大人们大笑，孩子们不服，都说高佬专做"帮输"。高佬在孩子们中间确实是这么个角色。就为多乐一乐。

胙肉一直分到下午四点,高佬的儿戏也一直演到胙肉分完。人们或提着,或捧着自己的一份胙肉往家里走,后面总跟着缠着要吃胙肉的孩子。很快,每家每户响起一阵鞭炮声,家里的祭神也已完成。一期神事算是结束。

秀才公气哼哼搬出一摞摞书:《四书》《龙文鞭影》《幼学故事琼林》《东莱博议》……放在朝东的门楼前。这门楼不是楼,一间泥墼茅草四合院,哪来的楼?当地人习惯把左边那个凹进来有门的一块叫门楼。然后在巷子当中摆张长桌,只等正午的热烈阳光。阳光挨着巷子刚射下来,秀才公急忙把书翻开,用棍子压着。书里便爬出一个个蠹虫来。读书人有个习惯,七月初七当日必定晒书,说是这天晒书,书上不生虫子。

晚上了,姑娘们嘻嘻哈哈联群结队来到空旷地上,对着月亮穿针,绣鞋。家家乞巧变成大队伍乞巧,这样更有乐趣。据说天上仙姬更喜欢这样的大场面。

晚上唱应诞戏。村中神棚面前空地上搭起一个木偶戏棚。棚顶是简单一块布,棚脊高耸,前后倾斜,形如屋顶。四面竹竿搭就,中间一块绣着龙凤戏珠的五颜六色彩布,将戏台分成前台后台。后台右角落里横竹竿上挂一只长方檀木梆子,下面是一只小鼓,地上一方木板,木板上搁一面单钹;头上插坐木偶的横梯之下,左手挂一面铜锣。这几样乐器摆放得当,一个人坐下来刚好可以手脚并用。右手击梆子,打鼓,左手敲锣。右脚趾夹住钹脐上的布条疙瘩,提起一放,钹便"哐"一声炸响。

"笃笃"两下梆子响,戏便开场。舞手师傅两人,一个前台，一个后台。有时是前台的唱，有时是后台的唱，锣鼓手有时也参与独唱对唱。武生有武生的大喉，小旦有小旦的娇声，白脸有白脸的奸调，老身有老身的娘腔。高唱低诉，滑调油腔，应有尽有。

跟着锣鼓便喧天响起，钹声轰鸣。前台后台呼声并起，竟似千军万马登临。"笃笃笃"几下梆子，锣鼓骤停。一个满嘴胡茬的丑角跳跳跄跄地出场。小孩子最爱这个角色。唱戏的捧着这个木偶便一阵自嘲："大伙儿别以为我这脸上是胡楂，看清了，油麻糖哇。都怪那年嘴馋，娘舂油麻糖，我便爬碓臼窝边舔，涂了这一脸。都洗十几年了，一直洗不掉。大伙儿见笑了哈！"台下大笑。芝麻本地俗称油麻，多指黑芝麻。油麻糖是将黑芝麻炒熟，再拌红糖放碓臼舂成黑不溜秋的糖。小孩们看戏别的记不牢，就这个角色记得最清楚。他嘴巴四面黑乎乎的胡茬，活像涂满油麻糖。都知道这是"油麻糖嘴"。"油麻糖嘴"在师傅的手里憨态百出，忽而一步一摇，老气横秋。忽而步态古怪，惹人发笑。忽而疾走如小狗，临到后台，猛地一个回头，不扮鬼脸已是鬼脸。耸肩勾背，滑稽十足。一截木头，在师傅的手上舞得活灵活现，憨态尽显。

锣声、鼓声、钹声交替响起。一个武生挑幕而出，头灵如鸽，转闪生风。右手拳，左手掌，大摇大摆出场。一个转身亮相，右拳过头，左掌前冲。舞手师傅一个开弓马步，上身昂仰。武生顿时英气飞扬，雄风舞动，杀气腾腾。七锤头锣鼓响过，武生唱起官腔："头戴金盔双凤凰，长枪挂定马金鞍，东征西战谁能敌？南操北演保君皇。"声如铜锣，调带簧音，开声一唱，便博得台下啧啧赞声。多人连问："阿处（哪里）师傅呀？"南三李焕春的名字立即传遍戏场。

几场下来，场上鸦雀无声。老旦一场苦乐人生唱罢，引起许多人嘘嘘作叹；接着是丫鬟教姐娓娓道来，有庄有谐。有人点头，有人会意而笑。木偶的清唱往往很长，淋漓叙事，曲折缠绵，有时一个角色足足唱上一个小时。师傅不看本子，所有唱词烂熟于心。偶尔也不按本子唱，随心所欲插进几句流行俗语、时尚新题。腔圆韵正，又耐人寻味，引得人们会心而笑，连声称道。

师傅唱的时间一长，又是半夜，台下除了戏迷，大多昏昏欲睡。后台的锣鼓手右手敲着梆子，"笃、笃、笃、笃笃笃笃笃"，声音单调而枯燥，正是最好的催眠曲。锣鼓手自个儿先打起瞌睡来了。前台唱完一段悲腔，转场锣鼓应该响起。可是依然是"笃笃笃"的梆子声，前台师傅回眼一看，原来锣鼓手睡着了。师傅便大叫一声："好啰啊！"

"好"是赞美之词，戏中经常用到。但这时是悲声刚过，师傅突然喊"好"，唱词与戏情相悖，台下一阵惊奇。但睡梦中的锣鼓手听到的不是"好啰啊"，而是"敲锣啊！"（吴川话"好""敲"同音，"啰""锣"也同音），顿时从梦中惊醒，急忙中将锣当鼓，颠三倒四一阵乱敲。下面顿时笑声大作。

正热闹处，走出一个人来，他星眼惊惶，气喘吁吁，急忙忙跑到议员身边，弯腰附耳低言一阵，议员顿时两眼瞪圆，大口半张，半天合不拢来。回过神来，急急来到后台，叫锣鼓手赶快停锣息鼓，说声："别演了，别演了！"然后对李师傅咬耳一阵。李师傅立即吩咐伙计赶快收拾公仔（木偶）、锣鼓、杂物。戏棚里一阵手忙脚乱。戏场上看戏的人一时不知是何缘故，都惊惶地伸长脖子互相探问。

十

刚才跟议员附耳低言的人叫陈旺,他人长得矮小精干,年纪二十出头,头上却没了毛发,嘴上也没有胡须,星眼稀眉,尖下巴像个翘尾的小勺子。陈旺出身穷苦,四岁上得了一场大病,病好后,人虚弱得像根半枯的小草,头上毛发枯黄。母亲看着心痛,顺手往他头上一捋,谁知把半个头提起来了。母亲一惊,细一看,原来不是头,是整个头发盖儿,头呢,光秃秃的了。后来毛发虽长出一些,却像酸碱地上的小草,稀稀落落。他八岁无父无母,全靠村人东家一口西家一碗喂大。几年前在赤坎珍珍楼里当伙计,为人端茶送菜。由于人长得矮小,为了稳当,菜盘茶托总是顶在头上,一来二去,头上的几根稀疏黄毛也没有了。法国人侵占广州湾后,赤坎、西营一带烂仔如毛,专门欺负无依无靠弱者,加上吸鸦片烟成风。一旦上了鸦片瘾,再也不可收拾,沉迷毒瘾,纵有金山银山,也禁不住消耗,终是家财殆尽,身无分文,只剩一股烟瘾了。瘾君子们无钱买膏,便四处偷鸡摸狗,勒索良民。陈旺不但常被这些人逼着交保护费,还遭公开勒索。打工所得,除交冤枉钱外,一人一口的生活都难以为继,无奈只好回村,东家帮工,西家看水,挨户度日。前两年,村中因常遭匪贼抢掠,村人以为四面广种簕竹,把村牢牢围住,便可以防贼。无奈簕竹虽密,终难防守,依然常常遭盗贼劫掠，人人终夜惊惶。盗贼入村，轻则人伤财去，重则财失人亡。为保平安，不知谁出了个下等主意——也是万不得已——全村筹钱买枪，物色人员参加土匪队伍，在土匪队里做个卧底，充当耳目。一旦得知土匪行迹危及自村，立即回村通风报信，好让大家及早逃避。大家深知，这种事等于将一条人命搭在枪口上，换了谁都不愿去。但陈旺愿意，他说："我无父无母，上无亲下无故，无牵无挂，人一个，命一条，为了村人安宁，我这条命搭上也是情愿的。"自后，村人便很少见他了。今晚突然出现，大家先自觉得吃惊。

议员急急走向戏台前边，用一种附耳低言的神态，低声说"乡亲们"，大家的心突突地跳，场上连咳嗽的声音都没有了，都伸长脖子张大着口静听。"根据可靠消息，贼佬今晚下夜进村，大家赶快回家收拾值钱东西，携家带口，向广圣庙方向逃离。"话声一停，人们立即慌张起来，穿小巷走胡同，黑夜里四处飞奔，侬儿（小孩子）哭声四起，狗吠声惊心动魄。

来到广圣庙前，听得见每个人都气喘喘的。像是六哥在说："妇女孩童老人到江头乘船，每船三个男人护送。剩下的男人拿好刀叉，在此集中。万一需要拼杀，大家要齐心合力，不能擅自逃离。有顾命逃离的，首先烧了你的屋，然后全家驱逐出村。有话在先，与土匪交战，余患无穷，谁都知道，但真要走到那一步，也只好拼了，要是谁死了，全村负责赡养其老人，抚养其小孩。话说到这步田地，还是要郑重叮嘱一句：我不发声，任何人不得轻举妄动。"转过身来吩咐子善几个："带几个人再挨家查一遍，看看有没有没逃出来的。"

一会儿，子善几个回来，说："查过了，只有东头的老康头没走，他说他孤寡一人，死了就算了。执意不肯出来。"

忽然一阵婴儿哭声，一位女人背着个小孩气咻咻地跑来，口里说："不哭不哭。啊！"婴儿的哭声却越来越大，在静谧的夜空里显得格外刺耳。有人指责："谁的孩子？"妈妈颤抖着说："这孩子不知为什么，迟不哭早不哭，偏偏现在哭得这么扎心，这不是该死了吗？啊，啊……"妇女们匆匆向江边跑，孩子仍然一路啼哭，就像死人堆里号啕的夜猫，撕心裂肺。

深沉的夜。田里蛙声阵阵，虫声唧唧，一阵紧似一阵，似磨刀声喊杀声。水鸡在远处"咕、咕、咕"地叫，似悲啼的妇人。狗高一声低一声地吠，每一声都像一下鼓槌，槌槌敲在人们心上。就是夜空也布满惊惶，满天繁星眨巴着眼，全恐惧地闪着泪光。一弯上弦月，扁着弯弯的嘴，吃惊地挂在高天，形如抽咽。

上得船来，侬儿都吓得低声哭泣，筛糠一样抖着。那婴儿依旧嘶哑地哭，有人怨道："这是丧门星吧，这样哭法，大家都要死一堆了。"有人忽然说："也许饿了，解下来喂点奶试试。"妈妈只好依从，解开背带，一摸背上，失声大叫："啊，啊，怎么了……孩子的头呢？……脚呢？"大家更加惶惑，以为灾难来了。人们探过头来，朝妈妈背上一看，孩子的头贴着妈妈的屁股，脚蹬着妈妈的脖子，挣扎哭着。原来惊惶情急中妈妈把孩子头朝下脚朝上颠倒背了。一路这么背着，难怪哭声不断。孩子解下来，哭声没了，大家才稍稍安定下来。

船向大坳角划去。大坳是村里人肩挑背负挖泥围筑起的坦田。东面是一望海滩。东南面有一处灌木林，茂密阴森。人藏林里，不易发觉。大家躲进树林里，向家园方向瞭望，心里都有一种凄然之感。远处狗吠声越来越猛，有人喊叫。妇女们一听喊声都呜呜哭了，她们都想着自己的男人。忽然一股浓烟在微明的月光里汹涌，跟着，浓烟脚下让大火舔红了，红得像炉里的炭火。火越舔越旺，越蹿越高，把浓烟给吞没了，全是火光。村那边树影竹影通通染成了暗红。传来啪啪几声。大家心里一颤。"枪声？"妇女们都抖得快支持不住了。又传来几声喊。那噼噼啪啪的响声更猛了，夜空一阵阵震颤。树林里一片低泣声。

　　过了一个时辰，火渐渐暗了。东方已亮起启明星。忽然两声橹响，一声咳嗽，一只小船划了过来。是村里人报信来了。说盗贼已经离村，烧了几间茅屋，抢了好些东西，有没有伤着人还说不准，人都不在家里很难查验。大家嘘嘘几声，跌跌撞撞地上了船。"要不是陈旺报得及时，那惨状真是难说了。""哎，多亏了旺哥……"忽然有人嘘了一声，示意大家不要乱说。说话的像被热红薯噎了一下，顿了顿，把话吞回去了。

　　逃贼的人都回来了。村里一片狼藉。淋淋漓漓的鲜血洒满小巷胡同，看着叫人心里发怵。鸡鸭毛到处飞扬。两只漏网的鸡，见了人，惊惶地跳上墙头，又扑腾腾地飞上矮树，咯咯的惊叫。几只狗仰着头，用一种关注的眼神看着人，摇着尾巴，在人们腿下脚边绕来绕去。

　　议员带着几个人挨家查验丁口。突然隔壁有人大放悲声，议员以为出人命了，急急过去。原来是仁源的父亲在号啕："牛啊，我那比命还金贵的黄牛没有了。几亩租田以后怎耕种啊,一家人以后怎么度日啊!"也有几户说:猪没了。

查验过丁口,幸好没有伤及人命。原来巷子里胡同里洒满的鲜血都是猪血。盗贼们把猪放血弄死,抬走了,弄得遍地是血,村子里处处尽是血腥味。

干粮没有了,鸡鸭没有了,藏在粪缸边、墙角落的猪没有了,拴在竹林里的牛没有了,连藏在灶膛里的谷种都没有了。

人们一夜之间憔悴了,都红着眼,散着发,折着眉,仿佛老了十岁。

村中间烧了三间茅屋。一间是秀才公家的。秀才公是乡里有功名的人家,有十多担种良田,靠着收租过日,住的是四合院,在本村算是殷实之家。儿子结婚刚过三朝。门上两边"淑女于归三左右,才郎迎娶九乎而"的对联没有烧掉,红纸淋漓着,像斑斑泪迹。门前墙上溅满点点带水黑灰,台阶上一片水渍。

秀才正哭丧着脸,那些一心系念的四书五经,全变成了灰烬。心里怀疑有人"做斗"(专为盗贼传递偷窃信息、提供钱物线索的人)。要不为什么东不烧,西不烧,偏偏烧的他家?旁边两间虽然被烧,完全是因为他家着火,殃及池鱼的。正为"做斗"的事狐疑,忽然看到门两边对联,觉得奇怪,屋都成了灰烬,对联居然完好如此。再看脚下,有水迹斑斑,似有人曾经泼水救火。这时老康头蹒蹒跚跚走过来。说,他昨夜没有离村。"我都快八十的人了,阎罗王都给排好号了,我还怕死?那些贼佬来了,从村东面那个路口进来的,想是扒开路口的竹篱就进来了。先进的是我家,抢起我半袋干粮就走,我上前一把夺回,挨了一枪托,睡倒了。起得身来,就听见猪嚎,牛哞,鸡鸭哀叫。很快就是火光烛天,我于是大叫救火,提了个桶扑过来,原来是你家起火了。那时火烧竹节发出爆响,如阵阵枪声。见大火已经封了门口。急匆匆提来几桶水,就朝着门泼,也泼不高,一个人哪里救得了大火!哎,只好眼睁睁看着烧了,幸好风不大,只祸及三家。哎,这世道,匪祸连年。大清没能耐也就罢了,民国也这样无能。我们这些遗民!法国人哪管你死活!有泪跟谁哭去啊,没法活了。"老康头摇着头。

"都怪这副对联,又是簇新簇新的,知道新婚不久,家里肯定有些余钱或是嫁妆什么的。何况你家又是四合院,如今有四合院的不是平常人家,谁都知道!就看上了。兴许进去翻箱倒柜过后,居然没有什么值钱的,失望了。心里一把火烧起来,干脆把屋烧了。"见老康头提起对联,秀才脸上才有了点笑意,心想,幸亏这对联还在。知道老康头入过几年书房(私塾),粗读过《诗经》,就拉过老康头,连说带问:"这对联几年前就做好了,请教过坡头的郑香山老先生,他都赞了,说'好联好联'。知道这'三左右''九乎而'的出处吗?"老康头心里暗笑:屋都烧得只剩一副对联了,还在怕人家不知道他的好联。秀才就靠过来说:"参差荇菜,左右流之。窈窕淑女,寤寐求之……"老康头就接上去说:"'参差荇菜,左右采之'。还有'参差荇菜,左右芼之'。加上你说的'左右流之',就'三左右'了。"秀才不快,却又说:"这个有人会,'九乎而'就难有人懂。这是齐风《著》里的:'俟我于著乎而,充耳以素乎而,尚之以琼华乎而……'"老康头觉得好笑,心里嘀咕:这秀才不该姓陈,倒该姓孙。酸溜溜的,十足一个酸秀才。还是耐着性子听他念完九个"乎而",然后抹抹胡楂说:"全亏陈旺了,要不真是全村遭劫了啊,东西抢了不算,恐怕性命也是难保。那时节不知多少人'呼儿'哭女,再不止九'乎而'了。最担心的还是那些妇女啊,一个家庭没了女人,家就散了。女人的心又脆弱,万一有个受辱什么的,想不开就自缢也是常有的。如果绑了人,全村就得筹钱赎人。那时节大家都要倾家荡产了。"

一提起陈旺,秀才眼前一闪,突然想起有人"做斗"的事,心里升起一团挥之不去的疑云。

十一

广州湾境内匪害,历来猖獗。细说起来,主要源于雷州境内的李福隆、遂溪境内的陈振彪为首的匪帮。他们队伍庞大,手中有枪,官兵也奈何不了他们。当年驻守雷州的滇军赵德裕部,多次清剿,不但剿缉无功,反而铩羽而归。盗匪竟将俘获的官兵押解闹市,当众屠杀肢解,抛尸荒野,惨不忍睹。两股土匪各树一帜,又互为仇敌,经常火并。李匪宣言保护洋界,专抢唐界,意在取得法国当局和租界内豪商庇护;陈匪则声明专抢洋界,以收国民政府治下民心。实际他们经常火并的原因,是所到之处皆抢,不分什么唐界洋界。因此互相认为你犯了我的地盘,进了我的圈子,所以大打出手,都想独霸一方,所以常常发生火拼。法租界内的赤坎,是他们的窝点。偷来的耕牛，遂溪廉江徐闻的，即通过陆路趁着夜黑赶来。南一南二南三南四都有，或走官渡，或从麻俸，或由南三大江、东海这些水路暗运而来。这里有专做销赃生意的牛客，接手又立马转手。绑架来的妇女，或卖入妓馆为妓，或卖给富家为奴，或拘人吊赎，勒索钱财。捉来了青壮男丁，即与"蛇头"狼狈为奸，声称自愿"卖猪仔"的，贩运至南洋一带当苦力。钱来得容易，匪首们就随意挥霍，赤坎西营两地便是他们的天堂。这里有枪支，只要有钱，奸商们可以假道香港，由美英等地购置偷运供给。这里有烟馆，有妓馆，有赌馆，有酒馆，任他们花天酒地，玩乐嫖淫。法国当局只要有利可图，税收增加，也就睁一只眼闭一只眼。谁知这些匪帮后来竟发展到抢掠起租界内的富商来。他们夜抢金铺，日劫赌馆，这才引起一班华商们手忙脚乱。纷纷投书法国公使署，上谕国民政府，要求即派得力官兵联合围剿。所以才有后来陈炯明属下的黄强官兵雷州剿匪行动。由于法国当局愿意协同部署，同意进入租界缉捕，此次剿匪功勋卓著。但被打散的匪徒，四散而逃。遁迹江湖金盆洗手重新做人的毕竟很少，大多凭借故交旧友狐朋狗党，别处入伙或再立炉灶重操旧业。

且说官渡有一清末举人，姓招名遥。因屡试不第，又见官场黑暗，土匪头子也能升官统辖一方，受贿徇私，盘剥百姓，财源滚滚。似那样钱财来得百般容易，还读什么书，熬什么寒窗之苦？也顾不上孔老夫子仁义礼智信之类的教诲了，干脆变卖了部分家业，得来些银两，用来置办枪支。纠集匪徒，竟做起打家劫舍伤天害理的事情来。又曾勾结过匪首造甲三，互相提供信息，通风做"斗"，彼此支持配合。起初这没落举人还有点人性,专做抢掠租界里土豪劣绅、富商大贾、赌馆花楼的勾当。后因造甲三遭黄强围剿,余部在雷州太平一带难于立脚,残兵败伍纷纷投招遥而来。招遥匪帮队伍本已够大,加上又有一股加入,人多了,吃的眼见也难维持。远处的草吃光,窝边的草也顾不得了。但终不能解决几十号人吃饭问题。起初只是盯着富的,后来连平头百姓,无隔夜之粮的贫苦人家也惨遭其害了。

雷州的匪患虽已消除,但广州湾乡间,广州湾周边依然是匪祸不断。后来,招遥虽然病死,其属下依然拉起他的大旗,作恶一方。流匪之患年年不断。

前一夜,这帮匪徒抢过埇田村。本以为抢了秀才一家必定大有收获,想不到连嫁妆物什也值不了几个钱,要不是猪牛鸡鸭,几乎是两手空归。匪首觉得奇怪,信息如此精确,谁知进了村,连人也跑光了,想绑个票也没有合适的。正自纳闷,忽然有人报,帮中传闻陈旺有暗中走漏风声之嫌。匪首抽了抽鼻子,慢慢回想,觉得陈旺身上真有那么点正味儿,与兄弟们那股邪味儿总像混不到一块儿。每次行动,陈旺总是畏首畏尾,下不了狠劲。有一次还为一个绑架来的妇女求情。联想再三,越想越真切。于是一个恶念在这个草菅人命的魔鬼心中浮起。他眼冒凶光,腮边的咬肌像蚯蚓拱动,立即叫来几个心腹,吩咐"把陈旺猪笼沉了"。

淡月西沉,星汉微明。在村头一间破茅屋里,匪徒们睡足了眼,正等着下半夜出动。闲着无事,猫着腰闲聊。

"昨夜'打单'如何?"

"真倒霉,'硬货'分文没有,只搜了些'尖嘴''扁嘴'。几个'毛瓜',两个'双角'。"

"'花鞋'有没?"

"没有。"

"那真倒透霉了。要有个'花鞋',还愁没人乖乖送钱?"

"就是。今晚'打单'你也去?"

"去啊,哥吩咐过了。"

他们在用土匪暗语对话。这些暗语陈旺自然懂。暗语大多来自廉雷当年的"三点会"。"打单"是打家劫舍,不过人家的原本含义是专门打劫富有人家。这里的家伙都把人家的原义丢一边去了,见家就打,见舍就劫,不分贫富,一律的洗劫了。"硬货"是银圆,泛指钱。"尖嘴"是鸡,"扁嘴"是鸭,"毛瓜"是猪,"双角"是牛,"花鞋"是女人。土匪帮里规定,不管在家还是外出,帮里互相对话一定得用暗语。还有一些更隐晦的暗语,陈旺初来时足足念了几天才算熟悉。

一个满身癞痢的兄弟滚过来,对着陈旺耳边说:"旺哥,你在赤坎混过,说说赌花会是怎么回事。"

"什么三军色宝、吊花会、番摊、牌九、麻将都是赌博名目。赌博这东西,在西营、赤坎两处遍地都是。共产党的死对头戴朝恩(绰号铁胆)在当地以俱乐部的名义取得开设赌馆的专利,赌馆就合法了。中国人开赌馆,中国人去迷赌,法国人即坐地收税。赌博上的税收最重,法国人单是赌博的税收入项就十分可观。光铁胆每年就得向法当局缴纳赌税一百多万元西贡币。赌博那东西也真够害人,多少人为此倾家荡产,家破人亡。我们这地方上因赌博上吊自杀、服毒自杀的多得是。可见那东西近不得的。吊花会、番摊两种赌博最盛行,赤坎的'两利''万利'赌馆就专营这种赌博。

吊花会博盘有三十六彩，各种彩名我也说不清。什么'三槐''三进士''占魁''九官''火官''天申''天良'等，好听而且吉利，每个彩名都有注解，尽是什么星宿、财神故事。猜中的最高可翻本三十六倍，着实诱人。今天买哪个彩可中？大家就冥思苦想，比如晚上做了个怪梦，以为神灵要你发了，给你送个'兆头'，于是大胆下注，结果输了。自然不甘心，继续下注。古人说，十赌九输，输光了本子，就四处生钱。猪会（高利贷）里的钱都是四分的息，又是利上滚利。多厚的家产也经不起几下折腾。赌到最后，耕牛卖了，田地卖了，孩子卖了，到后连做人的希望都输光了，只好了结残生。这样的事多得很。现如今的西营、赤坎真可说是花花世界，只要有钱，要啥有啥。鸦片烟馆、妓馆、赌馆……"

"那倒是个玩女人的地方。"

忽然有人叫陈旺的名字。陈旺出去，叫他的是霸大。跟霸大刚拐过屋角，忽地走出几条大汉，左右将他夹住，很快从他腰带上卸了他的手枪。正要呼叫，一团东西堵住了嘴。挣扎几下，两手很快也给缚住了。接着一只猪笼呼地一下从头顶套下来，直笼到脚跟。没等他回过神来，很快连人带笼被推倒，接着来回滚了几下，大概是笼口被缚住了。一条棍子穿过笼眼，两个人一蹲一站，抬起就走。

陈旺知道是怎么回事了——大哥（匪首）要置他于死地。为什么要置他于死地呢？他想了想，也许是昨夜为自己村庄通风报信的事败露了。不知为什么，此时的他反而很坦然。从进匪窝那一天起，他就没打算活着出去。他孤身一人，了无牵挂，死了就算了。可乡亲们寄托在自己身上的责任他没有尽到,这么快就完结了。他觉得对不起对他亲如儿子兄弟的乡亲们。唯一让他感到安慰的是,那天夜里村里没有人被绑架。要是有人被绑架,他真的愧对天地了。

两个匪徒喘着粗气走得挺快,穿过一片树林,昏黄的月光忽明忽暗的,远处有水鸡咕咕啼叫。凌乱的脚步声踢踢踏踏,树枝扫打着猪笼唰唰地响,样子在向海边走去。他开始想到死的痛苦,死的可怕,死的凄楚。一个人离乡背井而死,成了孤魂野鬼,太可悲了。

是海边了,海的远处有几点渔火,鬼火似的闪着幽光。那是引路小鬼的灯笼吧。海鸟吱吱乱叫,海浪泼泼地响。他被重重地摔下来。一个匪徒走过来,低声说:"兄弟,不要见怪我们啊,我们是受命于人。明年本月本日是你忌日。在生只算半个人,死也没个风光处,游魂野鬼。没奈何啊,走好吧你。"说完,两人提起猪笼,只觉凌空一飞,水哗啦一响,世界一下子什么都没有了。

匪徒们干完这一切还没有走,为的是要验证他们干事的结果,这是他们的惯例。如果水面除了冒泡别无踪影,说明他们手脚麻利,大功告成。他们就可以轻轻松松回去,如释重负般交差。可一袋烟工夫过后,水面上忽然浮起个黑影,慢慢现出猪笼的样子来。匪徒们顿时觉得大事不好。凝视水面,远处隐隐约约露出半个人头来。一匪徒拔出手枪,正要射击,霸大突然将他的手枪按住,说:"别开枪,枪声一响,我们的人听见了,一定赶来,到那时头儿必定责怪我们办事毛手毛脚,轻则断手,重则跟陈旺同刑。如果我们就这样回去,猪笼很快随流水漂走,不会留下半点踪影。只要大家守口如瓶,自然没事。倒是陈旺那小子命不该死,算他命大吧。"几个人看着那黑点渐渐变小，最后变成一个人影，钻进了对岸的葭苇林。听听四野无可疑之声，众匪才抱肘勾背地回去了。

十二

匪劫过后的村子，人心惶惶。

已经是初十了，照往常渔民们应该准备出海了。现在人们齐集在功夫馆前，一时不知如何是好。妇女们担心三十多号男人出海了，万一盗匪再来，村里将面临灭顶之灾。不出海也不是办法，几十户人大多没有田地可种，在家不是活活等死？

正议论，忽然村头马蹄声起。议长带着个马弁，风一般进了村子，直头来到功夫馆前。

让人叫来议员一边陪着，然后对大家抱抱拳说："乡亲们，对不起了。本议长愧对众乡亲们了，让大家受惊了。幸好这场匪患没给村里留下大麻烦，只抢走一些鸡鸭物什，烧了两间茅屋。还是秀才公的。秀才公呢？"议长扭着脖子找秀才公，见秀才公在墙根边哭一般的笑着望他。又说："让你受损失了，实在惭愧！幸好人没事，算是财失人安。本议长已经知会上峰，严加侦查，对祸害匪帮务必彻底铲除，不留后患。不过事关两界，实有难处。官方正与法当局斡旋协商，相信总有结果。这样的局面总不能长此下去。乡亲们尽管放心好了。"

"我们放不下心呀,男人们都不敢出海了,在家里守着。不出海也是死路一条呀,凭什么维持生计啊!"

"法国不是有保安兵警卫兵吗,他们的枪炮都用来干什么的呀?"人们你一句我一句吵起来。

看看议长的声音被盖过了,议员开声了,说:"乡亲们别吵,让议长把话说完。"

议长清清嗓门,很亲和地说:"匪祸的事就等上头决断了。我现在还有一事向众乡亲宣布:法国公署即将颁布《义务劳役法》。为了减轻乡民赋税,以后凡十四至四十岁男丁,每月只需义务修路四天,以减轻身税之负担。现在是试行时段,希望乡亲们踊跃参加,以见证《义务劳役法》之实属可行,望其早日实施,以减轻诸位家庭之赋税重负。后天起,各家就要出人参加筑路劳作。地点是九有塱施屋一段,辰时上工,交酉下工。伙食自备。凡不参加义务劳作的,每天就得支付劳役代金四角'西币'。希各位知照。"

"四角西币?这跟土匪抢掠有什么两样?一担谷不到一元西币,不参加一天义工就得交四角西币?那可是四十多斤稻谷啊,干脆拿命算了。"

"那,我们做工有没有钱啊?"

"有钱就不叫'义务'了,义工嘛。对了,'义务'可是个新词儿,诸位还没听说过吧。"

"我们给他做工是尽义务,没钱,连午饭都要自带。我们没参加义务劳作,还得交钱,这是哪家子的法啊?"

"是啊是啊,凭什么,凭什么?"

"这叫减轻赋税吗?我们做生做死,流血流汗就不值钱啦！"

"以前是多少钱粮税，现在是多少？现在卖个鸡蛋都得交税，一个鸡也是两角西币的税，卖担粮食也白白交四成的税。还有新征的人头税，是人就得交税，爹娘带我们到这个世上，第一件事就是交税。这是减轻赋税？"

人们吵作一团，人声沸扬。

看看再没人听他的，议长丢下一句："诸位要做守法良民啊，不要自惹麻烦。"说完，骑上马儿去了。

人们还在背后骂："这些浑蛋。刚遭盗匪洗劫，本希望他们给伝（咱）出口气。谁知都是一帮匪，来个二次洗劫。"

匪劫的愁云还没有散去，义务修路的阴云又笼罩头上。人们骂归骂，想想议长的口气都那么硬了，就等于有枪支逼着你的胸口要你去做了。可是几十号渔民不能不出海；不是渔民的，自己家的事一天也闲不出来。柴米油盐还要等着打短工去要，哪有时间参加什么义务工？

人们渐渐散去，还有几个人专等命运安排似的，问着："明天你去不去？"你试探我，我试探你，互相张着口等候对方回答。但终归没有谁能回答，都摇了摇头，佝着背回家去了。

夜晚的功夫馆，是村里还有点生命气息的地方。李明芳师傅正教几个小哥开弓扎马。

几个略大点的在练习套路。

吃过晚餐的人陆续来到武馆，七嘴八舌还是离不开明天参加义务劳作的事。有人说："我们干脆不去，让他们来抓吧。""我们干脆不叫它什么'义务'工，就叫它'鬼佬'工。我们不做'鬼佬工'。"

人越来越多,武馆里人气热起来。

李师傅过来,问:"你们有决心有信心吗?只要大家都不参加。并且串联周边村庄都不参加,法国鬼准拿你们没办法。"

"对,不做'鬼佬工'。"大家异口同声地说。当下议定,派出子善、仁源、亚美几人到周围各村暗中联络,统一行动,不参加修路,不做"鬼佬工"。

六哥也出来了。他蹲在板凳上,一口一口抽着闷烟。他在想着怎样对付盗匪的事。一村人不敢外出,特别是渔民们不出海。不是活路。

李师傅走过来,坐在一边,说:"六哥,明天不参加'鬼佬工'的事你怎么看?"

"这好。我也有这种打算。要不一村人真没法活下去了。只有抱团取暖,才不会冻死。路只有一条了。只是盗匪的事如何对付?师傅你说说看。"

"我算了一下,村里十六岁至二十岁的后生约有四十多人,如果再把年龄放低一点,估计不下六七十人。这可是一支不小的队伍。把这些人组织起来,晚上都到武馆习武。刀、叉、棍、标枪,样样要有人练,能者多练几门。你们渔民出海,这些后生就交给我。以后守村巡逻就靠这帮后生了。我们每晚点鼓练武,鼓声不但可以振作士气,壮胆壮威,还可以让匪徒闻声丧胆。我看,这才是防盗防贼保护村庄的最好办法。"

六哥一拍大腿,口里说:"是个好办法!"

"不光我们村要组织防贼保村,还得联合这里上下四村一起共同对付盗匪。让他们也跟我们一样组织武馆,打鼓练武,夜夜鼓声大作，我看那盗匪远远一听鼓声就给镇住了。"

"好，就照你的办法。"于是吩咐村里一位老成的主持管理，拉上议员一道，做好防贼巡逻等事。

九有塱上，一条路坯由九有西的海关楼经吴川三柏长坡，直通三柏圩南，再穿过乾塘那谋，直走鉴江边上的高岭儿村。这是法国人跟清朝最后划定的在广州湾租借地的最北界线。法国人最早的野心很大，他们盯上了黄坡。黄坡自古商业较为发达，税收可观。因此他们决意将租界向北推至黄坡大岸村。但经不起大岸人民、三柏人民的奋力反抗。在三柏人李聘珊的组织发动下，两地人民破釜沉舟，与法国人做殊死抗争。法国人几经挫折失利，只好愤然作罢。最后与清廷勘界商定，租界才定在这一带。法国人在九有岭上修筑这样一条既是界点又是运输通道的路，是要打通东自鉴江西至麻斜的海湾通道。一面驻军把守，一面设关收税。这样，他们海上进来的货物就可以东自鉴江口入境，向西运达赤坎、西营。又可由西面的麻斜海域向东运进坡头海关，然后由北向吴川等内地渗透、输出。东西互应，南北贯通，这的确是一条理想的海陆通途。据说，法国人是打算在此修筑铁路的，这种说法不无根据。因为这路坯要全部用石子铺成。既然是修筑马路，黄土坡上修马路还有必要再铺石子吗？谁都知道，马路上铺石子是绝对不适合走汽车的。还有就是新中国成立后乾塘东村一带曾有人在村前挖起过铁轨。这些都足以证明法国人在此修筑的是铁路而不是马路，也证明他们的规划是宏伟而长久的。人们所以认为他们修筑的是马路，是受了他们的蒙蔽。他们秘密修筑铁路，是惧怕国人由此看出他们的长期占据野心。

这段西起九有大岭,东至乾塘高岭儿的路段,地貌有点奇特。西从坡头至九有大岭,东至三柏长坡边,方圆几十里地是一望茫茫苍苍的黄泥大岭,这是人们常说的九有塱。横亘在大岭东面的是一片白茫茫的银光闪烁的沙洲,本地人叫长坡。长坡的沙,出奇的全是洁白如雪的石英砂,砂深十多丈,所以十分贫瘠,历来少人开垦,所见之处,莽草凄迷。再往东,七零八落的渔村,一直散落到东面的鉴江边上。

要在这样一片地形复杂的土地上修筑铁路,工程是浩大的。在新开发的土地上搞基础建设,投入巨大的资金,这对于一个殖民国家来说是一项赔本生意,他们绝不干那样的傻事。他们的宗旨是掠取,不是投入。即使有少量投入无非也是为了更疯狂的掠夺。要修路,又不想大投入,那只有另辟蹊径。于是一个计划便在法国人的头脑里产生:推行义务公役法,让中国人为他们无偿干活。

九有大岭上已插上稀稀拉拉的两行小旗,延伸出一条五六丈宽的路坯,路坯上每隔一段就有一堆黑石,有粗有细,就等今天的义务工将它们砸碎,然后铺覆在路坯上。

时至辰时,罗马表上指针已指8点,岭上雾霭熹微,翠鸟在树上呱呱啼叫,旷野上显得更加空荡。一辆绿色卡车轰隆隆驶过,停在灰蒙蒙的土路尽头,轰隆隆泻下一堆一抱大的黑石,飞起一股灰尘。几个议员早已来到,他们东张西望,希望见到除了他们以外的什么人,可一直张望到9点正,除了他们几个,始终没见任何人。

树林子里有几个人探出头来望了望,又缩回去。

一阵马蹄声,议长来了,几个人心突地一跳。议长跳下马，面带灰色。这个时辰没见一个做工的，知道不妙，于是训斥："你们是怎么管的，一个都没来，都不想活了？"

"怎么一个也没来？这有点奇怪。"议员们说。

"再等一刻钟，依然没人，你们就得回去跟我好好查，这里面准有谁在作祟！"说完飞马而去。

几个议员耷拉着脑袋，过了半个时辰，见四野依然冷冷清清，只好分手而行。东一个西一个慢慢消失在灰蒙蒙的旷野中。

回头再说树林子里那几个人，见路上没了人影，肩挑背负的匆匆横过土路，钻进对面的矮树林。他们是临近一带村庄被雇来的挑夫。肩上挑的，背后背的尽是些生盐、熟盐、鸦片、洋纱、洋油等走私货。只要过了土路，那边就是唐（清）界，大多再没有人盘查了。这种小额走私也是广州湾人一线生财之道。走私成功，货物虽少，利润却颇为丰厚。这些人中，除了受人所雇，也有为利所趋，铤而走险，做点走私勾当的。也常有侥幸不被发觉的。但一旦被抓，这辈子也就完了。要上法国当局的一审法庭，走私的刑罚最为苛刻。但这只是对小额走私没有靠山的小百姓而言，那些走私大户可就不同了。比方赤坎公局长陈学谈，他不但可以通过合法的途径获得鸦片的经营许可。还长期从事印度金三角罂粟的入境偷运。巨大的货轮从广州湾出发，到了外洋就有船在那里等着，将大批鸦片成品半成品转卸到船上，藏到舱底，上面再覆盖白米。这样进港报关，即以大米进口之名。鸦片就这样一批批偷运入境。这种"以白混黑"的生意，他们一直在做。他的三有公司所以风生水起。他手中有了钱之后，法国人也得依靠他。萑苻遍地的广州湾，还得靠他才能稍稍安定下来。

　　那天没人出工的事,总得有个了断。几天下来,几个议员在上下四村里草草盘查了一番。明知有人从中联合抗工,但打心眼里同情,也不认真追究,只应付查了一下,自然没查出什么。向上一报,法国当局的义务公役也是在试探阶段,民情如此,也只好让此事过去了。

十三

　　南三散尾海滩,一望无际的沙滩上孤零零站着一个人。海水慢慢漫上来,漶过她的脚背,沙滩发出吱吱的吸水声,远远近近跳着一排排小泡泡。水向高处爬动。海滩上刮螺刮蟹的采海人都回去了,她却一个人在那里翘望着,望着江对面。以前每月这个时候,那六条渔船已经在这海滩上次第排开,埋网挂网做过几流海了。今天已经十五了,海滩上依然空荡荡的,没有那些船的踪影,没有那些人的踪影。她心里惦记着一个人,竟连一批船一批人都惦记上了。她心里焦急地张望着,海水没过了膝盖,她依然那样站着一动不动。

　　"我说那阿妹,你别想不开啊!海水上来了,快上岸啊!要不你很快被淹了。"一个声音幽幽地从远处传来,她一愣,是江心的网排大哥在叫,是对着自己喊。她如梦方醒,发现裤脚被漫湿了,就提着裤脚一步步后退,退了十多步,才转身向岸上走。

她的眼泪出来了。这已经是这水海的第三天了。她天天只等海潮一退就来到海滩，肩扛一把螺耙，腰别一只竹篓，下到沙滩刮螺。螺耙"嗑"地一响，她便弯下腰去捡螺，每捡一次，头就朝江对岸一望。海水上来了，她极不情愿地上岸，站在岸上又望了一阵，这才闷闷地回家去。

　　她一步一回头走到岸上，站定了。海风撩拨着她的头发，翻过来抄过去，弄得满头乱发纷披，她全然不理。头发扬开来，又乱蓬蓬地散落脸上，脸笼罩在乱发之下，迷迷茫茫。她的心突突地跳，口里喃喃地说："该不会有什么事吧？"

　　忽然，三江口的屋面墩西，一只敞篷船隐隐约约地出来，船上几个影子一样的人弓腰曲体的俯仰着。接着又有一只船跟上。三只、四只、五只、六只鱼贯而来。是了，是了，是他们了。她的眼泪瀑布一样泻下来。她不明白这是为什么。她欢喜得跳起来。走上高处，她又一次跳起来。双手发狂一样挥舞着。网排上的大哥远远望着，刚才还思量寻短见的阿妹为什么一下又发起狂来了？想是疯了吧。张着口怔怔地看着。

　　眼睁睁地望着六只船过了三江口，横渡南三大江，冲着汹汹的涌浪驶向散尾这边，心才踏实下来。她回转身，向村里走去，专等那盼望的时刻。

　　六只船并排泊定，子善挑起一担水桶，蹚水向岸上走去。籁芥巷子，满地东一摊西一摊磨盘一样大的牛粪，凌乱乱的脚印，刮得人皮肤痒痒的籁芥叶镰。还有呼地走过的四脚油蛇。这一切都一如既往的寂静。来到泉窝旁，放下水桶，正要装水，倏地飞来一只石子，"咚"一声落到水里。子善一愣,见一只绿色大草蜢从簕芥叶上弹起,扇动红色软羽,笨重地落在另一片簕芥叶上,便不以为意,继续压桶装水。忽地又一声水响,分明是一只石头。子善就觉得奇怪,抬头四周一望。簕芥背后"嘻嘻"地冒出两只水一样的眼睛一嘴雪一样的白牙。子善立刻惊叫:"卜妹!"便丢下水桶旋风一样卷上去。将卜妹抱定,狠狠地看个没完。两人体温很快升高,心跳加快,四只眼眨都没眨,白眼珠黑眼珠定格下来,气越喘越粗。

好一阵,卜妹抽出一只手来,软软地在子善的肩上捶了一下,口里说:"人都为你快丢了魂了,还以为不来了呢。"这里有必要插上一句,看官们别错过了这"人"字。吴川方言里的"人",是女人自称的妙用,在喜欢自己的或自己喜欢的人面前,"人"就有娇嗲撒痴之意了。卜妹那一句话说过,眼向这边飞过一抹秋波,又说:"快说,是什么原因这时才来,都十五了。"子善一听到那娇声嗲气的"人",下面就热起来了。但人家又一问,却又把跳到嗓子眼的心慢慢地平复下来,便一五一十地把村里遭贼的事说了一遍。看看日已西沉,才推开卜妹,说声"还等着水煮饭呢"。正要走,卜妹追上一句:"慢,有话说呢。今晚月上,你得来,人等你呢。"扭了一下肩膀,脸就泛出两片红晕。子善感觉下面热辣辣的。卜妹把眼珠向这边裤上一扫,鼻子里便"嗑"一声,肩跟着抖了一抖,笑声却忍住,脸红到脖根上去了。子善不敢直腰,弯下身子挑起水桶,在泉窝里装满水,一路低头看着面前,急急向船上走去。

吃过晚饭,潮水快平了。子善跟伙计们挂完网,一轮满月已经亮在中天。因下半夜还要忙活,伙计们一回到船上便倒头睡去。只有大田还在舷边坐着,子善就说:"送我到岸上方便去。"

大田就说:"今天鬼捅肛门啦,倒要岸上拉了?"

"现在快平流了,海水都不流动了,还在这里拉?让人看着多恶心!"

大田只好起船,用竹篙一篙一篙向岸边点去。到了岸边,子善说:"你也不要在这里等了,拉完了再叫你。一二十步的水路,来去也不费时。也许过了一会儿,海水就下去了,水不深,就可以蹚水上船了。等什么呢。"

"我快成了你的马弁了。好,可别蹚水,万一淹死了我可遭罪了。到了叫我。"说完将竹篙向岸上一点,船便箭一样射了回去。

子善穿过簕芥巷子,很快来到泉窝边。卜妹已经在此等候多时,见子善来了,故意向沙丘上走去。月光淡淡的,看东西若即若离。卜妹在前边走,越走越快,子善就快步跟上。快要跟上,卜妹却一溜小跑,在灌木丛中绕来绕去。子善急了,也跑起来追。不想越追,卜妹就越跑得快。子善快跑起来,追上了卜妹,卜妹却弯下腰来,喘着气嘻嘻笑着,嘴里说:"人留你呢!"意思是说,服输了,让你了,你想怎样就怎样呗。子善说:"是你留的唦?是我追到的哇。"有点调皮。卜妹一听,笑到整个身子都软了,就跌坐在沙地上。沙子洁净无瑕,玉粉一般,柔和得像毯子。头上是一棵老簕芥树,两人多高,那一轮满月就挂在簕芥的叶子上,也不亮也不暗,老天爷专为他们备下了幽光。风沙沙地吹,不紧不慢,十分清爽。

子善面对着卜妹坐上去，一把搂住，越搂越紧。胸上的大布纽扣扎得卜妹的粉胸酥酥的。卜妹不住地扭着身子，扭了一阵，猛地将子善抱紧，女人的力气有时大得难以想象，子善被搂得快喘不过气来，也用力地搂，两人恨不得揉做一团。身子只抖得厉害。

正要进入佳境，一阵大风哗哗刮过，忽然"扑"的一声，恰似天崩地裂。子善先是一愣，立即想到大事不好，心里说："一定有人跟踪。"卜妹快速推开他，跳起来，一下消失在灌木林中。

子善站起来，望望四周，不见什么动静。不见了卜妹，心中不舍，走进灌木林轻咳两声，不见回应。站了一会儿，又怕惹上麻烦，心惶惶跑下沙丘，向海边急急走去。走了一段，站定，听听后面依然没有动静，心中疑惑。潮水已经退了，他闷闷不乐地蹚着水往船上走。

上得船来，子善坐在舷边呆呆地看海，月亮连同满天星斗被退却的海潮推来推去。直看到潮水渐退渐低，月亮移向西边天上。

"怎么啦，一摊屎拉了半夜，倒拉出个呆子来了。"大田从舱里钻出来，揉着惺忪的眼，瓮声瓮气揶揄着。见子善没搭理，上前推了他一把，说声"捉鱼去"。他只好背起个篓子下船，像一只丢了到口的鱼的小猫，提不起神来。

十四

　　子善早早起来，一个人闷坐船头。忽然一阵特特特的响声自西边传来，那艘法国小舰艇又向这边开来了。这时没有风，船上那面三色旗垂头丧气的，两边站立的安南人头上扣着三角笠，像扣着只大碓臼，露出的半张脸下，肥唇厚嘴向下扁着，他们都瞌睡似的站着，要不是一只手曲臂拉着肩上的枪，倒真像几个稻草人。

　　一个一画官威风凛凛的，举着望远镜向大江两边瞭望。忽见海滩上有个采海人，佝偻着背，衣衫褴褛，头戴斗笠，腰上斜别篓子，样子滑稽可笑。便随手摘下身边安南人肩上的枪，两手平举，瞄准采海人。见采海人进进退退的一阵慌乱，便做出指扣机关之势，突然大喊一声："啪。"采海人本能地快速摘下斗笠，口里叫声"哎呀"，两手将斗笠架在胸前做出抵挡之势，憨态百出。一画官和几个蓝带兵立刻哈哈大笑，一时向后仰去，一时又向前弯曲，左右踉跄，几乎笑倒。口里叽里咕噜一阵，又哇哇地笑。笑声在海面飞扬，靠近的海鸥受了惊动，扑腾着双翼，啾啾地叫着向远处飞逃。

　　子善看着，怒火顿起，猛回头将船舱上装盐的瓦煲一扣，举起瓦煲朝船舱板上一摔，瓦煲顿时碎成几片。他迅速捡起一片，侧身猛力向小舰艇飞掷过去。煲片飞向海面，刚接触水面，一下蹦起老高；很快又落向海面，又猛地一蹦，再落回海面。如此蹦起落下，连续不断，最后一跳一跳陀螺一样旋转着直追小舰飞去。子善又捡起一块，狠力掷过去。几个安南人大惊失色，手指着越追越近的神物大叫："鱼雷，鱼雷，鱼雷！"一画官回过神来，一个巴掌朝大叫的蓝带兵打去，蓝带兵趔趄一步。一画官再一巴掌打去，蓝带兵却快速站定，用坚定的姿势迎接这第二巴掌，石头一样屹立不动。一画官转过身来，恶狠狠地朝子善舞手跺脚。船上伙计因刚才一声震响，都醒来了，钻出船舱，见一画官在耀武扬威，便都恶狠狠地回视，六条汉子就像六座金刚。

法国人没有停船，一画官依然骂骂咧咧，一路向东骂去。

日已三竿，船上的人虽然受吓醒来。但因下半夜做的海，忙碌了半夜。尽管睡了几个时辰，人们依然哈欠连天。终是肚子讲不得义气，咕咕咕地抱怨连天，几人不好再下舱去睡。一条水烟筒轮了一遍之后，慢慢有了精神，开始打点早餐。有的上岸劈柴，有的刷锅，有的刨番薯。子善虽解了眼前之气，但心里还想着昨夜的事，挑起担水桶，便朝岸上走去。

到了泉窝边，放下两只桶，想到的第一件事就是重温旧梦，还有那解不开的一份狐疑。他走上沙丘，沙丘除了星星点点的昆虫足迹，依稀还留着昨晚二人坐过的痕迹。不觉触动灵魂，黯然伤神。记起昨晚那一声该死的声响，侧头向旁边一瞥，努力寻找那响声出处。见籁芥四周有好些窝窝点点，旁边尽是些硬土坷小砖碎。心想，这些窝窝点点必是土坷砖碎砸的。再看那坐过的位置，旁边两尺处，半截断砖砸出钵口大的沙坑，痕迹尚新。料定必是这半截断砖作的孽。心口一阵作痛！转念一想，昨晚还算幸运，如果被这断砖砸中，那就不光一场惊慌的事情了。这是哪一个的恶作剧呢？如此坏人美事，着实无良！再退步向篱芥树顶张望，竟有无数黄蜂飞舞，黄蜂落处，一个斗笠大小的蜂巢架在树丫上。身上顿时起了鸡皮疙瘩。再一看，树杈上夹着两三块砖头。他一下明白过来了。定是那放牛打柴的侬儿（儿童），见了蜂巢，用砖头土块掷打，投掷多了，免不了就有被夹在树杈上的。风一吹树一摇，夹不牢的自然就掉下来了。子善自然想起那阵大风，越想越明白，越想越悔恨，不禁狠狠地跺了一脚，长叹道："老天戏弄我。老天戏弄我！"两行清泪滚烫流下。思量一定要将此事明白告诉卜妹，解释她的狐疑，消除她的羞怯，或者事情还有转机。

忽觉身上痒痒的，想是两天没洗过淡水，身上闹咸疗了。于是走下泉窝，提起半桶泉水，放在篱芥旁边。望望四下无人，先脱去裤子，搁在篱芥叶上，再解下裈子压在裤子上面。把水提到隐蔽处，蹲着浇洗。

洗过身，要把衣服穿上，却怎么也找不着裈子了。心里觉得奇怪，明明裈子压在裤头上面，为什么只有裤头没了裈子？他穿好裤头，到处一阵乱找，依然没有。莫不是让风吹走了？再往远处找，绕着泉窝走了一圈又一圈，愣是没有。只好光着上身挑水回船，一路想着不顺心的事：莫非老天爷专爱出我的洋相？心里越发闷得慌。

晚上，这是今天一天中难得空闲的时候，也是他最苦闷的时候。卖鱼的还没有回来，大田倒在舱里疯睡。子善一个人呆呆的，两天来的不顺心事让他丧气。人一到烦闷痛苦，总想找个人寻一种方式倒一倒苦水。人呢，大田睡了。什么方式呢，那只有歌哭了。哭，还没到那种伤心处。那只有歌了。歌，有哀伤的歌，欢乐的歌，痛苦的歌，幸福的歌。他的歌谈不上痛苦,谈不上幸福欢乐,只能说是哀伤了。他的歌是吴川木偶调,词是《八才子花笺》里的"对花自叹"。他因情即兴,随唱随改,对着海水他低声唱着:

> 自系玉容空对面,多少私情对姐言。
> 老天不管人肠断,惹场新恨上眉尖。
> 眼前多少离人恨,对月空嗟泪涕涟。
> 花秀茂,石榴红,花颜酷似姐娇容。
> 花在梦中娇不见,悠悠春恨挂心中。
> ……

子善唱着,昨晚之事一幕幕重现眼前。他倍感伤心。

十五

自从那晚幽会仓皇逃回,卜妹便几天不出门。父亲觉得奇怪,也不好多问。女儿家长大了,心事就多了,多问反而添加她的烦恼,所以不问为好。父亲哪里知道姑娘的心事,她现在很伤心,想着好不容易才喜欢上一个人,却遭人妒恨,暗地里咬尾跟踪,诚心出她的丑。荒郊野合,自古皆为笑谈,今后叫她如何做人?想到子善,那腼腆人经此一吓,以后定是再不敢见面了;加上每次采海,村里人总要跟他们暗中较劲,几次几乎大打出手。村里人若知自己这等丢脸的事,一定不能容忍。这样想着,又想到母亲早逝,自幼无娘,孤寒凄楚,心中有事不知向谁倾诉,不禁眼泪就出来了。

忽然门外有人大声对话:"捉了一对鲎,鲎都爬坡上来了!"

卜妹心里一颤。鲎,是对男女幽会私交野合的讽喻。

"是吗?想是天要作恶了,这样闷,没有一丝风。蟹上坡,大水多。龟鲎上坡,水浸屋。"她耳根立刻热起来,脸也热辣辣的。那不是讥笑自己?当时恨不得脚下有个荒冢破洞,好一骨碌钻进去。

傍晚,她挑了担桶怯怯地出门,到东坡菜地给菜浇水,菜都几天没浇水了,怕是蔫了。一路上见着村里人,一个个一如既往向她热情招呼,没有异样的眼神。她慌慌地应答,像刚做过贼让人抓了个正着似的。

坡脚下是一垄垄山薯。竹子搭起的山薯棚架高过人头,架上密密麻麻覆盖着山薯藤叶,都翠绿翠绿地闪着油光。坡脚下挖了一眼泉窝,泉窝里清泉如镜。泉窝两边就是四邻乡亲的菜地。有这清润的泉水浇灌,菜地里生机蓬勃。只左边那一块菜地满地愁容,叶子蔫垂,一如它的主人。卜妹不觉伤心,想到父亲这几天见她愁容满面,总不出门,担心焦虑,连菜都无心浇灌了。可怜的父亲!卜妹鼻子一酸,眼泪又出来了。

忽然山薯垄里站起一个人来,是癞狗。癞狗怎么会在这里?莫非他看见我的菜蔫了,算定我今天必来?莫非……

"卜妹,几天没见采海,以为病了呢。"

"多谢关心。"卜妹冷冷的。

"刚才路过,见你的菜闹旱了,正寻思回家拿桶帮忙浇水呢！"

"是吗？我得谢你啦！"卜妹横着脸。

"还没帮忙，谢什么谢？"癞狗嬉皮笑脸地说。"看你有点憔悴，是不舒服吧？"回头望望四周，侧着身子靠近来，斜眼低声说，"莫非来月经啦！"

"不要脸！"

癞狗嬉皮笑脸，靠前一步，"妹，我想闻闻你头上的茶油香。"

卜妹不理，退了一步。

癞狗鼠一样转动着头。傍晚的田野静悄悄的，很适合老鼠出洞。癞狗回头向四周扫了一眼，靠前蹭了两步。

"你这种人就专做不是人做的事。"卜妹的脸红起来，机警地向后退去。

"我做什么啦？我还没有做呢，要真做，也是真喜欢你。"

"还说没做什么？无耻！"卜妹瞪圆了眼。

"我做什么啦？我，我……"头一个劲地甩，"我发誓！我这辈子做过对不起人的事，却从来没有做过对不起你的事，你难道不了解我？我对你是真心一片。"

卜妹见他信誓旦旦，那晚的事似乎与他无关，也就不再旁敲侧击。

癞狗见卜妹被自己几句肺腑之言镇住，没了言语，以为动了心了，就公鸡似的侧着身子蹭近去。口里说："妹，三叔在坡上捉了对鳖，那可是个兆头哩，鳖都爬上坡了，人能不动心吗？我真想跟你做对鳖，我是鳖公，你是鳖㜷，鳖公要爬上去啦！"一只手竟搭上了卜妹的肩头。马上，一股酸臭的汗味直冲她鼻孔，直灌她的喉咙，她张了张嘴，正要呕，咬咬牙还是忍住了。见癞狗说出这等肉麻的话,心中懊恼,甩手将他一推,说声:"你给我滚远点,满身汗臭,还以为香死呢,鬼才近你!"

"嘻嘻!嫌我汗臭?好,我要让你闻着开心。"见卜妹一脸怒气,自觉没趣,说完,脸羞赧赧地走开了。

卜妹回到家,吃过晚饭,心事仿佛,整个人似丢了魂一样,早早就洗脚上床。倒在床上,人却迷迷糊糊,子善的影子总在眼前晃。想着想着就浑身酥麻。想着想着竟呜呜咽咽起来,却又不敢痛快地哭。

也不知什么时候,蒙蒙眬眬的像在做梦。有个人压在身上,一对手在身上乱摸。飘飘然像在云雾中,忽然感到下身疼痛,那痛非同一般。

她彻底清醒了。快速地上上下下地摸,摸到裤子,摸到纽扣。她闻到一股熟悉的味道,脑海里幻出子善的身影。她放松了警惕……她继续摸,摸到脖子,摸到头上,摸到一块没有毛发的光滑的头皮!那只脸一下扑下来,却有一股臭气灌进她的喉咙。她浑身一震,有一种灾难降临的感觉。口里大叫:"癞狗!"用力一推,身上的人一下滚到床前。她迅速抄起床头一张方凳,朝那人砸去,那人刚逃到房门口,腿上挨了一着,跟跄两下,逃出大门。

那人翻过院墙,情急中跌烂邻居一个粪缸,满身带臭,跳进小巷,黑暗中拐弯抹角地逃了。

卜妹的爹睡在门楼的耳房里,门楼离正屋有一段距离。一夜动静,卜妹的爹竟一点没有觉察:有人翻过院墙,用刀子撬开正屋大门门闩,在正屋里闹得天昏地黑,爹一点没有知觉。女儿哭得泪人一般,捶胸顿足,挠床扯被,爹一样没有觉察。

十六

哑巴虽然不会说话,可心格外精灵。对于人情世故他看得最清,对于善恶是非他也辨得最明。他知道卜妹是个好人,自从那次被鲴鱼刺伤了大腿,是卜妹细心敷药料理才慢慢好起来。他感念卜妹,口里不说,但心里早认她做了大姐。卜妹没有母亲,他没爹没娘,二人同病相怜,虽然不在一家,却经常互相串门,呜呜哇哇地跟卜妹谈心表意,起初卜妹只略知其意,谈得多了,才慢慢熟悉。不光对他指天画地、挠耳抓腮所表达之意清楚明白,更有那心情的表达也是十分的熟悉了。每每呜呜哇哇的指胸口皱眉头的到了伤心处,哑巴便捡起一块砖碎就地画出一个"都"字,接着在"都"字下边的"日"下加五笔成个"是"字,再将"是"下的"人"连成个"命"字,"命"字一竖拖得很长,最后就着那长长的一竖连成个"也"字。卜妹不认字,就问旁人哑巴写的是什么,旁人说:"都是命也。"哑巴就一个劲地点头,又一个劲地摇头。卜妹黯然伤神。哑巴也扪扪心窝,最后摆摆手,是叫卜妹不要悲伤。

每天哑巴起得早,跟往常一样,必到卜妹家里转一转。几天没见卜妹了,就问她父亲,老人皱着眉,摆摆手,示意不要问。哑巴心里纳闷。这天天刚蒙蒙亮，哑巴又来到门前，见卜妹披头散发走出门来。哑巴奇怪，就远远躲着看。卜妹突地跪倒门前，朝耳房拜了三拜，起身就直奔村外。哑巴惊奇了，远远地跟着。卜妹走得很快，哑巴一路小跑躲躲闪闪跟上。卜妹直奔海边，跑得更快，哑巴远远地落在后头。

卜妹疯一样朝海边狂奔，冲进海里。哑巴哇哇地在后边叫。海水浸过她的腰，没过她的头，头发浮起来，散成一片黑影。哑巴大喊："呜呜哇哇！呜呜哇哇！哇哇哇！"手向前指，身向前倾，一下跌倒了，爬起来又"呜呜哇哇"地喊。

六条船的人同时钻出船舱，网排上的伙计站起来张望。远远地见一蓬海苔似的长发向水面一翻，很快不见了。"有人跳水！快救人！"六条船同时起橹放棹，哇啦啦向那缀头发冲去。头发再没有出现。船近了，依然不见。十九的潮水，水大流急。海潮虽然无声，但流水却是湍急的。眨眼，近网门洞处，一个被花格衣裳裹着的身躯向水面一翻，很快又不见了。"快！"网排上的伙计急忙操起网钩，几个人七手八脚，将被流水冲得鼓胀的网袋往上钩起，用力向上抬，网还没离水，一具"女尸""溜"地滑进网袋。那六条船也陆续靠拢，众人一阵忙乱，抬起网袋，解开，拉出人来。那人面色已经苍白如纸。再轻轻一推，已经没了动静。船上的人拿来一个圆肚鱼笭，倒扣舱面，再在上面叠上一只。几人抬过"女尸"，肚朝下搁鱼笭上，三四个人噼噼啪啪朝背后拍打。"女尸"口里哗啦啦地淌水，几人继续拍打，约莫一袋烟工夫，"女尸"的手才动了一动，跟着脚也动了一下。"继续拍！"这样又过了一袋烟工夫，"尸体"耳朵上脖子上有了血色，手脚都能动了。众人舒了口气。子善靠过来，见身姿惹眼,似曾相识,便轻轻扶起那人的头,不禁失声惊叫:"卜妹!"眼泪竟瀑布一样下来。众人愕然。也不知他俩是哪门亲戚,何方朋友,竟一见便知其名,伤心到泪如雨注。看样子绝非一般的相识了。一时也不好动问,大家都你望着我我望着你,一头雾水。

卜妹睁开眼睛,眼珠慢慢地转,没有半点动力,心想:还是那个世界吗?不是了,应该不是了,不是就好,不是就好。眼前那么陌生,这人,这天,不一样了,不一样了。可是似乎有人叫着我的名。那声音那么熟悉,那么亲切,却又那么痛苦。莫非……莫非我还在那个世上?我不愿在那个世上了。她的眼珠凝定,眼睛想要睁大,可是总睁不开。"妹!"又是一个熟悉的声音。她努力睁开眼。眼前,眼前站着的不是他吗?一双淋漓的泪眼,还藏着前夜的柔情。她胸口起伏几下,终于"哇"一声大哭起来。挣扎着坐起,推开众人,口里哭叫:"为什么救我,为什么救我?啊,啊……"一口气没上来,又昏过去了。

"妹,妹!"子善捏着她的人中,捏了好一阵,卜妹才又苏醒过来。

周大哥跳过船来,蹲下,望望子善,看看女的,就问:"你们认识?"子善低下头,没答。女的耷拉着头,没答。周大哥又问女的:"阿妹什么事想不开啊?年纪轻轻,人生的路还长着呢,站起来还能摸着那滑滑的天呢。"卜妹垂着头,合了眼,心灰意冷的样子。周大哥又说:"虫蚁求生不求死,何况人呢。父母养育你一场,你这样死了倒干脆,要知道活着的爹娘肝肠寸断痛不欲生啊。"听到后面一句,卜妹顿时号啕起来。周大哥接着说:"想死容易,往高处一跳,往海里一沉,什么事都没了。想过没有?活着的谁在为你悲伤,谁在为你痛苦,谁在为你叹息呢?人生一经来到世上,就跟无数人连在一起,亲的仇的爱的恨的,千千百百。你这一死,仇的恨的,巴不得你死,他乐了;亲的爱的,你这一死,他的心也就死了一半。你这就弄得他半死不活了。有句话说,'死者长已矣,生者何悲伤',你这一死不是遭了罪啦。于亲不孝,于义不全,于情不忠,死在九泉还问心有愧呢。这一死,真的对不起亲者对不起爱者,倒是那仇者恨者暗地笑着,在你爹娘面前幸灾乐祸,在你亲着的爱着的人面前敲木鱼唱哭调。所以人一冲动起来啊,万勿就那样行动,要回头多想一想。有时候就这一想,终身受益,百毒不侵,千灾得免啊,姑娘!"卜妹抽抽噎噎,泣不成声。"姑娘正是锦绣年华,如花初放,如月将圆……"周大哥才要继续说,卜妹号哭起来,一跃而起,纵身扑向船舷,幸好众人手快眼疾,拉拽得快,才没跳进海里。众人见如此情景,卜妹又浑身水淋淋的,时间长了反而不好,只好让子善、大田摇船护送卜妹上岸。

看着那船渐渐向岸驶去,周大哥叹了一声,说:"早上起来,见海面乌黑如墨,心想不是天时作恶,定是人间又有冤情了。果不其然,这女子跳海来了。大凡女人跳海,不是为男女痴情,就是婚姻被迫,或是婆媳口角,丈夫欺凌,或是遭人凌辱。可这女子年纪轻轻,黄花闺女似的,还不似个媳妇样子,也不像是为情所伤。我一句'锦绣年华,如花初放,如月将圆',她便大受刺激,跃身起来要再度跳海。想必是遭了贞操之辱,一时想不开。哎,这世道,正道难行,邪风日盛。要是真个被奸,谁人给你喊冤?前不久不是有宗强奸案吗？到法庭上一告，法官开庭，问原告：'你说他强奸了你，他说你心甘情愿。你们各执一词，却无旁证，本官实在难以决断。自古奸要强来，实属不易，除非自己一无手脚，二是手脚被捆，三是枪刀在颈以死相逼，四是以药致麻用酒灌醉。除此别无他法。而你并不属于这几种情况。道理简单，这不明摆着？'说得女子要当庭撞死，幸好拉得及时。哎，先不说那该死的法庭，该杀的法官。就说这女人。女人也是人啊，也是血肉之躯，也受七情六欲所控。许多难言之隐只有女人知道。可怜啊，可怜，天下女人！"

　　入秋天气，变幻无常。昨天还灼皮的燥热，今天的风却凉得有点浸人了。海面又无遮拦，真有点风凉水冷的感觉了。子善见卜妹瑟缩着，就进船舱从自己的草箅里翻出件土布长袖衫，让卜妹进舱换去上衣。谁知卜妹一见了这衫，立即想起那褂，不禁心头大痛，推开衣衫，竟又号啕起来，一面摇着头，涎水鼻涕齐下，全身抖动，似船都跟着震荡起来了。子善不好多问，一团疑惑堵在心头。船将近岸，哑巴就在岸上向船上两人连连拱手，咿咿呀呀谢个不停。卜妹看见哑巴，想起他的"都是命也"，不禁又流起泪来，连连叹气。怕卜妹情绪还有反复，哑巴一人顾不上，两人又送至村口。远远地望了一会才往回走。

　　刚转身，大田就捅了子善一下，说："像是那弹泥的妹呢。应该是了。男人流血不流泪，你的眼泪已经告诉我，跟她不是一般的好了。盲佬戴眼镜，睇冇出。"子善老猜测着卜妹何以跳海的事，无心搭理，默默地二人上了船，掌橹开棹，往海部摇去。

　　六只船橹到一块儿。时近晌午，风嗖嗖的忽然送来一股凉气,远处不时飞过一群群海鸟,啁啁吱吱地叫着。海底(远处天底下)一片灰暗,死一般似云非云。过了两个时辰,远处传来"弄弄"之声,六哥侧耳细听一阵,喃喃地说:"好像海响。"几个人静下来,也辨听起来,都说:"好像。"六哥说:"眼下正是风期,没准要来台风了。不过听海响还远着,要真有台风,也不会那么快吧!"

傍晚捉完鱼。雨就稀稀疏疏地,东两点西三点地下。西北风紧一阵慢一阵的刮起来。七月,还不是吹北风的季节,这种不应节候的北风最引起做海人的警惕。

吃过晚饭,北风越刮越大。看来台风真的来了,而且来得真快。

大家商量着渡海回家,可是北风已经大了。还有埋下的网还得收,这样一忙碌,不知要忙到什么时候,渡海回家一时赶不及了。嗖嗖的风扫着海面,波涛汹汹地涌了起来。有人提议把网留下来,还是顾命要紧,赶快渡江。大家试图奋力,四棹一橹,吆喝着一齐用力,才只前进了两步,又被冲了回来。

十七

哑巴跟着卜妹,寸步不离。

风渐渐大了,天灰蒙蒙的,大群大群的蜻蜓在屋前旋转,熙熙攘攘的像年晚的集市。农村人的经验,蜻蜓"趁圩",

要打台风了。村里人开始张罗"扮屋"。抬出粗重的麻绳，使劲甩过屋顶，让麻绳顺着屋面向下拉直，屋前屋后都绑着大石头，或将麻绳缚在房檐下的木疙瘩上。房檐面上的茅草再绕一根木棍压着。每座房子都这样勒着三根或四根大麻绳。有的人家是围网的，就将破了的黑黑的渔网张在屋的山墙两头，中间再顺着屋篷顶上横拉一两张。茅屋一遇大风，首先屋檐屋顶最容易被风掀起。这样用麻绳勒着或渔网绷着，茅草不易被风掀起。

卜妹的爹颤抖抖地搬出腐朽不堪的两扎麻绳，让哑巴帮着把屋"扮"好。

风已经打着旋转在天上呼叫，竹子疲惫地摇着满头乱发，稀疏的雨点被搅得漫天里横斜飞舞。

卜妹见哑巴帮父亲压好屋，仍苦着眉头在屋檐下站着，就指指哑巴的家，"啊啊"两声，意思是让哑巴回家去。哑巴摇摇头。卜妹做出扮屋的动作，让他回去也理理自己的屋子。哑巴向前伸出手掌向下压了压，指指别人的屋，摆摆手，意思是说他的屋子没有别人家屋子高。有别人家屋子挡着，不招风，不碍事。

风扯碎树的叶子，撕下竹的枝丫，扬起谁家屋上的茅草，在半天里抛撒。雨发狂地横扫、旋转，在巷子里怪叫，在房顶上撒野。哑巴仍站在屋檐下。卜妹跑过去，推了哑巴一把，哑巴打了个趔趄。卜妹示意他回家去，哑巴仍一动不动地站着。卜妹火了，打了他一巴掌，大声喊："下雨了，你回去吧！"哑巴伸出右手，弹出食指，示意卜妹跟他勾手。勾手干什么？卜妹想了想，明白了他的心思，说："我不想死了。你放心吧！"哑巴弯着的手指仍在等候着。眼睛直直地盯着卜妹。卜妹无奈，伸出手指。哑巴勾住了她的指，笑一笑，但马上脸又沉下来，摇摇头。他觉得她的手指没有劲，他不放心。他仍然木头一样站在狂风乱雨之中。卜妹发怒了，大吼："你要死啦，你回去啊！"说完，趴在墙头上哭了。哑巴走过来，又一次伸出手指。另一只手握着拳头，一拳一拳砸在墙头上，那只勾着的手指捏得褐红。口里呜呜哇哇地叫。卜妹哭得泪人一般，丢下哑巴，直奔屋里，砰一声关了门。

约莫一个时辰，卜妹终是惦挂着，推门出来一看，风更大了，雨更大了。天地一片灰暗。四野隆隆，一片翻江倒海之声。哑巴落汤鸡似的立在屋檐下，风从巷子那头刮来，他就这边一趋；风从这头扫去，他就那边一摆。卜妹看着，心都碎了。她夺门跑过去，伸过去手指，哑巴接住她的手指，紧紧地勾在一起。那是一种钢牙咬钉的狠劲。他相信这种儿时的誓信，他依然相信这种誓信的力量和作用。哑巴笑了，笑得粲然。卜妹答应了，答应他绝不会再去寻死，哑巴终于放心了，转身走了。

海水越涨越大，六只船在狂风中挣扎。初三十八大潮日。今天是农历十九，还是大潮日。潮水借着风威，从黑蒙蒙的天边涌来。风向已经转向东南。上涨的海水借着风威，推着澎湃的恶浪，越涌越高，船都齐着树梢了。浪头似鲨鱼张着巨口，半天里扑下来，六只船凌乱跳荡，起伏颠簸，互相碰撞。再一浪扑来，船一下都没了影子。船刚从浪谷里露头，六哥大喊："拆舱板，抱舱板！"有的人听见喊叫，忙乱地拆下舱板。有的人无法站起，匍匐着，死死扣住船舷。船突然飞上浪尖，又一下砸向谷底。水哗啦啦地灌进船舱，衣服、鱼笋、柴片浮了起来，左右漂流，前后动荡。子善回头一望，一只船拖着缆绳，已经向北漂去。有个人哭了，子善大喊："现在不是哭的时候，得想办法活着！"话音刚落，自己的船已经头朝南尾朝北拖着缆绳向北漂移了。子善见船没有横漂，缆绳没断，一定是铁锚被吊起来了，船是拖着铁锚漂移的。

看看船拖着缆绳，大浪冲着船头猛扑，海水劈头灌进舱里，船已经半浮半沉。大田用手抹了一下脸上淌下的水，大喊："快斩缆绳，快！"说着拿起柴刀。一浪打来，子善立脚不住，仰身跌倒，爬得起来，见大田已经举起柴刀。子善急忙扑上去，连喊："不能斩，不能斩！斩断缆绳，船就打横了，浪打横船，马上要沉啊！"大田还要斩，子善跳过去抢下柴刀，丢进水里，大叫："让船拖着锚，船身顺着风向漂，船才有望不被打沉！"说完吩咐两人往船外戽水舀水，三人拆舱板，万一船真不济事了，凭借一块木板或者还有一线生还希望。

忙乱中，一堵浪墙劈头倾倒下来，忽听有人呼叫："广圣菩萨救苦救难啊！"当又一浪扑来时，浪尖上抛起的是一片衣服、柴条、鱼筐、草袋、筷子。那人的第二次呼叫刚喊出一半，便没了踪影。听声音那是允龙。糟了，允龙的船沉了。有人在哭了。忽然横漂来一截断桅，朦胧中见一个人爬上那颠起落下的桅杆，紧紧抱住，随着大浪起伏着，翻滚着。一浪过来，那人连同桅杆被吞没了，又一浪卷来，那人又翻上桅杆，辘轳似的上下滚动。桅杆和人忽隐忽现，忽浮忽沉，若有若无。眼看着波涛翻卷，天翻地覆，风悲浪惨，人已无法施救，只有听天由命了。

允龙眨眼没了踪影,众人悲从中来,号啕大哭。

大家各自抱紧木板,以备不测。

台风最怕回南。旋转而来的几阵南风,真个排江倒海,地动山摇。这时已是一片黑暗。雨点横扫,如碎石弹射在脸上。震耳的嘶叫在天地间飞蹿。风可以把人的头发撕下,衣服撕破,皮肉撕开。真个是天地震怒,江海疯狂。大地万物一时间被糟蹋得支离破碎。

船是什么?人是什么?在天灾面前,所有这些都不过是漂浮在大海的一滴浮油。只要天地一个喷嚏,所有东西都要躺着滚,倒着翻。何况大海里的一滴浮油!

回南阵风一起,不要说手臂粗的黄麻缆绳,就是钢绳铁缆也经不住几下折腾。船很快像断线风筝,横拖倒荡,向北颠簸。远处有船渐渐沉没,波涛里的木板和零乱的杂物拥着人头出没着,翻滚着。喊救声被大风扯碎,若有若无,忽远忽近,听不出喊什么,只隐约听见幽幽之声。最后,连一点微弱声音也被迅速卷进风里,连同茅草乱叶上下狂飞,很快在浪峰雨幕中消失了。

十八

台风一夜癫狂,整个世界无处不在震颤。茅草屋顶被大风刮得一起一伏地跳,屋架格格地响个不停,泥沙灰土阵阵震落。人,惊悚难眠。

好不容易蒙蒙眬眬睡去，醒来时风已小了，但仍一阵一阵地刮，听得屋外刀砍树木的声音。卜妹抖抖身上灰尘，坐起来，惦记着父亲，惦记着房子，就准备出去。她拉开八仙桌子，拉开门闩。前夜的遭遇，给她心上重重插了一刀。心想此生已不能把完好的金玉之身交付与心爱之人，心如烬灰，干脆一死了之。谁知要死却死不成，仍要回归到这苦难人间。及至回家看到可怜的父亲，又一想：幸好不死，要真死了，我这老父生老病死无人照看，岂不凄凉？人生儿育女，所为何来？为人子女，生不能尽父母之孝，死却留给父母无限伤悲，岂不是生生折磨了他？这样一想，倒觉得船上那大哥的话是金玉良言，才有了生的念头。经过一场人生劫难，也有了教训。心想：平日里嘻嘻哈哈的人，原来一个个都心怀异想，看不出哪个是人，哪个是鬼。幸灾乐祸的，落井下石的，在你身上打主意的，有得是。如今不得不防了。所以昨晚睡前，闩好门，还特意拖过桌子把门堵上，才安心睡了。她走出门外，举目四望，一片萧条。倒下的树，折断的树枝竹梢，塌了的房，屋茅树枝竹叶满地。自己院墙倒了一面，父亲正佝偻着身躯，搬来断了的泥墼、烂了的木板堵上。

卜妹走出院子，要打开门楼的门，可拉了几下却打不开，再用力，门晃了几下，依旧拉不开。正纳闷，门圈哐啷哐啷响着，吱扭一声开了。迎面站着哑巴，手里还拿着一根木杆，看得出是哑巴用木杆在外把门杠上了。哑巴的心真用到尽处了：生怕大风攻开门，就从外面用木杆麻绳把门杠上。见哑巴红着双眼，惺惺忪忪的样子，卜妹问："你就在门前过夜？"没有回音，才想起面前是个哑巴。手指地上，又指着他，合掌靠头，一边侧着，做出睡的样子无声而问。

哑巴点点头。

"都说我死不了了，怎么还守着？"

哑巴盯着脚趾发愣。

卜妹感动得热泪盈眶。心想，天底下的人都这么诚恳就好了。怎么五官端正五音俱全四肢健全的倒不如一个不会说话的残疾人呢。哑巴虽不能讲话，内心却是通透的，光明的，光明得连半点阴影也没有，那么纯洁那么率真。她走过去摸着他的头，再一次说："姐不死了，就在这世界上跟你一起受苦，好吗？"哑巴点点头。

卜妹因为记挂着老父，打消了死的念头。她突然庆幸自己没有死。想到自己没死是得了别人的搭救。搭救的人是她的恩人了。恩人呢，一夜狂风恶浪，他们还好吗？子善还好吗？所有的大哥还好吗？她急急回房穿好衣服，匆匆走出大门，一路向北奔去，急得哑巴在后面嗷嗷呀呀直追着叫唤。

到了海边，卜妹哭了。海上空无一船。有的是岸边斜着的翻着的破船。残枝败叶，斜篙断板，狼藉衣衫，漂浮的渔具。一派凄凉之景。她走近一只斜插在浮沙里的破船。船上空荡荡的，连舱板都没有了，只有一副船的骨架，像沙漠里一具骆驼的残骸。上面两只瓦煲搁在残骸的角落里。两三只草袋被海浪泼上滩头，旁边是散落的衣物，她不忍细看。他的主人还在吗？她心里涌起悲哀。

海滩上一线黑影，长蛇一样伸向远方，那是子善他们昨天埋下的围网。围网有一段卷在一起，有一段堆在一起，有一段深深埋在沙泥里。旁边三三两两插着的网桩，东倒西歪。看着围网卜妹就想起那群人，想起那条红腰带，想起哑巴被鱼刺的那段经历。"那些人呢，他们平安吗？"她念叨着。

海上依然大浪滔滔，污浊的巨浪还在咆哮。大江中流一个木架，让浪冲得歪歪斜斜，那是网门。她想起那个人。她记得重回人间那瞬间的第一声呼唤，记得那淋漓如雨的眼泪。想起那个大哥"年纪轻轻……站起来还能摸着那滑滑的天呢"那句深情的话，真的刻骨铭心。可眼前空荡荡了，那网排呢，那小船呢，那可尊可敬的人呢。但愿上天默佑这些好人！

哑巴走过来摇了摇她的手，示意她该回去了。她伤心地往回走，走了两步，站定。又回望一阵。

第二天一早，就断断续续有消息传来，说大沙角搁了多少沉没的船，多少人遇难。

卜妹心里有抛不开的心事，她一早又来到海边。

三三两两的野狗在海边走走停停，东嗅嗅西嗅嗅。都呜呜嗯嗯叫着向东奔去。那里一定有吸引它们的味道，想是那边有浪上来的尸体了。大江边有凌凌乱乱的人的脚印。那边又走来几个人，他们都垂着头，边走边哭，东张西望，无望的眼神里偏又凝着几分希望。他们一定是在寻找自己的亲人。用无望的眼神寻找自己亲人的尸体，又用一线的希望寻找万分之一的侥幸。无望和希望交织着，交替出现着，眼神彷徨，脚步凌乱。

远处隐隐传来叮哐叮哐的钹声，一杆青竹上吊着一只活鸡，活鸡扑棱扑棱挣扎着，竹梢尾上纸鸢一样飞舞着几条长长短短的写满黑字的白纸飘带。后面跟着一个妇女和几个小孩，幽幽地向江边走去。哭声随着风声飞过来又飘过去，在大江的上空回旋。叮哐叮哐的钹声让风吹得时断时续，时高时低。打钹人高举着一件衣衫，大呼着一个人的名字。跟着的人就零乱高低地随着呼唤，声音嘶哑，哭声悲凉。一把把饭团抛向海滩，抛向滚滚波涛。纸钱漫天飞舞。

"×××啊，魂魄归来呀，×××啊，三魂七魄归来吧！"一声声沉重的呼唤很快让风卷走，只有钹声叮叮，扣人心弦，催人泪下。

一间低矮的茅屋里，癞狗正抱着一团破被打滚。那晚偷腥得手，让他回味无穷。听大话馆里的人说，女人跟男人有了第一次，就发疯发狂了，以后就急不可耐，自动上门来了。癞狗夜夜等着那第二次第三次，可总没等来。有时门外一阵响动，他心里一阵高兴，急颠颠跑过去开门。门外空无一人，这让他感到失落。难道卜妹是泥捏的石头做的？他苦苦琢磨着。

有了那一次，他整个人就像着了魔。躺在床上老睡不着觉。要再来一次偷鸡，他又没了胆量，因为挨了那一凳，腿还痛着，直到现在他还搞不透卜妹的心思，不敢再胡来。既然那样无望，他只好左边的脑子跟右边的脑子亲热起来。左边说："卜妹，舍不得你！"右边说："哥，人也舍不得你，那晚你真好。"亲亲切切就抱起来，怀里的被子被折磨成咸菜一团，嘴里就流出一摊涎水，弄得被子湿了一块。他开始在床上折腾，来来回回滚着，破被子又湿了一片。

他无休无了无奈之后，坐起来，走出门外。忽然想起，台风已过三天，卜妹那块生薯地她该理一理了，或许她正在地里。要真那样，真是老天作合。

他直向生薯地走去。果然，远远见个女人在地里忙着，是卜妹。

卜妹面朝东背朝西沿着薯垄一丛一丛扶起生薯，将木棍竹枝插稳,生薯垂头丧气藤叶翻卷,叶片上尽是泥沙。干了一阵,直起腰来喘了口气,冷不丁见癞狗正讪讪地朝她走来。卜妹一阵恶心。一股恨气涌上头来。她知道他来做什么,心想,泄恨的机会来了。她装着没看见他,弯腰干活。癞狗走近了,重重地咳了一声。卜妹抬起头,嫣然一笑,笑出三月的桃花五月的荷蕊。癞狗的心摇荡起来,脚步浮浮的,像踩在棉花上。他得意极了,想不到女人竟真这样奇妙!

他回头四望一下,台风过后的田野满目疮痍。很少有人去侍弄庄稼之类。缩头四望是老鼠偷窃前的谨慎。癞狗见四下无人,胆子就又大起来,加上卜妹那要命的一笑,他快步上前。谁知卜妹正鼓足了劲,把几天里的仇恨都铆足在右手上,只等这狗东西一步步前来。癞狗笑嘻嘻地迎过来了。卜妹把那酱紫色的脸看得真切,一掌掴了过去。癞狗一趄,滚坐在生薯架上,骨碌碌压倒了几丛生薯。卜妹追过去。癞狗跳起来,欲要报一掌之仇,又怕声张出去,遭村里人憎恼。只好捧着热辣辣的肿脸悻悻而去。

癞狗恼羞满腹,回到家里,正无处发泄,一眼瞥见挂在屋墙角落里的一样东西。那东西成全了他一场美事,他应该感谢它。可今天遭了这一掌,他反倒妒恨起它来,妒恨起它的主人来了。那是他偷来的子善的褂子。那围网佬让他妒忌,所以他恨屋及乌。加上挨了一掌,全跟这褂子有关,就更恨这褂子了。他恶狠狠地跳过去用五只手指攥着褂子,松开来又狠狠攥死,最后嗖一声摔在木砧上。又从屋角落里操起把柴刀,气都没喘,朝褂子呼呼呼砍了三刀,然后拿起,恶狠狠地扯扯扯,扯不烂。他更火了,又找来剪刀,嘶嘶嘶,割成碎片,掷进尿桶里,这才觉得解恨。坐下来咻咻地喘气。

十九

台风过后的渔村，死气沉沉。

第二天，子善、大田他们六个回来了。总算有人回来了！妇女们、老人们都提着一颗颤抖的心，围过来急急询问。"他们呢？他们呢？"妇女们都惦记着自己的丈夫，但没有直接问丈夫的名字。问"他们"，自然自己的丈夫也包括在里面了。

大田摇摇头，很难回答的样子。几个妇女就呜呜地哭了。

子善说："目前，还没有谁遇难的消息，但愿个个都能平安归来。"妇女们的哭声才停了，擤下一把鼻涕，满地乱甩。

大田又讲："幸好我们的船锚缆没断，船就拖着锚，一路浪里颠浪里播，大家一只手抱住船舷奋力戽水舀水，船才没有沉。半夜里漂到江北，在塘尾一带搁了岸。"

"啊呀呀，好险啊，那几条船呢？"

"大风回南后，所有的船先先后后都被刮走了，我们的船是最后刮走的。风高浪恶，船都进水了，人人都在鬼门关上，顾不及别的船了。"

妇女们又哭。

"允龙的船沉了。"

"人呢？"大家眼都大了。跟允龙同船的几个兄弟的家属就呜呜咽咽哭了。大田正要说允龙的遇险细节，子善过去捏了他一下，才打住了没说。

到了中午，又陆陆续续回来十二个。都是两条船的同船伙计。六哥一条船一条船的盘点着，谁还没回来他心中记挂着。到了傍晚，又有几个回来，六哥问他们："有见允龙的吗？"大家你看我我看你，都摇着头。

三十六个人回来了三十五个，一个个都口青脸黑，肩挑背拱。不是手上留着血痂就是身上青青紫紫，这里红着一团那里黑着一块，伤痕遍体。

大难不死，家属们都叫着谢天谢地。罩在头上的乌云总算吹散。只有允龙的妻子坐在地上一把鼻涕一把眼泪地哭。大家心里又难过又同情，这个过来劝，那个过来扶，都说："还未见分晓呢，也不要过度悲伤，吉人自有天相。只是迟回几步。"

大家又商量着怎样派人寻找允龙，什么时候把破船拖回，什么时候过海把海部的网起回。议了好一阵才分散回家。

第二天一早，村东头响起一阵鞭炮声。有人报信：允龙回来了。这个天大的喜讯很快传遍全村。天灾横祸，财失人安，一村人皆大欢喜，都一下蜂拥到允龙家问这问那。原来允龙抱着断桅杆被大浪冲走后，半夜里也不知漂到哪里海面了。绝望中就喊着村庙神灵。说也奇怪，一只断了帆桅正在打转的帆船撞上了他，他大喊救命。摇摇晃晃的船上很快伸过来一根竹竿，他死死抓住竹竿，好不容易爬上船舷，船上伙计才把他拉上了船。一问，已经是硇洲、东海之间的海面了。船上伙计就说："我们现在也是泥菩萨过江，既然在我船上了，有难同当吧，漂到哪儿算哪儿，死不了就是命大。"

就那样又漂了两个时辰，才在东海岛岸边搁浅了。

"好险哪，都漂到西门口海面了，要是漂出大洋那可是鬼门关了。"

"本来船一沉就已经进鬼门关了，都没想着能活着回来了。"允龙说。

"哎，看来你送菩萨的那个'波潜浪静'牌匾感动神灵了。"有人说。

"那是酬谢神功才送的牌匾，怎么能说是牌匾感动神灵了呢？"

"这次你得好好酬谢神恩了，确实是神灵暗中保佑呀！"又有人说。

"不光他要谢，我们全村都得谢！"七嘴八舌，一阵嚷嚷。

"是呀，三十多号人，齐齐全全一个不落，这不是神灵保佑吗？菩萨有灵！"

"听说有条村死了八个，惨哪！这一场不知多少人家遭殃。"

"大沙角上死尸成堆。有的都没人认了，有说是蛋家的，一家人都死光了，还有谁去认？"

有妇女连忙"呸呸"两声，觉得尽说这些东西晦气。转话题议论别的了。

二十

南三大江是一条襟带，连着南二南三两地。津渡舟船，使南三孤岛并不孤独；圩市交流，使两地人日益亲近。江北岸的坡头，自古属高州辖地，清朝时是南二都，因大部在坡头地面，惯称坡头。江南岸即是南三都。只因地缘相靠，语言相通，风俗相同。中间夹着的坡头圩，便成了他们来往汇集的地方。

说起坡头圩，当是广州湾中心之地。离南三大江约十里，离麻斜也约是十里。与西营、赤坎只多了麻斜海湾一湾之隔。坡头圩位置上有此优势，方圆十多里内村民的农产品、耕牛生猪鸡鸭等牲畜家禽、日常生活用品的买卖交易，都在这里入市、出手成交。所以这里在当地算是较繁华的集市。

圩日，趁圩的人四面八方鱼贯而来。赶鱼鲜的鱼担，挑缸瓦的脚夫，挑鸭蛋的汉子，一个个脚下生风，气喘吁吁，一路吆喝着催人让路，呼啸而过。将大小鸡笼连成两座小山一样，将一串猪笼、竹箩拢成两条长龙一样挑着的篾匠，前呼后喝，拥着人流一路挺进。卖粮的，卖柴的，卖菜的，卖麻网的，也赶得匆匆忙忙，生怕到迟了，圩上人多了，街上拥挤，路不好走，拣不到个摆卖的地方，所以都不要命地赶。偏偏那种车轮足有一人高的大牛车，满载着沉重的稻谷粟米番薯还有种苗等，由一条壮硕的鼓着一双恶眼的沙牯拉着，循着古老幽深的车辙，左摇右摆，像乌龟一样慢吞吞地移。所以多因挡了急急赶路的行人被嗷啕臭骂。这种车多是殷实人家的运输工具。为了赶个早市，他们往往五更上路，车轱辘一路"唵——"的高唱着长歌磨蹭。尽管牛鞭不停地抽打着牛臀，车依然那样悠悠地唱，慢慢地爬。到得圩市，日已近午。车刚在卖牛坡上停定，习惯了在这里揽工的脚夫立刻呼地上前，讲好脚钱，就蚂蚁搬家一样快步如飞负重颠跑。

赶集的人群越汇越多,所以辰时过后,离圩五里远远地便可听见嗡嗡嗡潮涌一般喧闹之声在半天里震荡。

圩西面是埠头。埠头停满大小船只,帆樯摇动,棹橹声声。有广西北海来的,有高州信宜黄坡来的。有廉江化州一带来的。广西北海来的,多绕北部湾水道,过硇洲海峡,穿西门口,进麻斜海湾,奔龙王湾,一路扬帆激浪,落帆撑篙,曲曲折折而来;高州信宜的,多顺鉴江南下,通过东门口,绕南三南面水路,再由西门口进入麻斜湾,怕有海盗劫掠,他们即走浅水道,直接经鉴江口西入南三大江绕麻斜湾而来;那些廉化来的商船,水路即较为便捷,直接由官渡石门海面向南行船,过调顺岛即向左转入龙王湾。这些商船,或满载杉木、油桐、毛竹、捞竹,一船船,前挨后拥,争先上岸。或装满陶器、桐油、洋油、麻包、布匹等,纷纷扰扰地涌上岸来,然后车载人扛,来往穿梭,呼喝不停地往圩上流动。

圩北面即是牛市。这里连坡接市,一片牛人涌动,声音嘈杂。这里是牛贩子的世界,牛贩子俗称牛中。他们或袖子里捉手砍价,操着行外人半懂不懂的暗语,暗中愚弄牛主,于中取利。或高声大气砍价,骂娘操祖宗,创造着世界上最污秽下流的语言。所以人们往往称满嘴脏话的人是"卖牛坡上来的"。

坡头圩有三条街。如果说是街道,似乎又没有街道大;如果说是街巷,听起来又显得小了些。所以只好说是街。三条街都南北走向,没有横街。东面的街称苏杭街。三间卖布匹的铺面出了名而得名。当然这街还有杂货店、缸瓦铺、药材铺、当铺和大大小小店铺。单说那苏杭布市,也让你看得眼花缭乱。三间布市,粗布丝绸,绫罗细缎,红红绿绿,无所不全。人进人出，摩肩接踵。算盘声、盘银点钱声，唧唧唧唧哗哗啦啦地响。撕剪布匹声，唱数报钱声，绕梁贯耳。还有那几间药材老号，虽然门前贴着"但愿世间人无疾，何愁架上药生尘"一样济世惜民的对联。但世间何曾无疾？门前四季车水马龙，人声沸扬，但听店内捣药的锤声和锤撞药钟发出的叮当之声，便可知店内生意的兴旺。

中间那条街习惯叫正街或鱼街。当是鱼街叫得最响。因为这里中间半条街专卖海上来的东西。这里海鲜咸味，鱼鳝虾鲨，螺蚌蛤蚝，海蜇蠑蜞，凡海上出产的东西，在这里没有买不到的。刚才那些鱼担，一路跌跌撞撞，呼叫前行，终于挤破最后一道人墙，放下鱼担，开始装点卖相，眼疾手快地应付着每一个来客。还有一些篓里兜着的，箕里盛着的，篮里爬着的，则是采小海的队伍。他们成行列队，蛇阵回环地排着。往北即是猪苗、三鸟的闹市。往南是番薯蔬菜瓜豆种子之类的行市，也是这圩上交易最频繁、人气最喧嚣的地方。

与鱼行正对的是街西的一排较宽铺面，专做熟食的。那时的熟食铺不卖熟鸡熟鸭熟猪肉，全是卖糖水、粑、炒粉之类的摊子。这里高高矮矮摆着的全是矮桌子矮凳。围着桌子蹲在矮凳上的多是光着上身、露出两排肋骨的乡民。他们好不容易来一次集市，就为蹲一蹲这矮凳。或掏出两个铜钱，叫来一碗糖水，慢慢地一边啜着一边仰着头，仔细品一回人间绝味，世上珍肴。或叫上一碟豆粑，吩咐多洒几颗芝麻，然后狼吞虎咽起来。老板娘环着肚皮绕一块斑驳油腻的围裙，叮叮当当的一边洗碗，一边故意抖索着碗匙，让羹匙碰着瓷碗，叮当作响，招徕顾客。

靠西是一摊炒粉的，掌镬铲的是个细皮嫩肉三十开外的少妇。头上黑发梳得光溜，上身一件细布格子斜襟衫，下身是一件缎子嫩红裤，光鲜可人。右手上的镬铲正风一样的在半边烂镬上轻快飞舞，镬里的粉条翻来翻去就慢慢地由白变黄。粉变得焦黄后，左手就提起油壶往镬边上二度洒油，油滋滋地响过，马上又将粉条翻一遍。粉条全部焦黄了，再洒上一圈白芝麻，迅速翻动，香气马上就随烟而起，四处飘溢，香满街坊。满街的人便都抽着响鼻，口里禁不住赞一声："世界都是阿妗儿的烂锅炒粉香！"

这一声赞叹似乎有点拗口。首先这"世界"两字就有点夸张，如果要较真起来，确实有不妥处。难道世上所有人的炒粉都比不上她的香？这太夸张了吧。这要从坡头人的语言习惯说起。坡头人看见一个漂亮得不得了的女人，必说："世界都是那女人靓。"讨厌一个人，即必说："世界都是那人丑。"正如大田说的"世界都是鲎蛋送烧酒瘾人"一样。可见"世界"并不是说全世界，只不过表达说话人对人、事、物的高度评价，极言一样东西一个人的美好或丑陋。所以这种在外地人听来不但拗口而且不可思议的语言，坡头人听来却不觉得有什么不妥。而且立刻就知道那女人是最最漂亮的，那个人是最最令人讨厌的。那鲎蛋送烧酒是世间的绝好美味。

世界都是阿妗儿的烂锅炒粉香！这是坡头人的共识，所以阿妗儿的烂镬炒粉名声特响。到坡头的人不尝一尝阿妗儿的炒粉，就觉得真有点遗憾。

这时，阿妗儿正款款地起来，提起个小木桶到鱼街边的井上提水。肉颤颤的屁股摇着软兮兮的裤，衣衫裹着饱满的上身，纤手撩着微乱的刘海，髻上斜插的银簪坠子前前后后地晃。踮着没有包裹的脚,迈着轻盈的步子,一步一步悠悠地来。人们见她来了,都自觉让出仅容一人能过的"人巷"来,有人还故意让"人巷"尽量窄一些。阿妗儿就含羞似的半低着头,钻入巷子穿街心而过。回来,水便一点一点洒在街上。人们便追看着那点点洒下的水和她慢慢移动的脚步,直看着她回到铺位前。等阿妗儿回到铺前坐定,人们就半关心半好奇地寻思:她男人呢?

绕着矮桌团团转的还有两样人。一种是蓬头垢面的乞丐,他们这边点头那边哈腰,四面乞食。还有就是穿着半截烂裤头,裤头上满是油酱泛着亮光的"担烟筒佬"。他们用两指夹着一条水烟筒,一只手捧着半包烟丝,捏着一条飘着幽魂一样青烟的纸筒,这边递着,那边弓腰逢迎着。有人便接过水烟筒,要过一捏烟丝摁在烟筒嘴上。担烟筒的便赶快"扑"的一声吹红纸筒上的媒烬,纸筒燃起微弱的黄火后,便赶快凑上去为人点着烟丝。然后一边候着,等抽烟的过足了烟瘾,将一文方眼铜钱投进臂弯的竹筒里,才又绕着矮桌矮凳继续转。

那些过足了烟瘾的烟民,眯上眼又想,光在抽烟的问题上,他们还在几等人之下。最上面那一等人,他们每天不愁吃不愁穿,就愁鸦片烟断了市。他们得"感谢"那些法国人,"感谢"赤坎那七十多间烟馆,"感谢"有个叫陈学谈的大商人开的"精炼厂",为他们熬制出鸦片膏。

辰时刚过,几个穿着光鲜的人物便一边吆喝一边挨挨挤挤的沿街走着,来到那些卖鸡卖鸭的卖猪苗的卖鱼的卖粮食的做熟食的人面前,撕下一片纸片递到卖主面前。卖主拿着一看,愣了一下,口里就说:"要那么多呀!"抓了一下头皮,又说:"我东西还没出手,拿什么交啊?"光鲜人物们便斜眼一瞪:"先拿着,等会儿我们还来。卖了不交的,就请公局里坐坐。"

"上轮圩一担粮食交四十文,这轮圩就得交六十了,哎呀呀,我的天!都做税交算了。"有人嘟囔着。

纸片交到阿妗儿手里,她春风一笑,收下了,放桌上拿碗压着,口里说:"我等会儿再交,现下还没钱。"光鲜人物中有会意的,知道她在等一个人讲数口(砍价),笑了笑,示意同僚们走了。

忽然有人喊:"抓扒手!"集市一阵骚动,只见几个衣衫褴褛瘦骨嶙峋的儿童,钻进人海,无影无踪了,场面才又恢复原样。

西面那条街即多是竹栏、木行、棺材铺、寿衣纸扎之类售卖硬货偏货的,所以这里相对人流就稀疏一点。这是常说的西街。西街不大拥挤,是那些卖狗皮膏药、耍猴戏的绝佳选地。卖膏药的,本地人称"卖黄绿"。他们一阵捶胸喝叫之后,很快招来一帮小孩和不少龟背老人。有时牵出一只猴子,那些小孩老人便很快被裹进入圈里了。人都像潮水一样涌上。一阵绕场走过,卖药的唱完"光口",便天花乱坠口若悬河地夸起膏药的好处来。这时男男女女大大小小都挤挤挨挨地往前靠。这样你挨我拥地看了一阵,突然一个四十来岁的女人"天折雷劈鬼收"的骂起来。原来后边有哪位后生对她动手动脚,结果引出一番圩市笑谈来。

西街还有一处院子,紫红琉璃瓦面,比农村里四合院略大一些。这是敬善堂。敬善堂里住的是尼姑。这些尼姑并不剃度,个个带发修行,穿玄衣皂鞋,早晚也敲木鱼做课念经。也许是因什么伤心事看破红尘,遁入此间吃斋避世。那颗心或许只死了一半,另一半还在尘间;也许未能了无牵挂,不能沦落到万念俱灰,所以都没有剃去头上青丝。她们日间深居堂内,除了念经拜佛,剩下的就是清闲了。敬善堂的白天,除了木鱼钟鼓之声,就再没有什么杂音了。倒是晚上月落西厢之时,也有人不甘寂寞,出外走走。于是坡头圩里就谣言四起,说尼姑们六根未净,凡心浮动,寻汉子去了。但传来传去,也没见什么特别的事情发生。正应了坡头女人一句口头禅:你只要在什么地方一蹲,马上就有人传扬你生下个野仔来了。

所以,每一期圩,总有说不完的新闻,说不完的故事。这些新闻故事不翼而飞,跟当年郑香山老先生的白头贴一样,很快传遍四都十乡。

正因坡头圩无货不有,无奇不有,稀奇古怪的事时有发生,更主要的是热闹拥挤出了名。所以不知什么时候什么人在什么情况下,便发一声慨叹:"世界都是坡头圩大。"

推究其中原因,也许是那人平生第一次出门,或是仅在一些三六九日才趁的小圩市里晃荡过,突然来到坡头圩,看到如此庞大的惊人之场面,免不了就由衷惊叹:"哇,哇,哇,世界都是坡头圩大!"

坡头圩其实不算大。圩头到圩尾才不到半里地。还得包括圩南的天和油行作坊、天寿棺材作坊、几间木工家具作坊在内。街也不宽广,最宽处也不过两丈。所以但凡圩日,逢年过节,总是熙熙攘攘,挨挨挤挤,满街里人头攒动,人声喧嚣。人总得像小脚女人一样碎步前行。如果这个时候要从圩北走到圩南,前挤后拥,左钻右钻,走走停停,那就得走上半晌。如果这人恰好是第一次来,挤得满头大汗,上气不接下气,满脑里必定抱怨连天,一定就喊:"哎哟哟,我的天，人说世界都是坡头圩大，果真不假！"

　　说坡头圩不大，因为它仅有三条街。街两边商铺毗连，商铺之间往往只隔一墙。三条街道之间又仅有两个通道和两条小巷可以互通。圩日人多拥挤，如果要从这条街走到那条街，匆忙中或因路况不熟，错过了那两条通道和小巷，就得一直走到街的尽头，然后转过另一街口，再往回挤，钻人墙过人海，东拐西绕，才算找到要到的地方。这时那人就一定喘着粗气哀叹："'世界都是坡头圩大'，果不虚传！"

　　这些都是猜测。

　　"世界都是坡头圩大"，反正是人们常常谈论的话题。有人说是调笑，有人说是讥讽，有人说是惊叹。外地人即说："坡头人夜郎自大，没见过大蛇屙屎。"笑话也好，讥诮也好，惊叹也好，后来有一件事倒真让他"大"得出了名，大到震惊国内，世界关注。这是后话。

二十一

　　坡头圩内有三座宗祠，都是陈族所建。这些陈氏均属乾塘、米稔一脉。这里单说三甲祠堂。三甲祠堂是以南三田头村为主的陈姓族人所建。田头村陈姓裔出乾塘，世称三甲。这里有其渊源。由于南三偏居海隅，居住的乡民来自四面八方。多是耕海谋生而后定居下来的渔民、蛋家。田头村陈姓由乾塘而来，与这一历史渊源有关。因田头村历史上有陈上川曾任安南阮氏政权"总兵"之职,后来"奉金归本",在田头故里建起陈氏小宗。追踪溯源,所以与乾塘大宗多有来往。但小宗毕竟是小宗,涉及的陈氏族人还是很有局限,又因隔着一道海,宗亲联谊多有不便。所以后人为供奉先祖,广结宗缘,联系宗谊,由南三田头人牵头筹资,在坡头圩北置地一块,建起三甲祠堂。

祠堂不大,一间三进,但装点齐全,雕龙画凤,拱斗飞檐,山墙灰塑,壁画高门,倒有些气势。令人好奇的是金字梁架上的几尊木雕梁托。这些梁托斗拱非花非草,非兽非禽,一色的全雕成人像。这些人像面目狰狞,卷发钩鼻,斗鸡眼,长睫毛。左足跪地,右足屈蹲。左掌撑跪地之股,右肘抵半蹲之膝,仰掌托梁,皱眉咧嘴,一脸哭状,尽显出不堪重负之态。形神毕备,憨态栩然。族人称这些雕像为"番鬼托梁"。法国人进入南三广洲湾坊村之初,自恃船坚舰巨,有炮有枪,肆意抢掠,调戏妇女。曾遭乡民奋起阻止抵抗驱赶,才不敢肆意妄来,有所收敛。后见清廷没有反抗的态度,也没有抗衡的能力,法国人便大着胆子向西向北挺进。先是迅速登录海头汛,占炮台,修兵营,拆民房,毁坟墓,奸淫掠劫,"挟兵占地",进而向遂溪、吴川县内地扩展。最后向清廷强行租借海陆面积共约2925平方里,称"广州湾"。至此,"广州湾"不再是"广洲湾"那个小小村坊。广州湾人对此无不恨之入骨。加上法国佬藐视国人,戏弄嘲笑,极尽侮辱之能事;横征暴敛,广刮民财。激起当地人的愤慨。为泄耻辱,所以当地木匠在建造此祠堂时别出心裁,设计出"番鬼托梁"图案,雕成构件,以榫卯置于重梁之下,既可作大梁承重结构之用,又可将痛恨发泄于匠艺，让番鬼们世世代代为我祖先充当劳役，借此以解族人之恨，以解国人之恨。

祠堂上座是祖先牌位，昭穆分明。中座是族人议事之厅，座次庄严。下座是接待来客或平时闲聚的地方。摆有高高矮矮的椅凳，显得随意但不凌乱。祠堂本是供奉先祖牌位、春秋致祭之所，一般都庄严肃穆，阴森寂静而令人产生几分敬畏。但这祠堂不同，不管祭日或圩期集日还是平时闲候，这里都人进人出，热闹喧哗。它有点像赤坎那里的高州会馆、潮州会馆、雷州会馆，或接洽南来北往的族人，或在此商量族中要事，或在此聚会联谊，或在此共话桑麻，谈商论武，气氛总是非常活跃。如果不是那些排列森严的牌位，这里倒不大像一座祠堂。

三甲祠堂位于正街北头。由此北走一百步左右，便是法兵营盘。街道往南，转西绕过一段通道，便是西街。西街除了上面讲到的商铺、敬善堂外，街的西面正中却鹤立鸡群似的耸着一幢楼房，红毛泥浇灌的楼板、楼梯。红砖砌就的外墙，三层。格调与圩上的那些白瓦红砖建筑迥然不同。向西是一个抱院，高门铁栅，四面院墙铁丝圈绕，布局森严。这就是人们常说的法国坡头公局楼。

法国人在广州湾设"二道六区"。坡头属第二道中三区之一。区内配一高等参办，由法籍人充任。区下设乡，各乡设公局，公局长由华人充当。公局长是当地最有权势的富户，为了利益，他们与法国人互相利用，又互相配合。有了他们，法国人算是如鱼得水。公局长以下的通事、法官、司税等一干人即多是本地一批黑白两道，手段横蛮，呼幺喝六，杀人下得狠手，做事横得狠心的一帮子地痞流氓。

这里单说参办卢文廷。按规定此参办当是法籍人。可看上去他不像。他一无卷发二非蓝眼三不是鹰钩鼻四长得也没有法国人高大。他皮肤黧黑，嘴唇肥厚。下巴一颗疣子，上面长一撮黄色长须。说起话来，那撮黄须便跟着下巴疯狂地跳舞。当眼皮跟黄须远距离拉开的时候，也就是他的拳头挥得最疯狂的时候了。当地人不知他的尊名，只背地里喊他"一撮须"。他法语能说，坡头话也算精通，只是偶尔有点结巴，安南话却说得出奇的地道，平时与蓝带兵们闲聊用的全是安南话。由此人们猜测，他当是个安南人。

傍晚的圩市渐渐不再喧闹，卢文廷便一个人踱出公局楼，穿过西街，来到阿妗儿铺前。阿妗儿便从碗底抽出那张纸片，半哭着脸说："叫人怎样营生，我一天下来就卖得这点钱。"说完就提起那个有盖菅草袋儿，送到卢文廷的眼皮底下。卢文廷一反平时对人常态，和气地说："这张还……还我吧，这张给你，等阵儿他们来了，你就按这张的给……给钱好了。"阿妗儿把头沉下去，笑笑，说："这还差不多。"

远处便有人指指点点，轻声耳语："'一撮须'在跟阿妗儿交易了，还是女人管用。""哎，也难为了阿妗儿。"

二十二

入夜，阿妗儿在外忙了一天，收拾完烂镬、筲箕、碟子、案板。开始做饭。侍候两个孩子吃过饭，又哄他们睡了，就又开始准备明天的生意。风雨不改，天天如此。

她丈夫是圩上一间药材铺老板的小舅子，自打她结了婚，圩上人就跟药材老板一样称她"阿妗儿"。有人觉得奇怪，阿妗就阿妗，为什么还带个"儿"呢。其实坡头话里那个"儿"字有讲究，称呼或者名字后面附带个"儿"字，要么表示特别亲切，要么是特别的轻蔑。如果是特别亲热的，那"儿"字听起来真有血浓于水手足情深的感觉。这是皮表里是厌恶，骨子里是疼爱的那种；如果是看不起又有敌意的那种，这"儿"字就有轻视讥笑侮辱之意了。所以坡头人往往为一声"儿"字磕头，也为一声"儿"字打架，原因就在于此。偏偏"阿妗"加"儿"却有一种新意，那就是亲热之外又带几分调笑了。"阿妗儿"是人人叫得的吗？可是这称呼大众化之后，叫的时间长了之后，已经没有什么实际意义，纯粹是一声招呼罢了。

阿妗儿的丈夫前年到赤坎做"咕哩"（苦力），讲好了年前回来，谁知一去竟是两年。她去过赤坎一次，四处打听，才得了可靠消息。原来丈夫被"蛇头"骗了，卖猪仔去了南洋。这消息像五雷轰顶，她像掉了魂似的哭了两天两夜。一个女人带着两个孩子，缺衣少食，往后生计怎样撑持？媒婆一个个上门说合，让她改嫁。她死活就是不肯。为了养活孩子，她不得不自寻生计。凭她不肯改嫁的骨气和一份勤劳两手灵巧，做起了炒粉生意。也是凭着她一副好模样好态度，营造出十分好人缘。所以每日生意倒还可以，赚得一二十个铜钱，买米买柴，淡淡薄薄，日子也勉强过得去。谁知法国人的铺税一加再加，按新行的铺税，她一天的收入，除了交税，所剩不外三两个铜钱。思来想去，她必得寻个靠山，为生活找根支柱。她靠上了卢文廷，希望他手下留情少收三文十二税银，这几根草儿才能在石缝里生长下去。卢文廷本来盯上了她，现在更经不住阿妗儿眼角里那勾魂闪电，没两下便被征服了。

阿妗儿倒下半箩浸好的米，沥去水，洗过一遍石磨，将米舀进磨眼，便双手扶着石磨推手，推动石磨快速转动起来。没几下便汗流浃背。她解下外衣，露出臂膀上雪一样的肌肤。快速地往磨盘里加了半勺水，又臂晃腿摇的推起磨来。

门"吱"的一响，闪进来一个人。她不用看也知道是卢文廷。她也知道，卢文廷是让她"感恩"来了。虽一阵恶心，也不好露于颜面。只装作没发觉，自顾推磨，不停地用手揩汗。卢文廷拉过一张矮凳，坐一边欣赏着她上下充满动感的身姿。卢文廷的心剧烈地跳动起来，哪里还按捺得住，站起来走到背后要抱她。阿妗儿故意"啊"一声，转头，口里说："是你？吓死我了。"插手一推，嘻嘻笑了两声，指指房里，示意两个孩子还没睡着。卢文廷咽了一口涎水，呆呆地坐回原位，耐心等候。

阿妗儿磨完一桶米浆，卢文廷有一句没一句地跟她搭讪，眼睛总没离开她身上。只见阿妗儿马不停蹄地沥浆、拌浆，等到忙完这些，她身上已经处处浆粉，好端端一个玉人儿，竟弄得斑斑驳驳，看得老驴已经有点扫兴。卢文廷虽觉少了点那个，无奈欲火中烧，等不下去了，气喘喘奔过来抱定，推到墙根边，虎狼一样啃起来，摸起来。

阿妗儿说："阿哥以后可得小心点啊，让人知道了，我面子上过不去是小事。你可不能忘了当年郑香山的白头贴，当心在这里干不下去哦。"卢文廷一愣，他弄不明白这话是爱他还是刺他，只觉得这话像喉咙里的鱼刺，吐不出吞不下，搁在那里难受难忘。

"一撮"须刚走，阿妗儿就直奔房里，强忍的苦泪立刻奔泻而出，不停地抽咽起来。思想着丈夫远漂南洋，生死未卜。眼下为了孩子生存，又承受着人间极不情愿又不得不顺从的糟蹋，熬着痛不欲生又不得不苟且忍辱的生涯。一生珍惜的尊严，已成泡影。外人将自己看成路边尿桶、走地鸡婆是必然的事了。可有谁知道自己的无奈，知道自己的凄凉，有谁知晓怜惜自己的一片清操？回头再一想，别人怎么想是别人的事了，自己的日子还得自己打发。于是拭去眼泪，走出房来，开始下浆炊粉，默默地直忙到鸡啼声四起。

二十三

阿妗儿一提起郑香山当年的白头贴，卢文廷为什么像被刺了一针呢？这得回头说说当年的"白头贴风波"。"白头贴"相当于后来的小字报。一般是无聊文人将一些市井笑谈、街谈巷议的趣事加以发挥，添油加醋，博人一笑的纸上"新闻"。可郑香山这份白头贴不同，他是搜官场之丑陋，刺官吏之胡为，言地方人之所愤，泄地方人之所恨，所以深得人心。加上白头贴里那朗朗上口的文辞，诙谐戏谑的语言，文白相夹，骈偶一气，读起来真让人荡气回肠。那里头所说，尽是法公局要员的种种丑闻。或贪或索，或欺或诈，或戏人妻女，或纵妾卖淫。栽赃串案，狼狈为奸，残害良民，偷鸡摸狗，行为猥琐。此白头贴一经贴出，轰动三乡。公局里那些贪官污吏，虽不是个个"榜上有名"，倒自觉地"对号入座"起来，心恨那个多事的写贴人，但敢怒又不敢言。因为个个裤囊里都夹着一泡屎。生怕事情败露，坏了自己名声不算，坏了法国当局名声可是自身难保。尤其贴里直点其名的通事钱泮江，更是大气不敢出。其文如此，谁不争睹为快？现转录于下：

贴坡头通事劣迹

具贴禀人，南二南三士农工商军民人等，为恃势淫骗，保匪攻良事：

窃惟黜邪崇正，民生之情性皆然；攻匪保良，绅老之见闻最著。今有大法国坡头通事钱泮江及其属下人等，或目不识丁，或形竟肖丑，豺狼成性，蛇蝎心肠。自钱氏入局以来，即以镇侯旦初为羽翼，上堂以心铭文轩为爪牙。到塘博村，调钟鲁之妻；在坡头圩，戏韩细胆之女；迁四甲祠，合赞臣为鸦片之鬼；住五丰铺，交静山作窑子之儿。陈阿光乃有死之著匪，得银四百，包赤坎之事主无言；钟毓华是淡水之魁枭，索钱五千，致南寨之局绅扫面。惧胡文进之牌红，恶陈栋材之衣绿。领吴吉符之财，包揽其敢买私货；欠车大贵之债，不许其捉罚洋烟。赶德兴回家，打席吃薯；望各轩出圩，做酒送菜。打土生迁怒陈星衢，立讨鬼头两个；诧尧臣去索潺鱼寿，即要七角卅块；黄屋之石狗赶来，无钱一文；麻登之沙牛牵去，带公使入辑五之家。嬲其新妇俩，结兄弟住忧心之一屋，叩其老母九头；吃田头儿银一百，替赞臣除水三分；得地聚村钱三千，越伍葵甫咬一口。放邓道基勒钱廿千，索李文元洋银四十。抢三合窝大王公之杉林，灭十甲内武爷之香灯；占公局为聚宝之盆，胆兵勇作运财之鬼。良善无钱交，索纸阻拦，贼匪有钱送，文书即行。借练局当金糠，娶侧室作钱树。以妾运财，不免龟公之号；用弟接客，嫡成羔子之名。无法无天，不伦不类。劣迹四方共悉，淫行百姓皆知。事事非虚，言言是实。神人共怒，天地不容。死子冤已报于目前，夺妾债即还夫身后。此时虽公局之通事，来日定做跪路之乞儿。此人不革，属地皮无。或投豺虎，或喂狗猪。或刑肢解，或枭头颅。则人人祷祝于路，个个称庆于途。

上赴

公台！

西历一千九百一十二年秋风扫叶之期

此文贴出，即到处传抄。适逢法国安南总督到坡头巡察，有人把这个贴投在公署内。总督即责问公使，公使不得不派人落实实情。了解了真相后，尤其是坐实"领吴吉符之财，包揽其敢买私货；欠车大贵之债，不许其捉罚洋烟"一项之后，对其纵容走私，妨碍鸦片交易，贻误税收之罪，大为震怒。便决定撤去钱泮江等人职务。虽说以平民愤，实际是为维护自身利益。这就是当年所谓"白头贴风波"。

有此一次杀鸡儆猴，后来的官员虽然继续其蝇营狗苟之事，到底也不敢大胆胡来，生怕龌龊肮脏之事坏了自家饭碗。所以卢文廷一听到"白头贴"三字，难免兔死狐悲，瞻前顾后起来。

二十四

提到白头贴，自然要提到郑香山。

郑香山何许人也？

郑香山是当地一位教书先生。生于道光年间。从祖父起，一家三代以舌耕为生。由于香山自幼聪颖，父亲爱如掌上明珠。四岁便一直带在身边，随馆教读。才及五岁，便涉读四书五经；始读蒙书，即经常旁听父亲开讲《大学》《中庸》。至十八岁，四书五经已能倒背如流。吟诗作对赋文，下笔珠玑，文采风流。二十岁考入县学，得进庠生之列，也就相当于后来的公费生。到了二十五岁考了个秀才。先生生于清末国运衰微之时，长于国家深受外敌侵凌年代，清廷软弱无能，官场又腐败黑暗。面对内忧外患，公虽有志于国家，但科场路险，屡试不第。虽有愤世嫉俗之心，也徒地长嗟短叹而已。维持生计，只好赓操父业，在当地设馆授徒，过着清贫日子。

清光绪二十五年，郑香山刚好50岁，惊闻清廷与法国签订《广州湾租界条约》，急找来地舆图对验查看。原来所谓广州湾，已非南三岛上北涯几处村坊，而是包括南三全岛、硇洲全岛、东海全岛及北至遂溪、吴川一部水陆面积。顿时痛哭流涕，顿足捶胸。他知道宋亡的悲哀，读过陆游"王师北定中原日，家祭无忘告乃翁"的诗句，那到死仍不忘国家统一的悲壮情怀一直萦绕他的心头。现在虽然国家还没有亡，可是这一租借便是九十九年，主权名存实亡。更何况关羽借荆州，一借即属他人，自古此类事甚多。一种凄凉寒冰一样涌上心头。他开始怀疑自己读了几十年的四书五经。那些子曰诗云眼见已成了无用的东西了。人家高大的舰船，轰响的大炮，可以追人的子弹，只要动一动手指，便可以让你性命立殒，家国倾覆。想想人家也真有那么套本事。那些大的不说，光这些与生活息息相关的小样东西，也让你佩服得不得了。洋火，轻轻一划，火出来了，比我们用了几代人的火刀火石强多了；洋钉，刚硬挺直，用锤一击，三两下便钻木头里了，我们的桃叶铁钉，要先钻洞再锤打，才可勉强打下去；红毛泥更怪，咱石灰砂浆，不等个十天八天硬不起来。可人家红毛泥，只要一天工夫便能凝结，越往水里越是坚硬如铁。你说怪不？人家的好东西进来了，自家的那个东西还有谁去买？难怪钱都进了别人口袋。每想起这些，他觉得老祖宗留下来的东西太没用了，他真想把那一箱箱书籍付之一炬。只是还有点不舍。

不久，便经常看见轰隆隆的汽车卷着黄烟从村边飞驰而过，数十个长相异样穿着蓝制服别着红肩带的法国兵在村外晃荡。他们看上了南三大江上的重要津渡——新场渡口，准备在这里驻兵把守，要在三墩上建营房了。

营房还没建好，有个二画官进村找到族长绅老数人，绷直脖子双手比画了一阵，嘴里咕噜哇啦说着。谁也没听出个道道来，光张开着口痛苦地听着。见没有相应的动作神情，知道没人听懂。二画官叫人带来个穿着绿衣制服的，将意思说了：“兵营还没建好，要借你们的宗祠一住。”话刚一出，族长、几个老者几乎晕倒。双手在头上乱摇了一阵，才说：

"万万不可，万万不可啊！这是我们老祖宗住的地方。兵藏杀气，这哪里容得？恐伤人丁，恐伤人丁哪！"二画官听了绿衣兵翻译过来的话，脸上有点怒容了，"狗拖靴，狗拖靴"的一阵乱叫，绿衣兵翻译说："见鬼去吧，见鬼去吧！"最后，二画官在绿衣兵耳边说了一阵，让他告诉几个老儿：只借用一段时间，兵营建好了，立刻搬走。族长族绅们大眼看小眼，没奈何，只好摇头去了。

没几天，法国兵便搬进郑氏大宗，一直住到光绪二十六年二月上浣，三墩兵营早已修好，但法兵仍没有搬出宗祠的意思。眼见到了春祭之期，族长急得团团转，一批绅老也是热锅上的蚂蚁，行坐不安。大家想起在麻斜教书的宗亲郑香山老先生。遂急急请他回乡商议。经过一番利弊衡量，认为还是先知会法兵头目，直陈其事，重申他们当日兵营建好立刻搬出的承诺。不想如此这般一番周折，法兵仍无意搬出。众人只好央请郑老先生执笔草拟呈文，具禀至法国总公署。郑老先生欣然命笔，拟就呈文。其文曰：

呈恭请法兵移驻新营退出大宗禀

具禀新场村恩职老人：郑恒元、郑志宗、郑吉荣合众等，为联名恭请移兵回营事：

建祠堂为栖神之所，营盘乃驻勇之区，而宗祠所以报本。我等始祖乡进士，官任琼山学教谕，自卜居厥地以来，上下三乡，支派繁衍。建祠特享，不忘本也。兹值二月十四日春祭之期，思欲崇德报功。而大法官兵寄寓此祠，我等未敢擅便冒犯。若未在三墩建造兵营，我等不敢直诉。而兵房之工已竣,请暂迁移,俾我等得以序昭穆而联宗支,设烝尝而荐时食。倘得如所请,不特我等感恩,先灵也戴德矣。

切盼:

大法国三画官麾下伏乞恩准施行!

西历一千九百年三月二十六日

那时法国总公署还在麻斜,呈文送至公署总督阿尔比处。阿尔比因上任仅有月余,不甚了解地方民情,不敢擅自决断,遂请来当地议员。先让说清楚呈文所诉,然后再让"法国师爷"照文详述一遍。这法国师爷是地方上有点学问而且会讲法语的,专在法国公使署里做点文牍工作或为法国人出谋策划的中国人,是法当局以华制华的拐杖人物。等师爷说完,阿尔比哄然大笑,说道:"你们当地人如此在乎祖宗,都死多少年了,还在大宗祠里供奉着,侍奉死人比侍奉生人还要紧,怪乎你们活该……"还要继续往下说,怕友邦人面子上过不去,只好停住。后来又招来驻坡头二画官询问一番。知道兵营已经建好,加上有志满、南柳村反抗事件和赤坎寸金桥战事前车之鉴,生怕因此再生事端,上司怪罪殖民无方不算,扣上坏了国家的"环北部湾"军事经济宏图的罪名可不是玩的。只好做个顺水人情。于是让通事代笔,签了一个"准"字。然后拿起鹅毛,蘸了墨水,在呈文上飞快地划了一阵,交差办"照准施行"去了。

过了三天,法兵终于搬出郑氏祠堂。郑氏宗老额手称庆,都说多亏了郑香山老先生如椽大笔。郑公有此成功之慰,才又觉得平生所学还有一点用处,觉得孔孟之学也并非无用东西。

郑公生平最讲担当,为民请命,不惜赴汤蹈火。眼见天灾频繁,连年歉收。乡民生活日趋困顿,小商小贩难以为继。不想法国广州湾公使署新任公使卡亚尔,是个竭力推行殖民地政策的狂热者,居然照搬法国在安南的殖民"妙招",罔顾《广州湾租界条约》双方立下的约定。准备颁行《广州湾新税务法》。按此规定,不但原有税项提高征收税额,还新增了几项税种。法当局的任意妄为,无异将国人驱向火海深渊。乡人纷纷向郑香山先生诉苦。郑老激于义愤,决定为民请命,连夜秉笔,草拟呈文:

为民不聊生,乞准免收身税事

窃该处民贫地瘠,饿殍堪怜。自苏公(广西提督苏元春)保与贵国划界以来,特立章约,税务项一律照旧,以钱粮为惟正之供。而清政钱粮,每种一斗,缴钱三十文。今即每斗纳银三毫。兹又示界内加银一千元。清政并无地丁、枪炮及圩市落地物件税务,今则各项承税矣。就是食盐、鸦片虽有纳税,今则承以公司,其价倍蓰,而使利权专归批收者。章约之墨迹未干,种种税外加税,民已不堪供命,不特无以示信于民,而且贻笑于邻邦。况者今遍地土匪,捉人勒赎,杀人报仇,劫掠村庄,抢夺耕牛,不分昼夜,至路无人迹。水面则拦江抢劫,船户不敢往来。绅等虽欲募勇逡巡,而空拳握手,军械勇费俱无,时事如此。加税未已新税又来,又欲开收身税,则是驱民纳诸罟擭陷阱,何以聊生?伏乞痛念民艰,免收身税,恩同再造,德载二天矣!为此,联乡匍叩。

切赴:

二画大官台前,转洋总公使台前恩准施行。

西一千九百一十二年六月递

1912年,正是中国改朝换代之年,清朝覆没,民国初立,法国人则乘此国家政体未稳之机,单方毁约。不单旧税增加税额,由原来的"每种一斗,缴钱三十文"提高到"每斗纳银三毫"。按当时市场币值,每分地纳税额已翻十倍。更何况"界内加银一千元"的苛刻税负。此外还要开征种种新税。其中身税即所谓"人头税",事关每一个人,无论伤残衰朽,只要是人,一律要缴纳。真可谓横征暴敛,不择手段。

此文历数法租界内民生种种艰难,社会之动荡不安,人民的沉重税负和法国当局毁约失信的丑行。捏中了他们的软肋,击中了他们的险处。法国当局自忖后不得不暂行按下身税不征。

时人即有议论,认为法国人还是仁慈的,体恤民情。仅一份百姓呈文,就可以让他们放弃一项税收,人家是实行民主,施行仁政呢。大家正街谈巷议,对法国人感恩戴德。谁知到了第二年正月,一份示谕贴上法国公局西墙。其文曰:"为即行遵领保安纸示谕,广州湾士农工商人等:各人须遵领保安纸(即身税牌),否则有事到衙门,吾置不理。作为非广州湾人而且以匪徒论,逐出界外,留与尔华官打靶。盖尔华官野蛮不讲人道,动辄枪毙。尔等若不领保安纸,即行此办法。遵领者则大法国以良民待之,吾文明国亦断不将人民枪毙也。"

有人将此文抄录送至郑香山老先生案前。老先生先是放声大笑曰:"奇文,奇文。中国人难有此妙笔也。何异于婴儿学语哉！然其文虽粗野不通，但强盗气十足。哈哈哈……哈哈哈。"突然又潸然泪下，说道："动不动就以枪毙论，这还有我们说话的地方吗？保安纸一领，非但谁也逃不了税，连出门都受限了。国人一个个都得像牛一样，从此被穿上鼻拳让法国人牵着走了。"

过了半月，卡亚尔即宣布一系列政令，并以发保安纸名义核实每个人的身份，准备一个不漏开征人头税。

二十五

当年的白头贴风波让卢文廷等官员清醒并收敛了一段时间，但金钱和女人的诱惑始终挠得他们的心头痒痒的。卢文廷自从那晚由阿妗儿家回来，心里头总闹着饥荒。虽然心存顾惧，但终因未能入港，总是念念不忘。现在这匹老驴在正街街尾躲躲闪闪地踱着。

街两边发出腐朽的气味，传出各种各样的声音。破竹声，开篾的嘶嘶声，磨谷的隆隆声，臼米的咿呀声，风柜扬米的嗖嗖声。这些声音终压不住天和油行传来的大锤声。那声音一下一下地响着，街两边的房子就跟着一下一下地震颤。锤每响一下就有"嗨"一声跟着。那是油行伙计砸锤后腹腔里逼迫出的吼叫。这声音一直响到戌时才停下来，到了次日卯时又渐次响起，天天如此。这是圩上唯一可以驱邪镇鬼的声音。圩上的人只要一听到这锤声，胆子就大了，胆气就壮了。

这声音为圩上人壮胆,又为圩上人报更。只要卯时锤声一起,那些做豆腐的、炊粄的、杀猪的、挑水的、出远门的,为人挑担的便都陆续起来。

天和油行是坡头博立人许爱周开办的油厂,这里生产的花生油冠名"湾油",外地知情人一看便知产地是广州湾,而且是产于坡头。湾油远销香港、新加坡、安南、海南等地,颇负盛名。许爱周由一名杂工走上经商之路,吃苦起家,深知世道艰难。他为人正直,仗义疏财,恤贫怜苦,体贴属下,深得本地人爱戴。发家后斥巨资在赤坎鸭嬷港填海造地,建成一条新街。商铺楼宇,率先在地方出售,是广州湾最早的开发商、房地产商。但其主业即是海陆运输,以海运为主。后购进货轮"宝石""大宝石"号,专门从事广州湾至香港的货运生意,渐次向香港发展,资产日渐丰厚。法国人公开允许在赤坎、西营开设鸦片、赌馆、妓馆之初,大批华商接踵而来,特别是陈学谈、戴朝恩等争相参与竞标鸦片、赌馆、妓馆、娱乐行业专营权。许爱周却视而不见听而不闻,没有参与竞标。时人不明就里。明明是一块块肥肉,而且属于专利,只要竞标到手,大笔银两铜钱西币便潮水般流来。许爱周对这样的机会却毫无兴趣。有人问他,他淡然把手一挥,说道:"君子爱财,取之有道。鸦片、赌博、妓馆本是害人之物。不管能给你带来多少财富,终是不义之财。益人利己是我经商之道,损人利己,我绝不为之。"后来跻身香港巨富,声名鹊起。日本人占领香港后,铁蹄马上踏向广州湾。为加强香港至广州湾航线物资军械运输能力,要许爱周派轮船帮助渡运军需。许公则愤然将两艘货轮炸沉于南海,以此明志,决不充当日本人的傀儡,然后歇业避难广西。日本人记恨于此,通过汉奸打听许公去向,以为必在坡头油行,于是派飞机侦探轰炸。一颗炸弹落在天和油行后面,炸出一个鱼塘大小的弹坑。这些都是后来的事。在此一提,以见许公之气节和爱国情怀。

眼下已交戌末,油行里的锤声和嘿嗬之声渐次停下。

卢文廷来到阿妗儿家门前,轻轻用手推门,门已经闩上。他知道阿妗儿一定还在炊粉。又用手轻轻敲了两下。油行里刚停下的锤声仍让他胆战,他不敢用力敲门。在门前站了一刻,举手又敲。见门还是没开,他的热血冷下来了。伫立了一阵,恼怒慢慢升起来,脖子脸一阵发热,悻悻地转身走了。

第二天下午,阿妗儿接到税务司里那些人撕下的纸片,税钱多出往常两倍。阿妗儿知道生意做不下去了。她早知道有这么一天。为了维持生计,心里曾有过些暧昧,但一想到远在南洋的丈夫、近在身边的孩子,她觉得对不起他们,羞辱了他们。她死也不能那么做。她要争那么口气,死也要死得干净利索。

"阿妗儿不炒粉了,阿妗儿不炒粉了。""吃不到阿妗儿的炒粉了。"圩上这几天到处传扬,种种猜测不翼而飞。世上没有不透风的墙。阿妗儿先前的税金早已有人留意,这几天的税金突然飙升,估计必有缘故。阿妗儿现在不炒粉了,肯定跟卢文廷有关。圩上的人议论之余,觉得阿妗儿可敬又可怜。阿妗儿本来在圩上人缘不浅,又因丈夫远在南洋,孩子幼小,一人独自撑持家计,深得人们同情。现在又遭人胁迫,更得到人们的怜惜了。卢文廷在圩上已经劣迹斑斑,收税催税手段强狠,动不动吹胡子瞪眼。到乡下催缴田亩税。到码头督收船头税,必带着一帮绿衣兵,动不动以枪逼迫,手段横蛮。从圩上到乡下，人人对他恨之入骨。加上又行新税法，加征了好几项税项，士农工商无不怨声载道。圩上那些小商小贩，对新税已经怒火中烧，但为了生计还是敢怒不敢言。现在见阿妗儿没法经营，大家又面临沉重的税负，倒闭是迟早的事了。大家一商量，不反抗已无出路，大家已有停业抗税情绪。

"都不干了，我们罢市吧！"也不知是哪位振臂一呼，马上有许多人举双手响应。"罢吧，干脆都罢了。"大家附和。先是豆粑铺、糖水铺、卖咸鱼的、卖猪肉的；接着是那些大店铺的。油行、米行、布行、生货行、杂货铺通通关了门。还有几家没关门的，店主朝街外探探头，见走过的行人都拿异样的眼神看着他们，再没有顾客进来，也只好收拾门面，瞻前顾后了一阵，"砰砰"几声关门大吉了。

罢市一开始，公局就有点不安了。税务是"惟正之供"。没有了税收，法国人就像丢了魂。自广州湾租约签订以来，法国人一心指望广州湾成为贸易自由港，成为世界上第二个"香港"，成为法国人在中国的殖民典范。一句话，就是指望广州湾成为法国当局的摇钱树。前十年，广州湾经营平平，业绩不尽如人意。安南总督频频视察，不断变换施政手段，更换公使，迁徙总署，以期寻求最佳的方式、最佳人选、最佳地址获得最佳效益。公使署从麻斜迁至坡头，十二年后，继迁海头汛。改海头汛为白瓦特城，设营盘，名西营。因经营需要，迅速在西营至赤坎之间铺设了马路，将两座小城连了起来。并充分利用华商，通过专卖局公开发放制售鸦片行业经营许可证，垄断鸦片销售，集中税源。让鸦片经营、赌馆、妓馆合法化公开化。这样一来，西营赤坎立刻风生水起，法国人立刻财运亨通,税收激增。光陈学谈的三有公司,每年的鸦片销售缴纳法国当局的税收就超过一亿多元西贡币。还有赌馆、妓馆的收入也十分可观。而在中心位置的坡头,既非城市,烟赌妓行业又不成气候。税收全靠一个小小集市和上百条村庄。加上地瘠民贫,谷壳里榨不出多少油来。收来的税钱,除了供给军政人员,也没多少输入国库了。眼下,这里又闹起罢市来,真要闹个十日半月,上头怪罪下来,真不是件轻松事,官位也就岌岌可危了。

二十六

  时近七月,风一时,雨一时,天气燥热。油行里的伙计只穿一条阔囊裤头,赤裸着上身。一条湿毛巾箍在头上。走起路来,肚上、臂膀上的肌肉就一抖一抖的。由于长期出大力气,每天挥汗如雨,身上水分大量流失,又要频频喝水解渴。所以个个肌肉肥肿,身体脸面浮黄。

  一具高大的长碓,高翘着尾巴俯伏一旁。两个伙计放下水烟筒,各执一把裂成几片的破蒲葵扇,登上高碓,踏定碓尾,手扶横杆。脚下用力,碓头呼一声跳起,脚一松,碓就訇的一声砸下。手里的破扇就跟着节奏"泼唎"一扇。碓臼里花生米粒飞溅,有的在臼里打滚,有的飞溅地上。没踏几下,身上的汗就唰唰地往下流,裤布很快贴在肉上了。

  油行里有两条桁。一条在对面厢房。这条与正门相对。

油桁是一条用巨大原木挖成的棺材模样的榨油大家伙。"棺材"肚里，一头塞满了圆圆的蒸煮过的花生粉饼，一头是一排油乎乎的黄白色的大木楔。卸下一根木楔，换上一大一小两根。那根大的木楔不肯与其他的平起平坐，高出人家一截，就该挨砸了。两个牛高马大的伙计对站在油桁两边，抡着六七十斤重大木槌，朝高出的木楔狠狠地砸。呼的一槌下去，桁木上嗵一声震响，他们嘴里就"嘿""嗬"的大声喝叫。如果两条油桁同时开工，槌声、喝声交相起应，回梁荡壁，震耳欲聋。那嘿嗬之声简直是雄狮吼叫，气震河山。夜里那一声声惊天动地的为天地壮胆的声响就是从这里传出。

戌时过后，油行里走出一个高大的身影，他直向东街一间药铺走去。药铺里坐着一位来者。白布上衣，蓝色短裤。眼神不定，顾盼不停。见有人进来，起身相迎。这人是个江湖郎中。家在乾塘南寨淡水沟，名叫李癸泉。李癸泉行走乡间为人看病，人人都知道他是个医术高明的郎中，其实他暗地里却为一件大事奔忙。1926年春，共产党人黄学增、陈柱等人在一个风雨交加的夜晚，由吴川梅箓乘船南下，经淡水沟外海面，因风高浪恶行船艰难，就近泊岸，寻到李癸泉家借宿。那一夜长谈竟使李癸泉走上了革命道路。他现在是南寨淡水沟支部书记。他同时肩负通讯联络，筹集经费，购置军械等重要任务。1927年4月，蒋介石在上海发动"四·一二"反革命政变后，广东南路以林云陔为首的国民党右派在高州成立"高雷区清党委员会"，对高雷地区共产党员和农会会员进行大屠杀。12月，中共南路特委机关由于叛徒梁超群出卖，遭到国民党严重破坏。特委书记黄平民、委员朱也赤等10多人被广州湾法当局逮捕，引渡给国民党政府，押解到高州杀害。从此，南路特委不得不转入隐蔽的地下活动，并要求各地党组织尽量避免公开活动和公开斗争。李癸泉此次是带着上级针对当前坡头抗法罢市行动作出的指示来的：为避免党组织暴露，保存党的力量，尽量避开领导性的公开斗争，开展暗中引导工作。油行伙计听后，又将筹到的半袋银圆铜圆交付与他，说："这里其中有许爱周先生捐赠的100块大洋，剩下的是油行里伙计及圩上人士所捐。"说完匆匆离去。

这位油行伙计叫钟大，是天和油行的管事。油行里的日常业务，生产销售全由他全权负责。油行里的伙计个个高大浮胖，脸色微黄，肥头大耳，看上去个个模样相差不大。若非相处日久，几乎辨不出个张三李四来。钟大却有个特征，就是嘴巴左角下长着一颗黑痣，像贴着一粒豆豉。

钟大为人讲正气，说话在理，急人所难，在坡头圩威望颇高。所以人们都爱听他的，有事爱找他商量。眼下罢市已是第三天。公局里的人频频出动，一面挨家挨户催着，让赶快恢复经营；一面暗地查访，追查挑动罢市的人。

"一撮须"带着公局里几个人，拿着一扎"意愿书"，敲开生货铺的门。老板李良成见了先是一愣，接着鸡啄米似的点着头，将"一撮须"等迎进门，连连让座。

"一撮须"劈头就问："干吗不开张？"

"开张是要交税的啊，那税也是重了点了，当不起啊。"

"多少才不重？""一撮须"的话虽然不狠，眼向上翻着，嘴却是向下撇着。李良成一看，吓得不敢应对了。"一撮须"看出李良成有多少城府了，逼问一句："你的店明天要开张。如果再不开张，按月交税。明天开铺，就立个'意愿书'吧。"李良成犹豫了一阵,终于在"意愿书"上竖着画了"公心"二字,写完还顺着心字最后一点由下向上回到原点绕上一个圈,整个画押看上去像张粘着几个苍蝇残骸的蛛网。

"一撮须"手里捧着李良成的"意愿书",挨家挨户问了个遍。毕竟事关切身利益,大多商户心里也怕担不了干系。但一想那赔本的生意,一家老少拿什么活命啊。绕来绕去,最后还是不敢硬下头皮在那张纸条上画押。口里都说"如此重税,切实做不下去。门不开还有铺在,开门了,天天亏本,可能连铺面都要当了还债了。"再问那些租铺位的,那些不得不一分一厘计较得清清楚楚的老油条们更不愿意。"一撮须"本想拿李良成做个"白鸠媒",威逼利诱,展开一场攻心战,引一群斑鸠入网。谁知愿意上钩的不多,只好再观察两天,见机行事。

油行里的槌声刚停,门外走进几个人。他们都是街上的铺主。几个人愁眉苦脸,心里都惦记着铺里的事。都罢市三天了,今天"一撮须"又催得紧。不开门嘛,不好说;开门嘛,那税确实顶不住。做生意的还不是为了赚几个钱?如今生意没了,生计没有着落,大家心里都夹着两把算盘,一把是家里开支用度的算盘,一把是生意的算盘。钟大看出大家的心思,说:"不会想想办法吗?前门不开后门开呀。罢市了,要买东西的人还得买呀,哪里去买呀,还不是老地方?你们来个私自交易,他们不易发觉;就算知道了,人家要上门来我能不卖吗?我看他们也奈何不了你。要不就来个躲猫猫卖,又不是走私,哪条王法规定伝这些东西不准私下买卖啊。"钟大这么一点,大家心里就有底了。钟大又说:"三合窝那边听说也在闹了。他们是收的船头税，每条船一年四十个西贡币，要命啊。船家叫苦连天，逼得那些议员都要出来说话了。公局当然我行我素，税照收不误。结果呢，船家都闹到公局里去了。法国营盘里才那么几个兵，对付得了渔民们吗？还不是依赖那一帮中国人？中国人虽在公局里当差，虽然各自心中都有个小九九，但大多还是有点良心的。议员们收不了税，船家又不听他们的。结果呢，议员陈应桃等向议长'回牌'了。乾塘那一带十个议员，都把那蓝色的议员牌子还给了公局长，急得法国人干瞪眼。我们这里，只要再坚持几天，我看坡头公局也是盐水里的黄瓜，硬不到哪里去。"

第二天刚刚拂晓，钟大一个人就顺着正街一直往北走，看上去是在散步。他一边走一边注意每一间店铺的动静。有三两个人打开店门，伸头往外瞄瞄，很快又缩回去。李良成的铺门隆的一响，开了。他诡秘地朝外望望，一会儿就把一块块铺板揭下来。然后走出来，一眼看见钟大，心不在焉地打了声招呼，径直向南走去。然后绕向东街，看见刘达富的杂货店开了，就像寻到知己一样。他平时最看不起刘达富，今天却觉得分外热乎。挨近去低声说了几句，无非难难难一类碎话。溜达了一周，又穿过西街，见那些寿衣铺、家具铺、竹栏都没有开张，心想还早点吧，折回去坐了一阵。到了辰时，出门再绕着圈子看了一回，仍没见有人开门。于是回到铺上轰一声把门关上，坐下来闭目寻思起来。

阿妗儿一早起来，挑着两个箩筐，一头是那口烂镬，一头是些木柴、油罐、米粉等东西。来到圩东路口，在一棵树荫下放下。这里离公局较远，近处是一条小村。心里盘算着：

如果公局里有人巡查，就一个担子挑走躲进村子里，谅他们也难找到。她手脚麻利地摆开两个箩筐，端出小红炉，就生起火来。架上烂镬，灌上油。镬很快就吱吱地响起来。马上又取出瓦盘，盘里有搓成团的米粉。还有三个像浅浅的油吊子一样的铁模子，一把木刮子，一碗小鲜虾儿。油已经翻滚，她一手提着油吊子铁模儿，一手捏木刮子往上面填粉，抹平，再按上两三个小虾，快速放进镬里。镬里的油马上欢呼起来，顿时香气四溢。阿妗儿很希望这些虾煎粑香飘四处，好招徕更多顾客；又怕香气太浓，飘得太远了，万一公局里那班长鼻蚁闻到香味，跟风而来，就是一股烦恼了。她张皇四顾，希望有人来，又怕有人来。终于来了几个清闲女人，嘻嘻哈哈蹲在一旁，一边指点，一边尝着她的虾煎粑。阿妗儿手慌脚乱的忙个不停，眼睛总是频频四顾着。很快又来了两摊卖米的，一摊卖咸鱼的。阿妗儿一阵喜欢，做生意是人越多越好，摆摊的越多越好，成行成市，才能招来人气。可当下不同，摊档多了，招人耳目。树大招风，反而不是好事。

眼见半盘粉用去七成，柴也剩下不多，阿妗儿的心稍稍静了。忽然远处圩口处奔来几个绿衣，绿衣胸前那几个"大法客兵"字样黄得吓人，手里还握着截红红白白的棍子。阿妗儿见状吓得魂不附体。急急收拾一下，挑起箩筐就跑。跳过一条小沟，冷不丁箩筐歪了，镬里热油向腿上一倾，裤上马上升起一缕白烟。阿妗儿"啊"地叫了一声，仍然不顾命地逃。好不容易逃进村子，在一间烂茅屋前放下担子，拉起裤腿一看，腿上一片白泡，四面通红如血。一股撕心的辣痛逼上心头。

二十七

中午，公局里抓回了几个人，他们被认定为"逃税者"，都是圩上铺主。左边房子里不时传出打骂声和哭喊声。消息传到油行，钟大怒火中烧，带了十几个伙计直奔公局。十几个人都光着上身，露出浮胖微黄的肌肉，排成一堵人墙堵在公局大门前。钟大大喊："他们犯了什么罪？又审问又拷打？"

"一撮须"背着双手从房里踱出来说："他们私下交易，故意逃税，与这几天罢市不无关系。你们有意见？这里可是大法国坡头公局。"侧身指指楼顶那面红蓝夹白贴着个鹰尸的旗子，继续说："犯不犯罪我们说了算。"

"别以为这是法国、安南。你站的这个地方是中国。是中国广州湾！你还得按两国约定的规矩办事。你们敢胡来，任意惩罚鞭笞中国国民。我们有权抗议。"钟大大喊。

"哎呀呀，豆豉钟。别以为你个头大。子弹虽小，能弄倒一头牛呢。你信……信……信不信？""一撮须"气咻咻地说。

一听这话，十几个人气得大声吼叫起来。"打吧打吧！怕死的不来，来了就不怕死！"都挺起肥厚的胸膛。围上来的人越来越多，都大声齐喊："把他们赶出坡头。麻斜人敢驱赶他们，我们为什么那么好欺负？赶走他们，赶走他们！"

"一撮须"一听后面两句,想起当年被麻斜人驱赶的情景,不寒而栗。见外面声音越喊越响,人越来越多,只好躲进厅里,不再出来。

黄昏时候,等人们渐渐散去,"一撮须"跟公局长商量了一阵,只好叫放人。

几天来机关算尽,毫无收获。像这样下去,市场没有开市。那些档主、铺主却四下里开张,到处游走贩卖,公局出尽了人,依然控制不了局面。盘算起来,他们收不到一分钱的税不算,有可能还得动用蓝带兵、红带兵来一场硬的。这样一来,事态扩大,后果堪忧。不如退回一步,来个各得其利,缓和矛盾,或者还可以多收一点。于是决定:原公布加税项目,大部免去,按原来税额加收两成。布告贴出之次日起,各商户必须复市。

这天恰逢圩期。一听圩上复市,乡下人潮水般涌进集市。清静了六天的坡头圩又沸腾起来。

一场小战虽然不获全胜,却也有所收获。"一撮须"心里总算也有两分得意。他要看看阿妗儿的摊开张没有,他对她总有几分怀念。踱到正街往糖水摊那边一瞧,不见阿妗儿影子,心想那婆娘还生我的气呀,要我求她不成?再踱到那天抓到公局里的几个铺主店前,都开张了。只是那几个不识抬举的东西都乌着一脸恶气,不看他一眼。他有点失落,回头往公局走去。

油行的槌声一停,老驴就向正街走。他一路走一路想,那阿妗儿也折腾得差不多了,看你还不服服帖帖喊我一声干爹?来到门前,想起前一次吃了闭门羹,这一次不知能不能开门？于是上前轻轻一推，原来门没有闩上。他一乐，这不是"待月西厢下，迎风户半开"吗？妙妙妙！

老驴刚举步入门，街对面就有人瞧见了。

阿妗儿正在磨粉，见这头驴进来了，大吃一惊。原来刚才到井上挑水，回来时一时忘记了闩门。

"在磨粉呢，不是不炒粉了吗，还磨粉干吗？"老驴抓住了如此好机会，就将阿妗儿一军。又回头把门闩上。

阿妗儿一时竟无言以对，沉默了一会儿才说："人家上门定的，几斤粉，也得连夜赶。"

"恐怕不是吧，粉不炒了，铺位不要了。我看是打起游击来了。"

"鬼知你说的什么鬼！"

"你们不是常说吗？'若要人不知，除非己莫为'。那天你也逃得够快的。煎起虾煎粄来了。如果东躲西躲不用交税，谁不会躲呀？"老驴是步步紧逼，"你躲过的税，若要算起来，也够你受用的了。"这分明是在要挟了。

"要怎么样你直说，不要指着鸡㜷说鸡儿。"

"嘿嘿。也不想怎么样。这些天你也够辛苦的了，就是想犒劳犒劳你。"

老驴靠了上去。撩起那件薄衫儿，手就往里掏。

……

钟大他们刚停下槌一会儿，有个人匆匆走进来说："'一撮须'又骚扰阿妗儿去了。"伙计刘福叹息说："可怜！"又说，"老让他如此胡来不行，听说阿妗儿并非与他勾搭，他这是欺负良家妇女，欺负她家里没有男人。简直连咱们都羞辱上了。"钟大说："如此得教训教训他，让他尝尝坡头人的厉害。"就吩咐刘福赶快回家扛来把铁耙,并说:"就横放阿妗儿家后门。"

钟大几人急急向阿妗儿家后门走。这后门就在一条小胡同上。平时没多少人走动,黑咕隆咚的,夜里更暗了。狗一阵吠过,刘福扛来了铁耙。那铁耙是农家耙田的工具,一条竹竿在上面横着,两条立杆连着下面一条四方横梁,横梁下是又长又尖又白的铁锥子。刘福把铁耙横搁后门,几个人就匆匆向前门走去。

阿妗儿抱着两肘护着前胸,一步步后退,口里说:"勿个,勿个!(不要,不要)"老驴发疯一样狞笑着,说:"我是上西厢来了,'迎风户半开',等着我呢,还装什么?"阿妗儿看着那张令人恐怖的驴脸,忍不住一阵恶心。老驴扑了上来,阿妗儿忽然"哎哟"一声,瘫倒在地上。老驴一愣。低头一看,那大腿上血肉模糊,上面汪着黄水。一股腥臭味直扑他的鼻孔。

忽然前门一片捶门声,凌乱而汹涌。几个人大喊:"阿妗儿,快开门!阿妗儿,快开门!"听声音跟油行的槌声一样雄壮。不好,油行人来了。老驴一急,不敢奔前门,飞一样向后门窜去。匆忙中打开后门就跳了出去。"噗",一样东西把他绊倒,他头朝下脚朝上翻了过去。他狼狈地爬起来,鞋却让什么东西勾住了,脚掌一阵疼痛。好不容易取下鞋来,发现又没了另一只。忽听隔壁有开门之声,狗又吠得疯狂,便赶快冲出胡同跌跌撞撞地逃去。

阿妗儿翻起来跟跄着赶去开门,门开了,却没有人。她觉得奇怪。回头想想那声音,像是钟大他们,他们是救她来了,可为什么不见人影呢。后来她明白了:虽然自己是受害者,但毕竟有一层难言之隐,有一丝羞辱在里头。大家心照不宣,无非为了顾全她的声誉。

哎,这班人也真顾念她,她一阵心酸,眼泪就下来了。忽然想起应该往烫伤的大腿涂点药油了,这才止住了泪水。

隔了一阵,刘福回到后门撤去铁耙,见耙齿上穿着一只布鞋,禁不住暗笑。回到油行,将那只刺穿了帮的鞋往地上一丢。众人惊问:"什么事?"刘福一说,大家都笑得东倒西歪,口里说:"这回是洋人出洋相了。"刘福说:"他可不是洋人。"钟大说:"管他是不是洋人,反正是洋人的帮凶。"刘福说:"那就叫'帮凶出洋相,丢尽洋人脸'。要是穿了他的肚皮、撕了他的脸皮那才叫好。"

卢文廷回到公局,提着一只鞋从侧门溜了进去。他越想越气,估计一定是阿妗儿合计油行的人捉弄他。他恨得咬着牙齿格格地响。

二十八

眼见到了腊月二十六,按地方习惯,应该到麻斜侯王庙给孩子拜契了。孩子生下不久,老人讲,花无百日红。谁知他会不会得个风寒感冒、天花麻豆的?孩子娇嫩,还是契个爷,替他请个保护神吧。我们这里的小孩有几个不是契麻斜罗侯大王的?凡名字开头带个"罗"字的,都是罗侯王爷的契子。"罗光""罗福""罗有""罗生""罗胜""罗兴"

一类名字多得很，契的就是罗侯大王。阿妗儿想想也是，穷人家的孩子下贱，或取个贱名"阿牛""阿狗"，或给他契个神爷，托付灵神保佑，希望他远离三灾六难，所以去年就到罗侯庙里给孩子契了神爷。

阿妗儿从床头摘下两条红绒绳贯索，很珍重地摩挲着。贯索，本是人们腰上缠的钱索。一千文穿满了就是一贯，一贯钱即是一千文。可这贯索上面穿着的只有两个铜钱，象征而已。铜钱上是一粒方印，上刻"罗侯大王"四字。如果契的是别的神灵，方印上刻的就不一样了。比如"洪圣大王"。那这孩子契的是"洪圣"大王，名字就该是"洪生""洪弟"一类。每年拜过契回来，贯索就挂在孩子脖上。好让灵气随身，驱邪除秽。两个孩子带着两天，就哭着嚷着要取下来，她只好轻轻在孩子肩上拍了一下，口里说："侬儿人不识好歹，神灵莫怪。"取下来就挂床头上了。床是人三魂七魄归息的地方，人睡着了，魂魄自然安息下来，贯索挂在床头，一样保佑着孩子。

阿妗儿起得很早，劏好了鸡，油行的槌声和嘿嗬声才响起来。鸡是只雄鸡，家里养的。刚啼过一遍让她杀了，她有点不忍心，可是为了神灵保佑，她舍得。她量好三合米，她知道，三合米刚好三碗饭。往瓦煲里放好水，再把洗得干干净净的雄鸡放下去，开始煲饭。别家的鸡啼第二遍时，饭煲好了。揭开煲盖，喷喷的香雾冲她的脸拥抱过来，一阵亲吻之后便仙姬一样扭着曼妙的舞姿飞出窗棂去了，只留给她无穷的香味。这饭煲得恰到好处，米刚好透心，一粒粒还是米的样子，只是膨大了一点点，很精致地在鸡的四周铺得平平整整。筷子一样大小的洞洞里还跳着泡泡，跳着跳着都蹦了，只有饭和鸡很平静地相处着。当煲里最后一缕白汽淡去的时候，阿妗儿将一只洗了三遍的瓷碟拿过来，细心地放稳。就用两根筷子穿过熟鸡的翼下，轻轻提起，小心放下。然后把饭舀成三碗，用勺子刮平。又在一只碗里舀了一碗，也刮平。将两碗饭合上，使劲对旋一下，拿下上面一只碗，两碗饭就变成一碗饭了。这碗饭团团隆起，饱满浑圆，像女人头上整齐的云髻。这叫"鸡油饭"，是拜契必有的供品。当然还有鸭蛋、猪肉、茶、酒、香烛、纸宝等。

阿妗儿将早已洗过了的有盖大肚箩勾拿过来，把鸡、蛋、饭、肉往箩勾里放好，解下床头上的两条贯索，穿绕在箩勾提手上。梳过头，照过镜，穿上那件平日里上街才穿的没有补丁的花格子上衣。张罗孩子吃过饭，吩咐了又吩咐，才出门了。

罗侯大王庙在麻斜炮台旁边，所以当地人也管罗侯大王叫"炮台公"。庙宇北枕麻斜大岭，南对麻斜海湾，往南远处是特呈岛。只听人说过，再远处是硇洲，那是看不见的远处了。回望西北即是平乐，与麻斜隔着海湾，雾蒙蒙的不大清晰。明朝翰林学士解缙为罗侯庙题了一副对联："风送潮声平乐去，雨飘山色特呈来"，这对联以景入联，以地名入联，贴切写实，把这一带的景致全写进对联里了，堪称妙联。法国人租借广州湾后，最初的法国公使署就在麻斜，因在这里驻兵筑营，所以称这里为东营。海湾西面是海头汛，有法国人命名的"白瓦特城"。那里也有驻兵的营盘，因在东营之西，故称西营。

侯王庙始建于元至正九年，重修于清朝光绪二十六年。重修时即在庙宇前檐置"番鬼托梁"木雕两个，以泄麻斜人对法国佬当年建营盘时推毁祖坟，强拆宗庙，抢占耕地之愤。

阿妗儿来到"炮台公"庙前。庙前庙内早已人山人海，香火缭绕，爆竹声响成一片。庙前的空地上摆放着十多张长桌，上面已经摆满了各种供品。阿妗儿抱着箩勾急急地往庙里挤，庙里烟雾氤氲，满地跪满了人，签筒摇响，杯珓声声。再一望上座神案前，所有摆供品的长案都已摆得密密麻麻了，简直寻不出一丝空隙来。她只好退步出来，在庙前一张供桌上，把人家的供品这边移移，那边挪挪，才勉强将自己的安顿下。她心里就嘀咕起来：世上那些当官的咋不来看看啊？让人这样敬重着才是好官哪！罗侯王爷三代忠良，满门忠烈，平乱靖难，一生为民造福，为神后依然顾念生民，为人解难，有求皆应，恩德如山，谁不敬仰啊！可惜世上那些当官的，只知道谋升迁，敛钱财，心中哪里有百姓平民？为了多捞几个银两，恨不得从百姓身上多剥下一层皮来，真真可恨。她这样想着，越觉得这罗侯爷的神圣。

她点过香烛，从箩勾上解下贯索，步入庙内，挤到神案前面，斟过酒。抬头仰视神像，那威严而慈祥的圣象令她肃然起敬。她想跪下去，左右看看，全是跪着的人，没有她容膝的地方，只好站着祈祷。口中念念着，无非神灵保佑，让花男快点长高长大，聪明伶俐一类话。然后把手中贯索在香炉上空绕了三圈，口中重复祈祷。烧过纸帛银宝，放过鞭炮，进庙复拜。便收拾好供品，放进箩勾，匆匆回家。

两个孩子欢天喜地，看见了少见的鸡肉猪肉，更是欢蹦乱跳。阿妗儿将贯索分别给他们戴上，然后把鸡切了，再把鸡油饭放煲里热了热，端出来跟孩子吃了一顿丰盛的晚餐。孩子们吃着吃着就问："娭嬷，快过年了，阿爸该回来了吧。"她说:"爸记挂着你们,就是没时间回来。什么时候回,爸心里有数。以后别老缠着问,啊。"阿妗儿说完,眼泪几乎要出来了,那股藏在心头的愁绪立即涌上眉头。天涯海角,杳无音信,不提犹可,一经提起,就心乱如麻,何况又是恼人的年关。

第二天是腊月廿七。这一天是圩日。是一年中最热闹最拥挤的一天了。天刚放亮,挑着鸡鸭的,粮食的,年货的乡下人,生意人,早早地就踢踢踏踏的满街走动了。阿妗儿打开门,向外一瞧,见门外站着一个中年男子,满脸倦容,头发蓬乱,怀里抱着一个布团。那人见了她,径直问:"这是36号门牌了。有个叫梁淑媚的嫂子吗?"阿妗儿一愣,眼直了起来。

二十九

梁淑媚这个名字,很少有人知道,更很少有人叫。所以阿妗儿大吃一惊,跟着答道:"我是,什么事?"梁淑媚有一种不祥的预感。见那人垂下头去,急急追问:"阿叔,有什么事?快说。"那人张了张嘴"阿……"一声,喉咙便硬了,后面的话都让堵住了,泪水夺眶而出。她急问:"你从哪里来?"

"南洋,印尼。"那人失声痛哭起来。

"进来,阿叔,究竟发生了什么事?"她已经猜着是怎回事了,头脑嗡嗡地响起。但又希望自己不要猜中,她继续追问。

"这是良哥的骨灰。"那人捧着布团放声大哭。

梁淑媚脑里轰的一声,大喊:"他怎么啦,他怎么啦!……"声音惨烈。赶集的人停下脚步,扭头看看,匆匆而过。邻居们过来了。听那位阿叔讲述着:"阿良在南洋种蔗、砍蔗、扛蔗、拉碾磨,熬着苦力,早上五点起床,直干到晚上九点。每天才赚到那么200卢比。为了省点钱,三餐吃着木瓜、苦菜、木薯干填肚。上个月,阿良得了伤寒,也有说是疟疾的。最初是四肢发冷,接着不停地打寒战。本地又没有医生,只好自己找了些草药熬水喝,没想到那病越来越重。过了半月,竟全身浮肿,呼吸困难,人也昏昏迷迷的了。良哥大概心里知道不行了,就吩咐我们兄弟几个说:'看来我回乡无望了,想不到竟做了他乡之鬼。你们是我一条水路来的最要好的几个,兄弟一场,只有托望你们了。我死之后,千万不要埋在这里。孤魂野鬼,死不安心。你们把我烧了,存下我一把骨灰。有机会的话,能将我这把灰带回广州湾,带回家乡,我九泉之下也感念你们的大恩大德了。'那天说完这些,就写下地址门牌,又喘着气吩咐说:"我有两个儿子,我的儿子不能没有父亲。有把骨灰也就有个坟,也算有个父亲存念。你们一定要成全我的心愿。我的妻子梁淑媚,人家惯叫阿妗儿的,也可怜了她,只有梦里相逢了。"梁淑媚听完,一口气喘不过来,竟昏死过去了。大婶伯母们连忙过来抢救。捏人中,按胸口,一阵手忙脚乱,好一阵她才呼出一口粗气,大叫一声:"夫啊……我的哥啊!"大口大口地喘气,抽搭起来,哭不成声。邻居们都摇头叹息,嘘唏不已。

天空低暗，逼仄的街巷里一片死闷。赶集的人手里提着年货，口里谈论着过年事儿，肩摩着肩，脚踢着脚，圩市里一片喧哗，那喧哗声汹涌沸腾，但终掩盖不过阵阵哭声：

"天字出头夫啊，两可成哥夫呃，呃，呃……呃！"几乎绝过气去，好一会儿才一声：

"南洋做牛马啊，远涉重洋夫呃，呃，呃……呃！"又似绝过气去，好一会儿又一声：

"三年两载夫啊，都讲有归期，哥啊，呃……呃……呃……"

"死做他乡鬼啊，归来一把灰呃，哥啊，呃……呃……呃……"

"三魂七魄夫啊，飘零异乡哥呃，呃……呃……呃……"

哭声惊动了整个圩市，传到了油行。钟大他们几个放下手中活计，匆匆赶到阿妗儿家。见阿妗儿瘫坐在地，蓬头披发，有气出没气入地哭着。徐厚良大姐、姐夫早闻讯赶到，一边陪着流泪。一位大婶抚着阿妗儿的背，口里劝着："阿娣啊，人死不能复生。不要过度悲伤了，想想两个孩子吧……"还没说完，喉头先就硬了，说不下去，眼泪下来了。旁边的人都忍不住落泪。钟大用手指点点几个伙计，走出门外，说："阿妗儿是够可怜的了。商量一下徐厚良的后事吧。骨灰带回来了，怎样安放？一个女人家，也不知该如何是好。我们得想想办法。等阿妗儿平静下来，问问她的意见，我们才好办。不管怎样，做点事总得要钱。我看这样吧，福哥你就行个头吧，让街坊邻里都紧紧手，捐点吧，算是做点善事，积点德。又临近年关，得抓紧办了。"刘福点着头，就找个帮手的行动去了。

油行伙计帮阿妗儿请来了土工、道公，定好安葬时辰。徐厚良是客死异国的，先得招魂。具好竹幡、公鸡、祭品。道公一路打着小钹，后面跟着阿妗儿母子三人，披麻戴孝，哭声动地，往西边埠头而去。当年阿良起行往赤坎做苦力，就是在这埠头乘帆船去的。梁淑媚记得清清楚楚，丈夫那天一早吻过两个小孩，匆匆上路。她一路送着，到了埠头，把一句憋在心头多时的话说了出来："什么时候都要记好：命总比钱金贵。千万不要为了钱不顾身体，不顾性命。"丈夫点着头，深情地望着她，那种眼神是她结婚以来最让她刻骨铭心的一次了。那种刻骨铭心不是卿卿我我思情，是江头离别、百感交集的感伤。他坐在船头，船慢慢离岸，他频频向她挥手，眼神里充满着无奈。赤坎不是很远，说实在阿妗儿不是十分挂念，几个月半年回来一趟，那是不难的事。可八个月十个月过去了，丈夫总没回来。她曾经多少次来到埠头，西望归帆。一次又一次，总没有心里人的踪影。她真想到赤坎一次，一为看望丈夫，二要看看丈夫做咕哩是样什么工。后来才听人说，咕哩就是苦力。洋人口里的咕哩，就是在码头上货栈里佝偻着脊梁扛米袋，扛盐巴，扛煤扛杂货的在跳板上晃悠悠的一步一步艰难前行的苦力工。她不止一次在心里祈祷，希望丈夫平平安安。没想到，丈夫干了半年，听说南洋的钱容易揾，就断然决定去了。托人带回三百钱，并捎回一句话："一两年便可回家。"他远渡重洋去了。哎，男人也太注重钱了。也难怪，有一个家等着他养呢。谁知这一去竟成永别。梁淑媚已哭干眼泪，呆呆地望着一艘艘靠岸的船。

"哐叮叮，叮叮哐。"道公手里的钹一声声在水边响着。

"归来吧,夫啊!三魂七魄回来吧,我的哥!"呼声凄凉,闻者悲摧。

油行伙计跟着和道公到北坡选了块干爽地,依照血丧规例,挖了个大坑。用一只褐色的瓦瓮盛了徐厚良的骨灰。也依照血丧之仪,奉行丧礼事,把丧事办完。又想到再有两天就是年了,孤儿寡妇山穷水尽的。便又想了许多办法,为他们买来了米和一些简单年货,大伙儿的心才安定下来。梁淑媚自然对油行伙计们千恩万谢。

年依时而至,千家万户响起鞭炮,整个圩市笼罩在过年的气氛里。只有梁淑媚家冷淡凄清,悄无声息。这样的年滋味揪人心肺。她真想放声痛哭,想到家家户户都在过年,悲声毕竟扰人,招人忌讳,她只好将悲苦和着的泪水,一口口吞到肚里,默默地熬过这全是苦味的年关。

三十

正月初五上午,公局楼里乱哄哄站着二三十人。他们是坡头、乾塘、南三等地的议员议长。他们当中有几个戴着礼帽,穿着长衫,腕上套着玉镯,手里拄着文明棍,头上梳得光溜溜的,颇有绅士气派。他们为民请命而来。一大早,他们依前天所约,或骑马,或坐牛车,或步行次第赶到。他们受乡民所托,具陈灾情,乞免加征地税。行政委员殷多东端坐皮椅，用狡诈的眼光端详着每一个人，分析着这些属下议员此时的心思。他让大家轮流着说，可说着说着就乱起来了，一个个按捺不住，都站了起来，竟显出有点激昂的样子。唯有几个穿长衫的，气定神闲，依然端坐，斯文得像些书生，只手中欠了一把扇子。

"都坐下，都坐下。"双百长卢文廷像按水葫芦一样，要把一个个头颅按下去。

大家重新归座。

"大家知道，我们坡头乾塘南三一带税收靠什么？还不是那几亩土地？前些时坡头圩闹得沸沸扬扬，罢市罢圩，就为那么几个铜钱。有货卖不出去，想买的无处可买，都害了谁？还不是狗甩铁链子，自己打了自己的头？市场税收不好，财政蔫了，受害的首先是你们。要知道，这些年来，广州湾整个税收就靠西营、赤坎，要不是那两个地方，我们都得喝西北风了。就加那么一点点税，下面一大片的都叫苦连天，包括你们，也都附和着嚷嚷，真是猪拱食槽，吃饱了撑的。大家也不看看，市场我们盖了，道路我们修了，你看麻斜至坡头这段马路，20里啊，还有九到乾塘高岭儿的路，也要修。钱哪里来？啊？"卢文廷操着熟练的坡头话，把他翘起的下巴和上面那撮长须运动得非常活跃。

一个议员要站起来，没等伸直腿，卢文廷又伸手一按，继续说："皇粮国税，自古皆有，也不是我大法国首创。"

那个议员终于直腰呼地站起来："百长说得有理，但又不是全都有理。皇粮国税，是要有，但……"

"我知道，我知道，还不是郑香山那些话？'两国约定'。事情总不能一成不变哪！"

"税外加税,历来无有的税种,这的确是大法国的首创。卢百长应该想一想,猪都饿死了,哪里还有毛啊?你们只知道拔毛拔毛,加,加,加,怎么不到田头地里看一看?去年什么收成?台风之后,连续干旱,三个月无雨,坡头一带田亩旱裂,坡地冒烟,田间禾苗干枯,高坡旱地也几乎没有收成。乾塘一带,台风肆虐,坦堤崩塌,海水灌田,农户颗粒无收。南三一带,盐田荡毁,坦围冲垮,乡民连温饱都难以为继。刚刚过了年关,眼下又逼着按新税交纳,这可是要逼出人命来啊!"那个议员越说越气愤,声音也越来越大。

"依我看,地方的人并没有你说的那么穷。麻斜的罗侯庙里,人山人海,都是本地人吧,鸡啦,猪肉啦,供品那样丰富,那是穷吗?过年时家里满桌饭菜,丰盛得很,哪里像穷的样子?"卢文廷说完,朝殷多东笑笑,心想他这么熟悉民情,自然得到长官赏识。

"那我倒要问你,你说的光景,一年有多少天?家里满桌饭菜,你见过几回?"那议员问。

卢文廷无语。

那议员继续说:"罗侯庙里的事你们根本不懂。单说我们这里的一年四大节,大多人家是有点菜有点饭,但一年就那么几天。我们本地有句老话,'饥年不可饿节,饿节遭天折'。不管多穷,年节总要想尽办法吃上一顿饭的。尽管这样,还真有的根本就没什么年节可谈,也顾不得天折不折的了。一年三百六十五天,除了年节四五天,还有三百六十天。你去看看,他们都吃的什么?你们是站在灵堂里面看猪头,光看见灵台上面有猪头,没看见下边有人苦泪流呀!"

"那你们打算怎么办?"卢文廷讨了个没趣,找了句话反问。

"按前税额征收未必都能收足,我们是竭尽了全力去做了。如果非要执行新税,我们也只有回牌了。"那议员语气坚定。

"对,干不下去了。"几个议员同声说。

"不干?说不干就能不干?我们总署算是给足了你们面子。你们想想,你们哪个家里没有十担八担种的土地?你们的乡亲可是对你们眼红得要命哩。都说'养命的田跟收租的田为什么一样的税?他们是赚来的,应该多缴'。有道理吧,按这一算,除去养命的田,剩下的加倍征收,我看几家欢喜几家愁啊?你们别装睡尿床了,告诉你们!"卢文廷瞟了二画官行政委员一眼,为自己的软硬兼施得意。

那些穿长衫戴礼帽的赶快掏出手帕,朝额头上频频点抹。

"我们只有辞去议员不干了。上头你们逼着,下面他们抗着,我们两头受气,这苦差还能干下去吗?"十几个人纷纷掏出议员牌,丢在办公桌上。

殷多东一愣。

"哈哈哈!要挟我?我可先要拿你们开刀!"卢文廷一脸怪气。"你说你多少田亩?"指着额头上有颗黑痣的,"李茂成,你说!"

李茂成满脸汗珠,急说:"我的多少,丘丘在册,丘丘有数,是多少,你们比我还清楚。"

"一百三十九担种,还没算高坡地,我当然清楚,你心中更有数,这些年来你得了多少好处,你最明白不过了。"

李茂成的光亮缎子长衫瑟瑟地震。

"诸位议员议长,你们本地有句俗语:'吃公饭,任公办。'你们都是吃了公饭的,要忠于职守,为公署办事。不要人云亦云,追风逐流,胆小怕事。何况公事办好,还有奖赏呢。你们把牌子都收回去,不要耍小孩子脾气。你们都回去吧,几个议长留一留,有点事要商量。"卢文廷说完朝众议员挥挥手,不耐烦地说,"回去吧,回去吧!"

几位议长刚坐定,卢文廷那撮须跳了一下,指着一位头发斑白,皮肤红润,有两片薄得像桃花瓣儿的嘴唇,嘴唇上老闪着亮光像涂了层油的人说:"黄湘南,你是乾塘镇公局长,又是议长,为何对刚才那人的所谓仗义执言不发一词?那个人好像是你们乾塘的。"

黄湘南连忙回道:"卢百长刚才已是唇枪舌剑,明摆道理,暗示机关,我已经佩服得五体投地,哪里还用得着我开口呢。我想说的也不外这些,兴许还说不出个道理来。若要问刚才那个话多的,他是乾塘的。此人是沙城一带议员,叫陈应桃。不过此人讲的也是实情,反映实情总比掩盖实情好。我们了解了实情,就有机会制定新的办法,有什么不好呢。不过此人也真有点那个,怎么说呢,有点傲气吧。此人熟读五经,博览群书,是个饱学之士。"

"哟,还饱学之士呢,说说看,都饱到什么程度?"

"陈应桃是个塾师,专爱跟一些雅士名流交往,人缘颇广。上知天文,下懂地理,涉猎深广,《大学》《中庸》倒背如流,书中微义,多有探究。况且务实求真是其本性,现正执教于本村——梅魁村。所以我也得敬着他三分。"

"怪不得,让你给惯的,说起话来硬邦邦的,一看就知道是个读死书的。"卢文廷说。

"此人恃才傲物,好针砭时弊,眼里又容不得沙子,专爱吟诗咏讽，讥刺流俗官场。比方前些天我们公局门前的一副对联，口气野蛮，估计是他所作。他是年垂六十，心却依然蛮童一般啊。"

"说来听听。"卢文廷说。

"他是讥讽公局不公，所以以'公局'排头做了一副拆字对联，上联：公中八字分开，满肚是私勾心带毒；下联：局上一尸独霸，半句难言闭口含冤。有点意思，不过纯属村言俚语之作，也没啥高明处。"

"哈哈哈！你黄湘南这个公局长也有人说你不公哪。'满肚是私''一尸独霸'，人家有口难言，有冤无处申了，你可要当心咯。你这么一个大好人，也有人挑你牙缝里的刺了，可见世事难圆，何足为怪！跟郑香山当年的白头贴一个样，都是没落文人的无聊下作，无非哗众取宠，博人一笑，自以为高明。哈哈！好了，不说那些了。"卢文廷捻了一下须毛，继续说："你们都是议长，就今天的事议一议。是除养命田外，剩下的加倍征税好呢，还是就原来的税额上再平均加征一点好呢。"

"当然是平均加征好，自然是平均加征的好！"众议长每次议事，总是各自夹着个小算盘。平均加征当然比除养命田外加倍征收好得多。几十担种土地算起来，每年要省十把八担谷呢。

"既然大家都赞成后者，可乡民们又梗着不交，该怎么办？"殷多东红着眼说完，卢文廷就翻译。

"那就得来硬的，你们蓝带兵，养着是干什么用的啊？"卢文廷刚翻译完，有个议长激动得嘴唇都颤起来了，抢着说。

"好！"殷多东对坡头话光会听不会说，但一听用"蓝带兵",合了他的心意,强用坡头话朗声叫好。

黄湘南咽了口涎水,慢慢地说:"不光蓝带兵有,红带兵你们也有。可那是用来对付纳税人的吗?他们不是故意抗税,是实在交不起。我看你绿衣兵也要谨慎用。若是伤了乡民,他们闹起来,对谁都没有好处。我这是肺腑之言,我是已经受够了。"

"按你说,我们真的没有办法了?"啪!殷多东操着法语大喊,往桌上就是一掌,桌上水杯哐地跳起来。众议长也突地一跳。

"明天就拿几个开刀,杀杀他们的威风。大雨欲来,狂风扫叶。先得扫一扫他们的邪气。你们是议长,既然这么定了,就得雷厉风行,回去想好你们的办法,用力实行。回去吧!"卢文廷跟风附和,狐假虎威。

卢文廷心里高兴,这些老奸巨猾的东西,不在关键节骨眼上将他一军,他们是不肯卖力的。

跟着他叫来局里几位平日里的得力干将,吩咐如此这般,明天行事。

三十一

正月初六。圩上的爆竹声远一阵近一阵地响着,稀稀拉拉。有人敲门,阿妗儿把门打开,又见一个人站在门前,见了她就叫:"梁淑媚。"她大吃一惊。她是惊弓之鸟了,她这个名字少有人叫，一叫必不是好事。前事惊魂，再听动魄。她急问："什么事？"

"到公局里坐坐。"那人说完径直去了。

官差吏押，梁淑媚不得不去。安顿好两个小孩，她穿过西街，来到公局楼前。见已有十多个人在厅里站着，她忐忑着走进去，站在一边。

坐在办公桌前的是个小什长，旁边站一个绿衣兵。卢文廷今天不登场，他正在二楼阳台外坐着，别人看不见他，他能清楚看见楼下厅里的一切，下面的一声咳喘他也听得分明。

什长开始点名。有南三的，有乾塘的，有坡头的。有圩上的，有乡下的。有耕田的，有经商的。有小贩，有货郎。

什长说："新税法颁行以来，遇到种种梗阻。罢市罢商，明目张胆阻抗，闹得沸沸扬扬。总署顾念民生，宁可少收一百，也不硬要一分。所以做了让步，做出减免方案，并且通谕城乡，依法施行。没想到一些法外刁民，得寸进尺，仍不肯缴纳，三番四次催征，仍不见效。究其原因，乃有一批又硬又臭的屎坑板在那里顶着。而且扇动乡民拒交地税，圩上小贩拒交物件落地税、门牌税、市场税等。更有些耍滑头的，本来坐铺经营，为了逃避税赋，摇身一变，跟公局打起游击来了。今天这里摆，明天那里蹲，满以为伎俩高明，哪里瞒得过我们一批火眼金睛。现在全都记录在案，包括谁谁干了多长时间，计算起来该纳多少税，我们全都一清二楚。你们孔老大人有句话：'是可忍，孰不可忍！'我们公局已经到了忍无可忍的地步了。这样的局面非得治治不可了。今天都跟你们清一清老账，这可是经行政委员殷多东二画官决定，报经我大法国总公署决定执行的。"

什长说完，瞥一眼绿衣兵。绿衣兵抿嘴一笑。

小什长说完，就拿过一本表册。那上面都记录着未交商税、地税的人名和钱数。上面有些打了红钩的便是刚才点卯的人了，这些可是"在案要犯"了。什长挨个叫签名，后面就是限交时日。那些人把推到自己面前的册本看了看，再盯住自己名字和钱数出神，没有人签名。

"签名啊！"小什长大喊。

没有人签名，都说："都无米下煲了，拿什么交？""三天没见过米了，哪来钱交！""我不过卖点头绳、绞面粉、灯芯等小货，走村串巷，一天下来赚不了两个钱，整个货郎担给你也不值这些钱呀！"

楼上阳台传来"啊嗬"一声喉咙叫。

小什长把册本推到梁淑媚面前，说："你呢？"

梁淑媚眼泪下来了。圩上来的就说："她丈夫刚过世，水浸眼眉的，你叫她来干什么呢？倒不如把我们都剐了，放过她吧。"

楼上阳台又传来一声喉咙叫。

"你说怎么办吧！"小什长有点为难，但又只好说。

梁淑媚抽噎着。

小什长叫了一阵，没人肯签。梁淑媚自然也没签。什长终于毫无底气地咆哮起来："通通关起来！"背着手噔噔噔上楼去了，绿衣兵也跟着上去。上到二楼，什长问绿衣兵刚才因何暗笑，兵问："你是法国的？"

"安南的。"

"安南的？口口声声'我大法国''我大法国'，真以为你是法国的呢。安南是法国的附庸国，殖民地，你不惭愧吗？"

"这是你们中国人的见解，我不觉得。"

绿衣兵大笑。

什长说："既然那么矜持，为什么为他们当差来了啊？"

"无可奈何！"绿衣兵两手一摊。

忽然阳台外一声咳嗽。二人噤若寒蝉，一旁侍立。

郑屋岭村东一间四臂砖瓦房里，几个人正面对一位老人，热情行礼。老人叫郑香山，瘦削的脸庞，星眼长眉，下巴一缀小须，洁白清爽。十只手指甲长如荚，洁润如玉。对面坐着的几个人是天和油行来的伙计，其中有钟大、刘福。

几人是第一次造访，不免对这座简朴的庭院细看一番。房子是乡下殷实人家才有的四合院，东门在整座房子坐向之左。东门进去便是一个宽敞的庭院，庭院正中是天井，天井收房顶四面坡脊之水，是典型的四水归堂格局。向右是个高敞的大门，南向，这才是房子的正门。刚举步进门，忽有燕子掠眼而过。抬眼一望，门额上一个燕窝，亲燕正落在窝边殷勤吐哺，叽叽喳喳之声不绝于耳。再看燕窝之下，地却打扫得干干净净，没有一点燕粪的痕迹，红砖地板泛着霉香。正厅东墙边放一张方桌，桌上文房四宝放得有条不紊。墙根竖一个书箱，上面一叠线装书，边毛纷披。墙上挂一副陆游《睡起》诗里摘写下来的对联："水纹竹簟凉如洗，云碧纱橱薄欲无"。字体苍劲古朴，落款处写着"香山贤阮雅属，陈兰彬荔秋录书"字样。陈兰彬是吴川黄坡村人，咸丰三年进士，历任兵部、礼部侍郎。曾出使美国、秘鲁、西班牙等国。同治年间，以督学身份率第一批学童赴美留学。陈兰彬曾官居高位,名声显赫,与郑香山本不同宗,却以贤侄相称,可见二人交谊甚笃。

宾主坐定,寒暄过后,钟大便说:"有一人新丧才十天,孤儿寡妇,便遭人落井下石。先生是否同情?"

郑老先生大吃一惊,道:"有这等事?请详细说来。"

钟大、刘福便将阿妗儿炒粉营生,交不起苛税,被逼四处流动经营,煎粑维持生计。卢文廷乘机以淫相迫,企图逼使阿妗儿就范,供其淫乐。阴谋没有得逞,恼羞成怒,便乘阿妗儿丈夫新丧之机,落井下石,胡编无稽证据,诬陷她抗税之名,将她关押在公局一事从头到尾细说一遍。最后说:"郑老先生曾经用手中之笔捅穿一窝臭蛋。今天我们也想你再显当年白头贴的神威,以老先生这支如椽大笔,扫他个人仰马翻,叫他老鼠咬了私处,痛着也不敢声张。"接着,刘福又把那晚卢文廷骚扰梁淑媚,遭油行伙计暗中戳穿一事详细说了一遍。

"阿妗儿遭'一撮须'调戏一事可以作为机关,以此发出警告,要'一撮须'知机放人。可是要顾及阿妗儿名声,事一传出,人家不分青红皂白,把这当作淫失之事传扬,岂不坏了阿妗儿名声?"郑老先生说。

"这个我们也曾想过,自然不能当作白头贴公开到处张贴,只能是卢文廷一人知晓,让他权衡利弊,逼他放人。"

郑老先生沉吟片刻,道:"这倒是个妙办法。好,我马上写。你们明天来取。"

钟大、刘福回到圩上安顿好阿妗儿两个孩子,让人递声给阿妗儿,孩子的事让她尽管放心。

三十二

郑老先生磨好墨,摊纸润笔,闭目沉思片刻,欣然写道:

贴百长卢氏逼奸不成以税泄愤事

卢文廷者,不知何方人也。官居百长,专司税务。坐坡头而有辱仁里之名,隐故国实为互乡之鬼。掌遮一方,事主公局。以民为衣食父母,以税为惟正之供。本应廉正为官,洁身自好。秉公为政,当如临渊践冰。怜贫恤弱,应救死扶危。不想自履职以来,假司税务以营私,赖掌专权以行秽。有阿妗儿名梁淑媚者,人虽貌美而不妖,品自端庄而不野。四邻敬重,圩上尊崇。日营炒粉以谋三餐,夜勤于业以养双儿。夫渡南洋,三年守志;妻为贤母,七载堪嘉。奈税起新征,苛刻难负,废旧业不堪税赋;权流路口,营蝇苟且,操煎粑以济时艰。本小利微,疲于奔命,如是何以供税?时断时续,几近亏空,问此何以堪科?家无隔宿之粮,身仅蔽体之衣,保命含辛,养儿茹苦,赋从何来?今公局列以巨额,名之以税罪。莫须有也!究其源由,起于卢氏之淫心。百长专权,以为可以逼良为娼;赃官使恶,无非假手迫人就范。半夜三更,潜入良妇之家,行为猥琐;三天两到,企霸平民之妻,囹其奸淫。曾闻敲门而亡命,铁锥穿脚;几因夺路而身翻，鞋挂耙钉。四邻可证，有物为凭。勿谓皇天无眼，当知报应昭然。本应就此醒悟，谁知变本执迷。恼羞成怒，顿生害人之毒；吃肉不成，反起杀畜之心。乘其夫新丧之期，落井下石；欺凌伥孤儿寡母，拘禁无辜。借此惩税之名，欲加惩课之罪。假公以泄私恨，借罚逼良投怀。蛇蝎心肠，豺狼本性，尽显无遗。今作此贴，誊抄十份。十示其一，以资警告。令即改前非，速释无辜。若违本意，本贴当即上呈法国公署案前，令法人知钱泮江之尚在；或公之于市，或刊登于报，使奸冤大白于化日之天。何去何从，公自忖之。

西历一千九百三十五年正月

圩上街坊邻里得知阿妗儿丈夫新丧，近又被公局以逃税的罪名拘禁，都愤愤不平，三五成群来到公局楼前。年老一些的妇娘儿（老妇人）干脆就破口大骂："什么公局，公在哪里？都是一批狐群狗党，吸血豺狼。你们坐着睡着吃香喝臭，穿绸着缎；我们挨饥受饿，裤囊穿窿。人家就做点小本生意，朝不见沙洲，晚不见日头的，辛辛苦苦，哪有钱赚？就硬逼着这要交，那要交。哪里还让人活着？这样的公局！人家老公刚死，孤儿寡母的。石狗睇冲流血泪。还抓来坐监。这些人还有人性吗？"

"阴鸷啊，你们公局，有这样捉人的吗？阿妗儿多久没做生意啦？欠你什么税啊？好端端的捉来坐暗房。阴鸷咯，你们这帮无良，残害良民！那天为丈夫死，哭得死去活来。亏大家一旁劝着，才没哭死过去。现在又要蹲暗房。罪孽啊，你们这班狗官！"一位老妈妈拄着拐杖，硬挤开人群，挤到铁门边，边说边用拐杖戳着地面，笃笃有声，"天灾人祸，害得她惨啰。"眼里流出泪来。

"这鬼楼里住的全不是人了。放火烧了它算了。富人得势，穷人遭殃！洋人逞凶，国人受害！"

人越来越多。有人从南面的矮竹林里往院里抛牛粪。男人高喊："为阿妗儿打抱不平！""公局必须放人！"

卢文廷红着双眼走到大院里，对着门外的人群斜了一眼。人们更加愤怒了。"就是他，就是他，十恶不赦的东西，'一撮须'，天冇收佢，鬼冇捉佢，雷冇劈佢，雷该劈他的头骨心了，这些死早！"女人都在骂。

"你们给我走远点，这里不是你们撒野的地方。再抛牛粪连你们都抓了。""一撮须"喊着。

"抓吧，抓吧，就站这里让他抓！抓呀，抓呀！"一片喊声。

楼上走下两个绿衣兵，站在大院门里。又一个走到门边，开了门锁，拉开铁栅门。过一会儿，楼上踏踏踏踏走出一队民团兵，一个个面带倦容，打着呵欠。他们走到院西一个库房里，哇哇啦啦一阵响过，一个个肩上都扛着枪出来了。

门外人群一阵骚动。有人轻声说："真抓人了，要动枪了。"

"怕啥？看他们抓得了多少！"

那批人来到门口，就曲臂小跑起来。跑出马路，向西一拐，一群乱鸭似的朝垵屋岭方向去了。

这是新招募来的民团兵。法当局对地方民众日益顽强的抗税斗争十分担心，为了对付随时可能发生的事态，在法总公署的默许下，地方再充实一批纠察兵，美其名曰"民团"，说是维护民间治安。费用开支从加收的税项下支销。这些新招募来的兵，大多因染上吸食鸦片恶习，无钱花销，自个儿找上门来的。他们白天训练之余，不是赌钱，便是吸膏。又不敢明地里吸，所以得空便到圩上四处游荡，拣僻静处聚伙挑烟，吞云吐雾。钱花光了，就干起蝇营狗苟、偷摸盗窃的事来。夜晚不是梁上君子，就是窑上公子，充肥扮阔，柳巷寻欢。所以这几十个人招来之后，周围就多出了几十个贼。船上遭劫，铺面挨偷，捉贼喊贼，彻夜不停。名曰民团保安，其实弄得百姓寝食难安。

卢文廷等民团出操后，就走上二楼。在办公桌前刚一坐定，忽听"嗖"一声，一团纸团落在桌上，弹了几下，落到地上去了。他举目四顾，判定纸团是从南面矮竹林里飞过来的。他对这突如其来的东西充满警觉，再观察一下四周没有什么动静，才从地上捡起那个纸团。他一层层剥开，里面是一粒石子，别无他物。他一阵狐疑。打开皱纸一看，原来上面写满了字，字迹娟秀，非一般人能写。他仔细端详，题目令他一跳："贴百长卢氏逼奸不成以税泄愤事"。

卢文廷睁圆双眼快速地看下去，但终究快不起来，因为有些地方不大好懂。他只好一句一句地读，边读边琢磨。读到"今公局列以巨额，名之以税罪。莫须有也！"他鼻孔里嘘了一声，心里说："是有点小题大做，不给她点苦头吃，她倒不知我的厉害呢，等着乖乖求我吧。"他有点幸灾乐祸，继续往下看。读到"究其源由，起于卢氏之淫心。百长专权，以为可以逼良为娼；赃官使恶，无非假手迫人就范。"他开始紧张起来，是谁眼睛那么锐利？全让他看透了。莫非梁淑媚跟人说了？难道她不怕声名狼藉吗？读到"半夜三更，潜入良妇之家，行为猥琐；三天两到，企霸平民之妻，囿其奸淫。"他头上开始冒汗了,不用问了,如果不是她透露,谁会知道得那么详细?这臭娘们,死不要脸。读到"曾闻敲门而亡命,铁锥穿脚;几因夺路而身翻,鞋挂耙钉。四邻可证,有物为凭。"头就"嗡"地响起,如当头挨了一棒。头上的汗水竟像水淋一样下来。他浑身发热,心跳加速,一下瘫坐在椅上。他摸着刚好的脚掌,那狠狈的情景让他痛定思痛。那晚从她后门逃出,不知被什么东西绊倒。不读这篇东西不知道,原来是铁耙!回想起来全身竟起了鸡皮疙瘩,好险!好狠心!真欲置我于死地啊。他咬了一下牙。记得当时连滚带爬站得起来,另一只鞋已不知飞哪里去了,有鞋的这只脚一阵作痛。狗吠得疯狂,远远近近的狗都像向他包围过来,冲他狂吠。耳边嗡嗡作响,似有喊捉声汹涌着向他包抄过来。前面敲门声一阵比一阵紧,他顾不得许多,逃出小巷,一瘸一拐地夺路而逃。回到公局,又不敢走正门,几十个新兵估摸还没睡,光着一只脚进去必然引起猜疑。他钻过矮竹林,从侧门悄悄进去。灯下一看,脚掌伤得不轻,一道皮搭在鞋布上,好不容易才脱得下鞋来,血已经淋漓了一地。第二天出门一看,院子里、竹林里一道道血迹。他越想越气,他估摸是中了圈套了。他恨梁淑媚,恨不得抓过来狠狠地糟蹋一番,逼问出她的同谋。谁知天赐良机,得了殷多东打击逃税者的意旨。他立刻想出了这条小妙计,借打狗之名让梁淑媚陪杀,杀杀她的傲气再将她羞辱一番,没想到事情竟败露了。"四邻可证,有物为凭"这真是抓住了他的软肋。那只鞋,那只鞋,"有物为凭"。原来证据已落在他们手里。他越想越怕,越想越后悔,不该丢了那只鞋,授人以柄!万一他们将这篇东西递上总署,真是万口莫辩了。他越想越恨,越想越烦,越想越急。他惶惶地踱着步,绕着办公桌转了一圈又一圈,像刚关进铁笼的野兽。他频频告诫自己:"冷静,冷静。"但身上热气阵阵上升,他无法冷静。也不知转了多少圈,他疲惫地坐下来。忽然心头一亮:就借个台阶下去吧,既保面子又得人心。外面不是有一帮人为她打抱不平吗?顺水推舟,索性将她放了,免得自己名声不保,弄不好还得丢官。

卢文廷考虑再三,决定将梁淑媚放了。什么时候放呢?现在又不是时候,只好……但事不宜迟,万一时间长了,他们真个告到上头,那就来不及了。

太阳下了山,一弯冷月挂上竹梢。卢文廷悄悄吩咐看管的,把梁淑媚送出侧门。

卢文廷总算定下心来。

三十三

台风过后,六哥、子善等一直在筹钱修船。村里有了农民协会,会长是富哥。会址是功夫馆,师傅李明芳三天两头到来指导练武,晚上人气挺旺。

农村人有请师傅吃夜粥的习惯。习完武,半夜里总煲点粥给师傅充饥。虽说是招待师傅,其实是师徒一起吃。一是出于敬重师傅,二是借此加深师徒感情。米是大家你一捧我一合凑的。肉菜没有,就是粥里撒点咸萝卜碎,再熬一熬。

叫"菜头儿粥"。师徒边吃边吹，肚子又饿，恨不得一口喝完。但粥还烫，只好边吹边喝。一边是呼呼之声，一边是嗯嗯之声。招待武馆师傅如此，招待书房先生也是如此。所以当地人衡量一个人学了多少武功，读了几本蒙书，就看他吃了多少"菜头儿粥"。

功夫馆里晚上常有几个客人来，说是南寨淡水沟那边来的。也是他们那里的农协会员。这些会员爱跟李师傅较量功夫，几个回合下来，大家看了人家的鹅头马步，就说："人家'菜头儿粥'比咱喝多了，了不起。"

两场下来，气喘吁吁坐下来，一起吃过"菜头儿粥"，那几人就问六哥："船修得怎样了？"六哥说："钱一时拉不近，还差些，船已修好三只。钱不够，所以拖了些时日。"那人就说："诶呀，台风都快半年了，船还没修好，这个你们比不上我们了。我们协会是几条村合起来，有难大家帮扶，钱就容易凑了。"临了那人又说："要不这样吧，我们回去商量，想办法给你借些。""多少利息？""不要利息，要利息还是帮助吗。""那太好了，想办法借个3000钱。一年后还。3000钱，要是放'猪会'的钱，一年要多还一半了。""不说利息的事，都是穷兄弟，不计较。我们回去尽量想办法。"接着几个人就谈了他们农会互助互帮，抗税抗租，连法国"鬼佬"都惹他们不起的事。大家听了都觉得他们的功夫没有白练，"菜头儿粥"喝多了就是不一样，骨子里尽透着硬气、英气。

那人又问："前些时听说议员议长动员你们修路去了？去了没有？"

六哥说："去什么？哪有时间给他们白做工！我们又不是闲着，大家都要靠一双手搵饭吃。都几个月没下海了，吃什么？船打坏了要钱修，一家大小要活命，大家暂时都各奔东西打苦工去了。有夹着禾枪禾镰到黄坡圳地打短工的，帮人家割一天禾，才一升米，靠这点捱些时日。这是去年秋的事。有的就到赤坎做咕哩。再没有路的，就在村西海尾那里担海泥，晒海泥。海泥，就是海涫。"

"挑海涫？干什么用的？"

"海尾那里全是烂泥，一大片的泛着油光，晒干了可以做肥。西水五合、珊园、峒尾一带村庄，到处高坡瘦土，土地贫瘠。用这里的干海泥弄碎了撒到地里，权当肥料。当然比不上人粪牛屎肥效好。但哪来那么多人粪牛屎呢，只好买些海泥顶假，有总比没有好。西面大环岭上，全是我们村晒的海泥，一望全是，晒干了就有人来买了。你听，听到了没有？唵——鹅公叫的声音。那是牛车在响，都亥时了，还在拉。"

"这门路不错呀！不愁卖。"

"还不错？一车海泥才两个铜钱。一车海泥要多少海涫晒干啊，那得足足挑上一天。一天才两个铜钱，仅换得半升米！不是穷得开不了煲，谁愿意做这苦力啊？"

几人摇着头。一会儿那人又问："修路那天你们都没去？"

"去什么？都说了。见鬼去吧。贼佬劫村，他们来问过没有啊，查过没有啊？没有！尽想着往老百姓身上剜肉。有事就躲得远远的。"

"没去就好！他这是探路。听说要准备颁行什么'义务公役法'。每月四天。不去的得交西币四角。真是气死人。得抗着！决不能让他们施行。"

"我们都说了，'绝不干鬼佬工'！"

"好！事关每个人的切身利益。坚决抗到底！"

烈日在头上照着。富哥、豆三、老鹞几个一大早就到花果岭上晒海泥。几个人都赤着膊,浑身被晒得油亮。挑了几十担,摊得薄薄的,给大半个岭涂了一层稀泥。前些天晒上去有干了的,便收拢来。海泥散发着泥香,一耙拉过来,海泥片子格拉格拉响着,很快拢成了一堆堆。远处的牛车声已经响起,他们要赶在牛车到来之前收好,准备上车。

西边低洼处有两个人在翻地。一锄一锄,很吃力。好些天没有雨了,地面比铁板还硬。"等下雨再掘吧,火星都冒了,一上午翻不了一掌地。"富哥远远地叫着。两人停了一下,手撑着腰说:"翻地等雨,趁现在没有出海还闲着。雨一下就撒两把粟种。以后就看老天了,好彩就收它一斗半斗。这灯盏上的油从来就靠老天爷来斟的。"

"说得没错,这'灯盏地'没有水源,种地就靠老天,如果好地,也轮不到你们现在来开垦了。"村里人称这里为灯盏地,是因为这里是个小小盆地,中间却凸起一个小丘,形状极像灯盏上的灯脐,灯脐中间有一块墓碑,就如灯盏上的灯芯一般。因盆底低洼湿润,还可以种点东西,所以村上那些没土地的或土地卖了的,就到这里开荒,东一小块,西一小丘,种些狗尾粟、鸭脚粟、木薯等耐旱作物,遇上风调雨顺,倒也有点收成。

忽见几个人佝偻着背,各挑着一担东西,从南边岭脚下慢慢升上来。走近了,挑的是两个麻袋,湿润润的,细看,原来挑着的是盐。估摸是南三那边过来的。走这条小路来的,多半是经张冻埠头过来的南三人。他们急急地小跑着,到了前面就是那条乾塘通坡头的大道。几个人没有走上大道,径直朝北匆匆奔去。

忽然树林里闪出几个绿衣兵,一阵乱,一个人被抓住了,其他几个丢下担子落荒而逃。绿衣兵大喊:"站住!"几个人没有站住,继续跑。"砰",绿衣兵朝天开了一枪。正午的山岗一片寂静,枪声像晴天霹雳,四野震响。几个人不敢再跑,乖乖原地立定。绿衣兵分头跑上去,一人给了一脚,几个人跪倒,再一脚,都躺倒下去了。绿衣兵把躺在地上的人扭衣提起,推推搡搡地押到盐担边,让他们重新挑起担子,向着坡头方向走。

这一带常有零零星星的走私队伍,大多是走私些盐。或自己晒的生盐,或自己煮的熟盐。他们铤而走险,就为了多赚几个钱。以前法国人没有在这一带设点巡查,只在九有岭上的租界边上搜查。由于仅一线之距,走私人只要越过租界,法国人便只能光瞪眼,束手无策了。所以他们只好改变方法,到远离租界的地方截查来了。

"这一回被抓,估计要倾家荡产了。"富哥说。

"法国人也奇怪,盐不让走私,鸦片却打开大门让人走私。听说赤坎的陈学谈,靠的就是走私鸦片起家。从印度进的罂粟、鸦片,用大米藏着,上边是白米,下面是黑膏、罂粟。用这种办法瞒过民国那边眼目,一进广州湾就不用遮遮掩掩了。鸦片这东西在唐界是走私,在广州湾却是合法的。"

"法国人就是为了税。进来的鸦片得纳税。这边他收了关税,你怎样走私是你的事了。而盐就不同了,盐是产自广州湾,你走私出去了,法国人还拿不到你的钱,没交税呢,容得你吗?你说那几个人可能要倾家荡产,就是这个原因。"

"这几个人衣衫褴褛的,有家也没有产了,倾也好,荡也好，只有命一条了。"

几个人正说着，两辆高轮牛车摇摇晃晃地来了。两条车辙在黄泥岭上远远地伸着长臂，迎接着瞌睡一样摇来的牛车。车辙差不多有半人深，写满了岁月沧桑。车轮翻出深辙，隆隆一阵，在海泥堆边停下。几个人便用粪箕铲泥，倒进车床里。干了两个时辰，两辆牛车都已装满。车主递过两个铜圆，口里说："一共十车了，一齐结数给你。"富哥接过铜圆。那车主就说："看好了啊，当十的。"富哥把铜圆往黄泥地上擦了几下，叮叮跌了两下，拿起来慢慢端详，好不容易才辨出"当十"两个字来。这"当十"指的是铜圆与铜钱的相当值，一枚铜圆可以当十文铜钱使用。

牛车驮着沉重负载，一路哀叫，消失在苍茫的暮色里。

三个挑海泥的和两个开荒的，拖着疲惫的步伐回到家里。甲长少君不知什么时候已经等候在家门前，见了富哥，无奈地说："上头有票子来了，海泥也得交税了。"见后面跟着两个开荒的，连忙追上去说："差点忘了，你们开荒的那几合地，也上税了。记住了啊，租谷五升。"

富哥坐在门前喘着粗气，脸黑了下来。两个开荒的却像没听见，脚步停都没停，径直回家去了。

三十四

台风过去已半年。无忧无愁的人叫着"日子过得真快，眨眼半年了"；愁苦的人叹着"这一天天的怎么熬啊！"

有个人每天必定来海边一回。她望着眼前这道海，两眼发直。这人是卜妹。台风后第二个月，她父亲走了。她哭得死去活来。幸得乡亲们相看帮忙，才草草把父亲安葬了。她只身一人，倍觉凄凉。想起心上的人，那场台风不知是否能安然渡过，隔江隔海，又没有他的消息，她越发的哀愁。回想自己遭的那场色劫，心中还有余悸。她恨死癞狗，把她一个洁净玉身污了，她真想捅他三刀。人生最可贵的东西让他糟蹋了，她的心时时作痛。她活着的唯一希望就是能见上子善一面。但一想到与子善相见，她就痛不欲生。她惭愧，她觉得配不上他了。她每天就这样折磨着自己。她一天一天地熬着，她从来不会想：过去的就让它过去了。她忘不了，抛不开那些痛苦，抹不去那些烦愁。

她每天只有来到海边，希望找到意外的安慰。台风过后的海，还是那个海。只是台风的痕迹渐渐淡去，野狗再没有在远处嗷嗷争食。被风攧光了叶的竹枝又长出了新叶，被连根拔起的葭芋又重新扎根，树身也越长越正了。那只网门旁边又多了一口罾网。来来往往的船上帆，有的焕然一新，有的缝缝补补，都一样的鼓着风，这边折过去，那边驶回来。她望着那些布帆，心里忽然想，这就是人生吧。完美的要过，有伤痕的也要过，为什么就要自弃呢。这样想着，心不但豁达了些，还自言自语地说：就像那船上帆，新的旧的，谁驶在前面还说不定呢。

忽然，对面海潮生处，一只敞篷"索罟"向这边驶来。近了，船上只有一人摇橹。身影好熟。她盯着眼看，生怕眨一眨眼那船漂什么地方去了。越来越近，莫非真的是他？她赶快趋前几步，仿佛再走两步就可以看得一清二楚。

终于看得见船头的浪花，她认出来了，是他，一定是他！她快步走着，泥巴溅上她的裤腿，她踏进水里，蹚水前行。浪儿泼湿了她的裤脚，海水鼓起了她的裤腿。

船上人喊："水深，不要下来！"她还是朝他扑来。

船到了身边，她恨不得一下跳上船去。子善操橹定了船，放下橹，连抱带拽将她驾上船来。卜妹闻到似曾相识而又令她作呕的汗味。她蛾眉一皱，顿生狐疑。说是似曾相识，是她想起簕芥树下那刻骨铭心的时刻。可这气味又令她作呕，她自然的想起癞狗糟蹋她的那一阵。她像看着陌生人似的看着子善，打量着他的衣着，审视着那件浅蓝的长袖布衫，忍不住就牵起布衫下摆问："以前穿的那件褂子呢？"

"你怎么对那件褂子那么记得？丢了。"

"丢了？真的？"

子善点点头，就把丢褂子的经过说了。卜妹默不作声。她突然像沉到海底去了，不说不笑。子善觉得奇怪，挨过来揽着她，问："怎么啦？"卜妹突然用力一推，把身转向一边，不理不睬。子善莫名其妙，未上船时欢天喜地，上得船来竟斗气来了。他说："卜妹，对不起，我知道这些日子你一定时时记挂着我，可是隔海如隔天，我来不了啊，加上要筹钱修船，四处奔波，又要想办法活命，挣几个钱。昨天才修好三只船，这不，我驾船会你来了。对你不起，要打你尽管打，我皮也痒了；要骂你尽情骂，我绝不还口。"谁知这么一说。卜妹竟号啕大哭起来，望着大海嚎叫："我的天啊……"子善一下跌入五里雾中。

"该死的褂子啊！"卜妹撕心裂肺地喊着。子善一头雾水。

载着一男一女的船儿,像只断线风筝,在大江上打转。江上茫茫,来往的船只很少。两人几乎独对一片天地,本该是最浪漫的时光,却成了最沉闷的时刻。

过了好一阵,卜妹的情绪才稍稍平复。子善再一次将她揽入怀中,卜妹先是推了一下,见越揽越紧,身子才软下来。仍然抽搭着,似有万缕愁思。

好久,卜妹轻轻地问:"你还爱我吗?"

"废话。"

卜妹平静下来,干脆躺在子善怀里。

"我怕有一天你不爱我。"

"有海为证,除非海水枯了。"

"假如我不想嫁你了呢。"

"那我一辈子打光棍。我倒要问你,你几时变心了啦?"子善说着,手指就搔她胳吱窝。卜妹眯眼把手推开。说:"我配不上你了。"

"好好的,为什么尽说这些?我可要生气啦。"

"看看不远处那两只船,一张帆新的,一张帆旧了,你爱那只船?"

"都爱,新的总会旧的。新旧一样管用,只要能鼓风起航,新旧不是一样吗?"

卜妹翻着白眼看他,像审视着,心里一阵隐痛。好一会儿,伸出个手指朝他额上一划,说:"哎,谁知你心里怎么想!"

"是心里话。比方老婆,总要老的嘛,难道老了就不可爱啦,东西总要旧,老婆总要老,是这道理吧。"

"她比老还要可怕,你悔吗?"

"只要是你,我什么时候都不悔。"

嘘！卜妹吁了一口气。

她反复忖摸着这句话，就有了点勇气。心想，既然已是知己，就不应该瞒着他，瞒他反而不是知己了。把痛苦深埋心底，瞒着自己的人，她心里过不去，何况要瞒他一辈子，太不应该了。她宁愿一辈子不嫁人，也绝不对他隐瞒。卜妹本来生性率直，开朗，在知心人面前，她几乎无所掩饰。想着事关重大，她要摸清子善的心。所以才又大着胆子说："要是有人把我睡了，你都不悔？"

"车！什么鬼话。你不是那种人。"

卜妹一阵感动，子善真把自己看透了，算是知己了。可又一惊，他哪里料到天有不测风云。试探说："要是真的呢？"

子善警觉起来，"为什么老说这样的话啊？莫非……"

"我有天大的冤屈，最要好的人都不能理解，都不同情，我真不如死了。为什么那次你不让我死啊。死了多好！"卜妹哭着说。

哭声告诉子善，卜妹不是在开玩笑，卜妹不是在要他山盟海誓，就想起她跳海的事，急问："那次你是……"

"癞狗害得我好苦。"卜妹哭着诉说那天夜里发生的事。"你那裤子肯定是癞狗偷去的。这个人什么坏心眼都使得出来，真个是头顶生疮脚底流脓的东西！"

子善如五雷在头上轰响，整个人傻了，自言自语着："怎么可能，怎么可能！"手从卜妹腰间滑了下来。

船在江上打着转转，已不知漂到何处。

"这怎么可能，这怎么可能啊！"子善喃喃着。

"哥，你哪知我的苦痛！自从和你有过肌肤之亲，不光你整个人，就是那裤子上的味道都已融入我的心了呀！我常为它荡魄，为它丢魂，为它发疯！就因为他穿着你的褂子，黑灯瞎火的冒充你。才欺骗了我，征服了我。是他用你褂子上的味道，盗取了我的芳心。你那该死的褂子啊！"说完又大哭。

子善凄然，泪滚了出来。

不知沉默了多久，卜妹说："好了，好了，我知道了，我知道了！"

"你知道什么？"

"我错看你了。你后悔了吧，后悔还来得及。算我命苦，你送我上岸吧，我也不想死了。父亲刚死，我不能再死，我死了，对不住他在天之灵。送我回去吧。"

"你父亲，走啦？"子善静静地盯着卜妹，久久地出神，忽然两手一揽，将卜妹重新拥入怀中，口里说，"可怜，可怜。东风狂乱，西风惨烈，秋风无情，冬风刺骨。摧残得你好苦。我不怜你，还望谁怜！别说了，别说了，权当没有发生吧。无论经历多少哀酸，你都永远是我的。"卜妹听了后面一句，整个人像宿草得了春雨，勃然有了生气。她挣扎着抽出双手，反过来抱着子善，哭了。子善将她抱得更紧，两个人都发起抖来。卜妹感受到一种润透全身的爱，那爱化作全身酥麻，整个人全软了，像一团棉花。那是一团经不起轻轻一揉的柔软。他舍不得，轻轻地温存着，恨不得两人连成一体。卜妹软不可支地仰身躺下，两眼汪着迷蒙的泪水，泪水在眼里打着转，像两泓潭水。潭水底下是两颗晶莹的宝石，宝石泛着闪电一样的光，直射他的两眸。他盯住那对宝石，越看越爱，越看越甜。宝石里跳跃着无限深情，让他陶醉，让他无法抗拒。四目相对，两个人都飘起来了。

不知过了多久，船已经搁浅在岸，是南三这边。子善抬了一下头，仍死死盯住那对宝石，盯住那两汪泛滥着无限情意的秋水。卜妹伸手拽他，娇嗲地说道："人舍不得你！"柔情无限。

"上岸吧，在你这边了。"子善说着。卜妹渴望地盯着子善："走啦？"人仍躺着。"人想你再坐会儿。"又说。

子善起身拉一下衣衫，理去些凌乱。

"你……"卜妹欲言又止，眼泪却出来了。坐起来就挪过来，用肩膀抵了下子善，哀哀地轻轻地说："这就走啦？"

子善噗噗就笑。卜妹在他肩头捶了一下，说："你这人怪怪的，害得人好苦。"就斜过身又将子善侧揽住，一点力气都没有，喝醉了酒似的。

子善拿下她的手，说："时候不早了。"

"人不。"卜妹说，"人真怕……"

"怕什么？"

"就怕你是个负心郎。"

"妹，千万别那样说。要那样说，你是真看错我了，我不是那种人。"

"那你为什么不近我？怕人玷污了你啦。"卜妹边说边想着，难道又这样匆匆离去？便又伸手拉了他一下。她这颗饱经折磨的心太需要慰藉了，太需要温存了。子善会意，只是眼睛老瞟着船板，似有难言之隐。卜妹说："我知道了，你是顾忌这船？新船？新造好的船？"子善狠狈地点着头，说："老人言，造船如建屋。这是新船，忌讳多着呢。妹，你等着，明年这个时候，我用这船来迎你。"

卜妹默默的，期待着他再说什么。但子善却这样说，天要暗了，他该回去了，那边修船工地还是他看守的呢，怕有人顺手牵羊偷去什么。卜妹期待着他邀她到岸上去。他没有说。

卜妹怅然若失。

子善操橹摇船,沿着海岸前行,到了卜妹刚才上船的地方。卜妹下了船,忧郁地回望他一眼。子善已两手执橹,高举过头,一左一右的摇起来。船儿也一左一右地扭着屁股,向北岸徐徐而去。

卜妹闷闷的。她想,这是君子呢还是傻子呢。望着子善远去的身影,卜妹又觉得他身上还有股子比那气味更动人心魄的东西,那就是一种莫名的气概。在温柔乡里,他爱得深又控得住,这需要一种大气概,这样的男人是大男人。

她向岸上孤零零地走去。远天拉下夜幕,海鸟在夜色中低飞。

三十五

自从卜妹父亲死后,哑巴经常到卜妹家来,帮她挑水,帮她锄地,帮她挖山薯,两个人就像亲姐弟一样。卜妹大哑巴五岁,但看起来哑巴却比她大得多。一是哑巴整个脸面皱巴巴的,额上深深的三道抬头纹,眼一瞪,额头就折出三道沟沟。鼻翼两边两道鲤须沟,从鼻翼直挂到下巴。看上去比实际年龄老十岁。哑巴成熟得早,懂事得早,老成持重,才十八岁却像个三十来岁的男子汉。村里红白杂事,他都一概参与,不分亲疏,不论谁家,都尽心尽力地帮忙,样样干得有模有样，恰到好处。交给他办的事，件件让人满意。一村人痛爱哑巴，唯独一个人看红了眼，这个人就是癞狗。他时不时就取笑哑巴，见哑巴正从卜妹家出来，等拐过一条巷子，癞狗就跟上来说："上门来啦。"

"上门"是本地人对入赘的戏称。哑巴虽不能言语，但能听懂，他知道癞狗是在侮辱他。别看他哑了，心里却明亮得很。他受不了别人的侮辱，更不容许别人侮辱卜妹。在他眼里，卜妹是最值得尊敬的人，哪怕一句对她不礼貌的话，都是对她莫大的污辱，他要奋力捍卫她的尊严。他朝癞狗扬起拳头，猛吼一声："哇呀！"癞狗倒退两步，做出不堪入目的猥琐动作。想不到哑巴竟像只醒了的睡狮，愤怒向前冲去。癞狗瘦骨嶙峋，吹烟鬼一般，他知道凭力气斗不过哑巴，只好夺路而逃。没想到哑巴在后面不依不饶地追，拐过几条小巷，哑巴还在追，而且不知什么时候手里拽了根木棍。癞狗一路跑，一路寻思着歪点子。他有意挑逗哑巴，让他越追越近。癞狗越挑逗，哑巴越愤怒。在他眼里，天下人谁都可以侮辱，唯独卜妹侮辱不得，他瞪大着双眼，额上隆起三道壕沟，张着大口。追到村外，追到一片仙人掌前。眼看追上了，癞狗一个急转弯，窜进簕芥巷里。哑巴却呼的一冲，虽然看见面前尽是仙人掌，但刹脚不住，竟一头栽进仙人掌里了。

癞狗在远处哈哈大笑，口里说："上门去吧，为什么睡簕床上啦。哈哈哈！"

哑巴气得嗷嗷直叫，翻身起来，狠狠地跺了一脚，没想到脚下钻心的痛。他只好提着一只脚，拄着那条木棍，一瘸一跳地回家去。

卜妹见哑巴走路异常，一只脚总踮着，问是怎么回事。

哑巴嗷嗷一阵,手脚乱舞了几下,卜妹明白,他心里有股怒火。哑巴还在用两只手一双眼睛在诉说。卜妹知道他受了癞狗的戏弄,把他拉过来,按坐在门槛上,用手朝他脚掌上轻轻一拨,哑巴"呀呀"叫着。原来脚掌上扎满了针尖似的仙人掌刺,那刺齐刷刷刚好露头,手捏捏不住,要拨拨不出。卜妹一阵心疼。让哑巴坐定,她寻来一根针,慢慢地给他挑,拔出一枚,哑巴就皱一下眉。挑完了脚上的,拉过手看了看,发现肘头处也有,就又小心地挑。手上的挑完了,又拉起他的上衣,慢慢地寻了一会儿,发现身上也有,就一颗一颗地边挑边拔。老年人走过来,痛惜地说:"哑巴,痛死你啦。多亏姐姐给挑出来了,要不痒痛得要命呢。"哑巴点点头,啊啊两声。

癞狗把脸贴在巷子角落处,窝着妒火远远地望着,眼睛里闪着异样的光。

第二天哑巴在村边见了癞狗,又扑上去追,癞狗落荒而逃。这样见一次,赶一次。直赶得癞狗见了哑巴的影子就远远地躲避。癞狗没想到,哑巴的仇恨是这样的执着,这事让哑巴记恨一辈子了,他真的怕哑巴了。他时刻提防着哑巴,当心哑巴什么时候从一个什么角落里蹦出来。他简直成了在逃犯,时刻提心吊胆。从此,癞狗再不敢打卜妹的主意,他估摸卜妹已将那事告诉了哑巴。

农历廿三起,四五天的潮水涨落没有多大变化。是下半月里潮水最小的几天,村里人就涌向海边。好久没有人围网了,海边尽是捉跳鱼,耙小虾,挖螺的人。有一种细长的小虾,本地人叫泥虾的,水退了,泥虾就钻泥里藏起来,等待潮水给它送来新的机遇。人们操着小耙，在泥滩上来来回回地耙，小虾受了惊吓，一蹦老高，在泥里弹跳一阵，终于进了一个篓子，看来它很不甘心，在篓子里还一个劲地碰壁。采海人大多不爱说话，都是盯着脚下，脚下有很多眼眼，看准了一个，一头踩下去，不远处另一个泥眼里就射出一串一人高的水，水落处，就有一条跳鱼儿从睡梦中醒来，傻乎乎的刚反应过来，就被投进篓子里了。泥面上有一种虫样的东西，开着一朵可爱的花儿。听见人的脚步，花儿迅速收起，一下钻泥里去了。有人手疾眼快，跟着泥眼儿用手一抄，那"虫"连泥一起给抄起来了。捏住那"虫"，往水里一摆，一条青紫色蚯蚓样但没有蚯蚓长的虫在蠕动着。那是"披头星"，那可是海上之珍，味道鲜极了。一煲粥里放那么十条八条，整煲粥都甜得让人咋舌。

廿六的潮水依然很小，退潮时已是下午申时。卜妹跟往日一样，潮水一退，她便来到海边刮螺。她默默地刮着，满腹心事的样子。远处停着几艘小船，几个人在落日下忙碌。细一看，是在埋网、插网桩。更远处也有几个人在晃动着，都拖着长长的身影。他们抬着黑黑的渔网，边走边撒，直撒到太阳底下去。他们来了？卜妹心里一喜。

卜妹回家了，但还不是回家的时候。海潮刚退不久，采海人都抓住这难得的时间，向海滩辛勤索取。她心里有事，她提前回去了。

她并没有回到家里，她朝沙丘底下那眼泉窝走去。放下螺耙、篓子，坐下来。她要等一个人，她知道那个人一准要来。

太阳点地了，西天一片通红。那个挑水的小伙没有来，卜妹很失望。难道不是那支船队？直等到夜幕降临，山蚊绕着她的脸和腿乱撞,嗡嗡叫个不停。她拍打着,心里生出一阵烦乱。终于站起来,带着无限的失落回家了。

卜妹最不愿意见到癞狗。她知道癞狗必去捡海,所以她干脆不去捡海了。听村里人说:围网的不是埔田村的人了,是江对岸的犀牛村船队。

犀牛村是地方上数一数二的大村庄了,比起沙凹村这样的村庄,简直是一头牛碰上了一只老鼠。人家人气占了上风。所以这边捡海的就有一种惧怯感。

捡海的人黄蜂一样涌上去,黑压压跟着海水,海水步步后退,直退到网边了。白花花的粼光在网上闪烁,海鸥贪婪地盯着跳跃的鱼儿,时高时低地飞,冷不丁一个俯冲,叼起一条小鱼,身子一翻,蛮童一样逃去。捡海人羡慕地看着海鸥,恨不得生出双翼,也来一个俯冲。可是他们只能远远地拥挤着,用贪婪的眼神看着。正要上前一步,一把泥巴随着一声恶骂唰啦啦飞来,他们像鸭群一样向后散去。一阵骚乱之后,又倒灌的海水一样涌回来。立刻有一个高大得像牛一样的壮汉哇啦哇啦踏着泥水扑来,捡海的像见了阎王似的立刻四散奔逃,不敢回望。

捡海人只能远远地在泥潭里摸些小鱼小虾,捉几个隐藏得不够巧妙的沙中梭蟹,踩几条洞里跳鱼。看着自己还似空空的篓子,都鼓着一肚子气,心里咒骂着,却不敢骂出声来。

哑巴远远地看着,他看出火候不对,是捡海人的阵势一反常态令他产生怀疑。眼前的采海人规矩多了,都跃跃欲试却不敢越雷池一步。他心里明亮得像山泉的水。他知道世上人多半欺软怕硬欺弱怕强,拳头总爱吓唬善良的人。他开始辨认着船上的每一个人,望来望去,总不见救过他的那位腼腴小哥，不见那些他曾熟悉的身影。他知道这不是那一支船队了，他有种失落感。举头远眺，江对面北马滩头，蚂蚁似的聚着些人，不断地由西向东移动，一线黑影蜿蜒迷蒙，那一定是渔网，几只搁在海滩上的甲虫，一定是围网人的船。他心里明白，他熟悉的围海人就在对岸。

　　回到村里，他把今天看到的一切，比画着呜呜哇哇地告诉了卜妹。临了从地上捡起一个石头，咬牙一捏，轻蔑地把嘴一撇，摆摆手，无可奈何的样子；又捡起一颗土坷，用力一握，土坷碎了，沙尘四射。他皱皱眉，手像指着谁，点了两下，然后冷冷一笑。又拍拍心窝，指指村里，摆摆手，很沮丧的样子。

　　卜妹明白哑巴说什么。其实哑巴不说，她心里也清楚得很，只是不愿明白说出而已。

三十六

　　这是台风过后第一次出海，也是村里人围海以来收获最差的一次。做海人最忌讳的话："冇臭腥，猫饿死"，这趟海真的应验了，做海人养的猫闻不到腥味，这海还能做吗。北马海滩位处江北，目下正是四月，南风盛行。江南岸的流渣海苔被南风一吹，随着流水尽送到北岸来了，鱼没有几个，海苔流渣却塞满了网，网兜网袋里，沉甸甸的全是。一水海下来，收获甚微。下一水海该围哪里？六哥心里没底。过南三散尾滩嘛,捡海的人太难对付;不去嘛,又找不出合适的海部。

"还是那里好,那里海湾广阔,海部肥美,潮水回流缓,鱼多。别忘了,我们每次到那里都必定大着。"

"人家犀牛村的,上一水海比我们先了一步,这水海要想围那个海部,时间上必须抢在前头。"

"我们十一就出海。"

"十一?十一的海水还上不到滩头。"

大家七嘴八舌说着,最后决定下来,还是提前出海,再到南三散尾试一试。

农历十一,流头刚起,尽管潮平了,海水只能上到海滩一半。挂起来的网,海水仅能淹过网腰。鱼儿是逐潮的玩家,滩涂广阔,微生物多,适宜玩耍又容易觅食,随潮而来的鱼儿自然就多。如今大潮还没到来,潮水淹不过岸滩,刚一退潮,海就裸滩。鱼儿还没上来,海水已经下去了。大家忙乎一天,才捉了半箩勒秧儿,仅够做一顿饭的菜。

埇田村的渔船一到海部,消息马上不翼而飞。附近村民一见面就说:"这水海不是犀牛村的了。"

"哪里的?"

"埇田的。"

"犀牛村的不来倒好,霸道得很。埇田村的来了,我们才能挨点份儿,我们来个四六分成。让他六成,算是给足他面子了。"

"癞狗,说得牛气,到时怕你一上阵,自个儿倒先逃后头去了。"

"你是小看小弟了。还有一口气的仇呢。怕他是小狗!"

这两天，只要有空，六哥就让大家把船拢在一块儿。让大家说说这两天围海的事。然后他就把修船的费用跟大家说个分明，让大家心中有个数。钱都是借的，幸亏淡水沟渔民协会支持，只记本金，不算利息。而且是短时间内不用考虑偿还，这算是天上掉下馅饼来了。临了叮嘱大伙：南三这边跟北马那边情况不同，这里捡海人常爱说"强龙难压地头蛇"，他们仗着是地头蛇，仗着人多势众，行为很不检点。兄弟们能让即让他三分，我们毕竟是跨江渡海来的。做事先得算好成本，不要莽撞行事。正说着，大田气呼呼地站起来，说："老让，让，让，麻烦都是让出来的。给他们一次下马威看看，我倒要见识见识他们的能耐。"

六哥一听，火上来了，喝道："你大田老拳头痒痒的，不要以为你是雷老虎，'拳打广东一省，脚踏苏杭二州'，我看你也没有那本事。要闯出祸来我看你能插翼飞回去？"大田被六哥一顿话堵得吐不出气，鼓着嘴。虽然不敢出声了，气却在肚里发鼓发胀。

"鱼在我网里，是我的还是他们的啊？总得让我们先捡几个放煲里，才是他们去抢去劫吧。"有个人在别人胳肢窝下小声嘟囔着。瑞叔赶快说："我们是出来搵吃的，不能依着脾气蛮来，吃亏的多半是鲁莽人。"

大田以为别人在说他鲁莽，正要争辩，抬眼一看，见是瑞叔，只好不作声。瑞叔是顶替儿子海份上船来的，只因儿子前年暴病身亡，家里儿媳、爷孙三人生活无着，船上人为了照顾他，让他上船来了。瑞叔已经六十出头，说实话，已经熬不起海上风霜，经不起船上颠簸。但考虑到他一家别无生计,只好将就着让他到船上权凑一个份儿。粗重活儿不让他干,只让他管着船上的开支用度,每天给船上伙计煮饭、做些杂务等。大田不敢对他顶撞还嘴,一是尊重,二是同情。

十三的潮,白天大夜晚小。太阳高挂中天,莽苍苍的江水把两岸拉得更远了,渺茫茫的显得十分空荡,海面宽阔无比。海面上没有一丝风,却起伏着粼粼的细浪。潮平了又退了,流渣向江中浮动。网挂起来了,海底像有个巨大的漩涡,把潮水吸下去了。很快,网桩露出了桩牙,渔网也渐渐露出一线,有大大小小的鱼儿纷纷跃过,跳出点点银花,在强烈的阳光下一闪一闪,格外耀眼。群鸭在网外游弋,追逐着过网的鱼儿。远处,鸭的流云在碧绿的天水里漂来漂去。

岸上站满了人。那是一群衣衫褴褛而又爱闹事的人们。台风给了他们重创,垾田让潮水淹了,也不知到什么时候才能耕种。茅屋被风卷走了,经几个月的修复才又有安身之所。他们跟眼前这批弄潮人,一样是天之灾民,国之遗庶。他们本该同病相怜,可是他们在利诱面前却显得心胸狭窄,甚至酝酿着要大打出手。他们因昨天捡海时跟船上人一点小小摩擦,记恨于心,加上往时积怨,商量好今天要寻个时机出气。几个人肩上的网兜柄子换成了可卸下来的棍子。螺耙柄子也换成了又硬又粗的竹杠子。癞狗在人前窜来窜去,耀眼的阳光使他额上的疤痕亮得像面镜子。那面镜子又在每个人的眼前闪着刺眼的光。他很得意,从来没有这么多人听他指挥,听他策划。他简直要飘起来了。他要一个人看看他的威风,可是四下里寻找却始终找不到那个人的影子。他因此有点懊丧。那个人就是卜妹,他哪里知道,卜妹就是因为不愿看到他才连海都不捡了。不同档次人的思维大相径庭。

海水很快退下，鱼儿在网上蹦跳。今天捡海的人一个个目中无人，哪里鱼多就往哪里包抄，他们不是在网外捡鱼，而是乱哄哄往渔网里捧，甚至解下篓子，干脆捧起网来将鱼倒进篓子里。大田奔过来，用力一推，口里说："是你的还是我的？"

身后就有几个人小声说："就是他，就是他！"几个人冲过来，先是冲大田肋下一拳，大田退了一步。知道是专门冲他而来，立定，大声喝叫："要打架啦！"话还没说完，额头上又挨了一拳。他奋力回击。没想到刚招架几下头上又挨了一棍。这时，那些网兜、螺耙全变成了棍子，呼呼呼四下挥舞。豆三、老鹞、仁源等急忙过来，替大田受了几棍，护着大田匆匆退到船上。

六哥见状，知道人家早有准备，于是大呼一声："退，退，快推船下水，点船离开。"见豆三几个人被围着打，急忙中拔下一根网桩，向着围打的人奔去。那些人见六哥身材高大，手上又持有木桩，先是一愣，接着一声呼唤，人就旋风一样卷过来，乱棍如雨。劈头打来的，当胸捅来的，拦腰扫来的，六哥拦挡不及，背上挨了一棍。六哥顿时火起，飞起一步，跳出包围圈，立马应战。十几条壮汉发疯似的包抄过来，十数条棍子齐刷刷当头劈下。六哥一个莲花盖顶，噼里啪啦，棍子乱箭一样飞向四面，哗啦啦落到泥涅上。再上马旋棍一扫，扫倒了几个。其他人见状，知道这人不好对付，放过他，纷纷向一个高个子围过去。

村里鼓声大作，人像潮水般涌出。

高个子就是那个在船上演武，身轻如燕的高佬，他这时手里也拿着一根网桩，正面迎住几个后生，棍尾轻轻一挑，几个后生手里的家伙全落了地。有人一呼,捡海的就黄蜂似地涌过来。高佬边打边退,向船的相反方向退去。他有意吸引他们,保护伙计安全退到船上。他每退一步,面前就有一两个人跌倒。后面追打的更加性起,野牛一样扑上来。忽然后脚一陷,另一只脚欲要撑住,也一样抵脚不住。他前脚踏地一跳,蚂蚱似的一蹦老高,当落回到沙上时,竟像踏了空似的,陷了下去。两只脚挣扎着欲要拔出,终是使不了劲。原来他陷进沙淖里了。四面棍子蝗虫一样飞来,他半蹲半坐,勉强招架,终是抵不住来势迅猛,右肋下挨了一棍,紧接着背后又着了一棍。无数条棍棒箭一样穿来,高佬终于跌倒在沙淖里难以自拔。四周乱棍雨点一样落下……

六哥领着十多人冲过来,才救出高佬,退到船上。远远见一只船来不及下水,让村上涌出来的人一阵呼叫,连泥带涩拖到岸上去了。

子善、富哥在后面追着,一心要夺回船只。癞狗远远望见,分外眼红,正四处找他不见,居然自个儿送到面前来了。他恶狠狠拔起一根网桩,赶上来正要扬起。没想到哑巴却从远处奔来,一路呜呜哇哇地叫着,面红如血,两眼喷火。癞狗惧怕哑巴,只好掉头悻悻而去,沮丧地叫嚷着:"兄弟们听着了,必须把这哑鬼驱逐出村,他是个内奸!"

船划到江心,伙计们见子善、富哥还在海滩上,急忙掉转船头,人人都在大喊:"子善,富哥,回来,快回来。别要了,他们追上来了!"两人只好回头,匆匆逃上船来。

捡海的人高唱凯歌,在沙滩上狂跳乱舞,庆贺胜利。癞狗成了英雄,他炫耀着他的战功,炫耀着他的能耐,让很多人刮目相看。

三十七

　　埇田村里，武馆门前。
　　所有做海的人都集中在这里，他们个个似铩羽而归的公鸡，垂头丧气。村里人听说做海人吃了人家拳头亏，虽然挨打的不是自己，但一样痛在心里。毕竟是村中兄弟，胜了自然欢喜，输了当然丧气。见几个人遍体鳞伤，个个伤心，心里都堵了一团血。听说船也扣了，网也丢了，莫大的耻辱涌上心头，一个个摩拳捋臂，嚷着定要报这"一箭之仇"。但一想到隔江渡海，除非有飞的本事，谁能报得了这冤仇？看来只能望洋兴叹了。大田抱着头坐在矮墙边，他有点懊悔，也许是为自己行为鲁莽粗率酿成的祸感到惭愧。看着高佬身上的伤痕，他心里阵阵作痛。
　　六哥说："现在不是自怨自艾的时候，后悔只能留做教训了。眼下最要紧的是想办法给伤者医伤；其次是想办法讨回那只船，要回丢下的渔网、网桩。但要想讨回渔船网具，也不是容易的事，因为我们也伤了他几个人。虽然相比之下，我们的人伤得重，但辫子已经抓在人家手里，肉放在人家砧板面上了，一切都由不得自己了，下一步真不好走。"
　　六哥说完，大家闷不作声，只噘着嘴，皱着眉。没人能拿出好办法。
　　李师傅坐在板凳上，乌黑着脸，一直没有出声。大家心里有愧，认为有失师傅体面了，都避着他那可怕的眼光。李师傅见众人不作声，慢慢站起来，干咳一声，就说："你们不是还有人主张要打吗？说呀，嘿，以为衫袖长了，武功高了，长了吗，高了吗？你们还没见过大蛇屙屎嘞。你们算老几……"

众人不敢出声，只有瑞叔说："唉，这次怪不得大家，人家是有意寻仇，你要躲避也躲避不了。我想，一场恶斗迟早要发生，师傅也不要过分指责大家。好人遇好人才是好人，好人遇上强盗，好人就是没用的人了。"众人暗中感激瑞叔关键时刻讲了句公道话。

谁知李师傅连瑞叔也不留情，顶上去说："好人，强盗？人家是强盗啦？来捡鱼的都是些什么人？是老财乡绅？他们衣衫褴褛，面有菜色呀。他们有可怜之处，当然也有可恨可悲之处。但大家回头一想，翻番薯的能给你番薯吗？无非眼盯着你几个番薯。我们把他看成强盗，他自然就是强盗，如果把他看成邻居，他们自然就是你的亲朋了。"

众人听了，心里直笑师傅迂腐，只会拿大道理训人。

六哥凑上去，向师傅赔笑说："李师傅，你有师弟在沙凹村坐馆。你也到过他们村，跟他们有师伯师侄之谊，看来，这场公案要辛苦你了。"

李师傅欣然道："你们不说，我已想到。至于他们给不给面子，那就看缘分了。"

夜幕渐降，凸月临江。

有个人在海边走着，他先来到那只被村人扣押的渔船旁边，他用力试了试，看能不能推动。他心里寻思，再过一个时辰，夜潮就上来了。今日夜潮要比日潮小，海水涨不到船边。但估计水位离船也不会很远。等到潮平，他就可以把船弄到水边，偷偷把船划走。他带来了一根木棍。木棍自然有用，他可以凭借木棍，一头插进沙里，一头斜扛肩上，四两拨千斤，从船尾把船撬动，一步一步把船撬到水边，船到水边，他就有办法了。他绕着木船巡看了一周，月光下忽然看见船身一个亮点。他俯下身子，怀疑地用手摸摸，原来船上已经被凿了个窟窿。他一惊，心里暗骂："村里人也太阴毒了，还不是防人把船偷偷放走，就把船给凿穿了？肯定是癞狗的毒主意。"

他离开船，走到海滩上，踏着月光在海边逡巡。一道黑影在月光下躺卧，蜿蜒着伸向渺茫茫的天底，旁边有横斜的七零八落的细长影子，那是渔网和网桩。他"呜哇"一声，像是叹息，这人是哑巴。哑巴执起一段网，捧在手里，又一阵叹息。仿佛在怨天尤人。天灾才过，人祸又至。叫人如何生存！哑巴解下一张网，用力抖了几抖。有东西下雨一样洒落，那是泥沙。他又解下一张，抖几抖，然后折叠四重，再抱到船的尾舱上。他这样一张接一张地解，又一张接一张地折叠好，全搬到舱上。凸月斜照江心了，哑巴也不知解了多少张，搬了多少张，只觉得身子骨似散了架，这才停下手来。他明天还要来，解完为止，搬完为止。他今夜就睡在这船上，就守在这船上。他拼出性命也要把这船这网保护好，让它回归到那些恩人的手里。

第二天，哑巴便遭了一村人的指责。都说："这哑鬼没有心肝了，两村都打到这步田地，还在为人家操心。"哑巴拉高短裤，露出紫色伤疤，他"呜哇呜哇"叫着，指着那块伤疤，又"呜哇呜哇"一阵。意思是伤疤还在，疼痛不忘。

村里人知道他还惦记着救过他的那个小子,还念着那船上人的好处,大骂哑巴死心眼。

卜妹听到两村械斗的消息,潸然泪下。两村结仇,必然殃及自身。她知道这内里的利害。她已经进了这百劫不复的漩涡。这一打,她跟子善的好要是让村人知道了,必定横遭冷眼,备受指责,何况还有癞狗吃醋争风,从中作梗。而子善呢,虽然深知他不是那种轻忘情义的人,但谁无亲情,谁无故旧?伤了他的亲,伤了他的故,牵藤带葛,必然怨及同村。因怨生疏,因疏生厌,情离日淡,都是可能的。自己与他终究是时日未多,情根未稳,心中又有未能放下的嫌罅。两村既然成了冤家,他们也不可能再到南三这边围海了,以后见面的机会也少了。离开日久,多深的情,多厚的义都慢慢变淡了。眼看这场姻缘可能是阳光下的一滴露水了。卜妹这样想着,心就凉了。心越是凉,胸越是闷,越是烦闷就越是坐不定。她努力寻求解脱,轻轻拉开院门,走出小巷,小巷月明如水,浮动着她孤独的身影。她徐步走出村口,她不知该往哪里走,像一只没了头的苍蝇,这里停停,那里待待,脚不由自主地向海边走。她越向海边走就越是伤心,往事历历,如在目前。她为自己伤心,也替那群人伤心,她想起台风后海边的惨景与悲凉。一场台风,幸得死里逃生,好不容易有了一点生机,又遭劫难。祸如江浪,前一个刚刚过去,又一个劈头而来。她由此又想到自己,感怀身世,悲从中来。

海边有薄薄的雾,岸树江帆如在梦中。忽见朦胧的月光下有团黑影向她踽踽而来。近了,看清了,原来是黑森森的两座小山。那小山在动,越移越近,来到面前,两座小山定下来,突然嚯一声倾倒,泻落在沙岸上。呼哧呼哧几声,山底下钻出个人来,接着"呜哇呜哇"叫着。卜妹吓了一跳,以为见了鬼了。幸好她采海走惯了夜路,心还算镇定。仔细一辨,似是哑巴。再一看,果然不错。卜妹明白,哑巴帮人家收网来了。哑巴真是个好人,他心地纯洁,知恩必报,经他认定要做的事,雷霆轰顶照样我行我素。知恩必报,他做到了,而且是常人做不到的。顶着一村人的谴责,顶着一村人的冷眼去干着犯众憎的事情,该是怎样的气魄!人不可貌相,海水不可斗量,没想到哑巴心灵竟如此美好。是生来就有,还是处世养成?按说,人,本来就该如此,要不人就不成其为人了。设想一个社会,没有了良知,没有了善意,没有了患难相救,没有了扶危济困,各人只顾自扫家门。面对天灾人祸,面对疾病死丧,面对种种困难,每个人只不过是大海中一点浮萍,哪能经得住浪卷波淘?随时会消失于天地!可是,一样的谷米养出百样的人来。奸忠善恶,贤愚直诈,全在乎一心。一些人苦心竭力,互相倾轧,为利相残,你容不得我,我容不得你,以邻为敌,何异互相吞食。那真是人的悲哀啊。

卜妹伸手捏了捏渔网,干干爽爽,上面没有半点沙泥,定是哑巴白天趁潮上时已经甩去泥污,洗过一遍,晾晒过了。

哑巴这样的品格、这样的德行、这样的笃实,是卜妹想不到的。哑巴在她的面前显得陌生,一个陌生的哑巴让她欣慰。哑巴是她最值得信赖最值得崇敬的人了。

朦胧的月光下,两个人来回奔忙。他们要趁着月色把网全搬过来,捆好压好,然后拔下网桩,搬过来堆放好。

三十八

一只小船,冲出三江口,穿过葭苎林,在零落的咸苗中摇摆前行。船上坐着个高瘦人,他目不斜望,一路寻思,偶尔一声咳嗽。现在才过辰时,太阳把岸上的孤树、簕芥拉成长长的影,铺在江面上。海浪又在船底冲开去,把长影揉得歪歪扭扭,弄得面目全非,然后一路追波逐浪去了。它们在游戏着这只小船。

船上人是李师傅,摇船人是子善。子善出门前大家就叮咛:"你不能进村,就在海上等候李师傅。""有我在呢,谅他们也吃不了他。"李师傅安慰着大家。可是大家还是不放心,都说:"不要送屎入狗口了,人家还在气头上,还是在海上待着好些,免得又添一层麻烦。"

子善摇船靠岸。李师傅就说:"既然村里人那么不放心,你就不要上去了,把船撑到江心等我好了。再说,还是我一个人去好些。"

沙凹村一间破庙前的榕树下,三三两两聚集着些人,都在议论着前天打架的事。有两个头缠布条的人,其中一个用簕芥强片固定手腕,用椰麻把腕吊在颈上。他们在诉说着那天冲锋陷阵被打的经过,脸上有些自豪。忽见有个陌生人向他们走来,有认出是师伯的,急忙起来接迎。有人说:"我们师傅前些天回家了。既然来了,待几天再走吧。"有人相互咬耳说:"想是为那帮围网人说情来了。""看他怎么说。说不好,让他灰溜溜回去。师伯又怎样!"

李师傅刚坐定,村里人都出来了。你一言我一句说着前天的事,越说越激动,都说:"欺负到门口来了。"

李师傅走到几个伤者面前,抚慰了一番。就说:"两村对垒的经过我不大明了。总之,冰冻三尺非一日之寒。哑巴遭鲕鱼刺伤那天,我已看出端倪。此事发展到今天,由来已久,两村又不能互相谅解,有今天这个结局也是必然的了。"李师傅停了一下,话题突然一转,说:"我问过埔田村的:你们围网,就为人家捡了你几条鱼打起来了。你们长年累月累死累活地干,每月每条船得向三合窝公局交税四十西币,还是乖乖地上交,你们反倒觉得心安理得。四十西币得卖多少鱼啊,跟捡你几条鱼相比,孰轻孰重啊?事关身家的事,你们反倒觉得没事一样。我们是怎么啦,兄弟们,你们想过没有啊。这一问,他们无言以对。现在,我也要问问你们。你们多少地啊?多少田啊?每年得交多少租啊?他们收了你的租,收了你的税,给了你多少好处啦?没有啊,炮堤让海水冲崩了,他们给你塞了吗?他们有一分半毫支持过你们吗?没有啊!"

"我们都叫这个租那个税压得喘不过气来了,谁愿意啊?可是人家有枪押着,谁敢不给?给了,还不至于死;不给,叫你立死眼前。缚住的禁(耐受得起)打,有什么办法!"有人说。

"你跟着他的话题绕远了,憨鸠!"癞狗指责那人。

李师傅说:"这个话题不得不讲。皇粮国税,自古皆有。只是他们也太不顾我们死活了,这个加,那个加;今年加了,明年又加。比如田租，清朝那些年头，一担种的田交租谷一担。可前年我们得多交两斗，去年遭了台风，还得多交两斗。今年是多交三斗了。那些租种别人田地的就更可怜了。这些盘剥你们的人，你们却见惯不恨。"李师傅摇了一下头，继续说："你们靠的是田地养活一家数口，他们靠的是渔网养活一家几口。你们要向别人交租，他们一样得向别人交税。除去交租交税，我们还得靠此养家啊，大家身上的重压大家知道。肉割谁身上的谁心疼。谁不维护自己？想想，我们的仇家是他们吗？"李师傅说着，环视众人，没有人出声。

李师傅接着说："我们共同的仇家是谁？我们谁都没有想过，蒙蒙眬眬的，有时反认错了人，该恨谁？该反谁？你们全然没有想过。去年，埇田村被派过'义务工'。就是给法国人修马路，每户出丁一口。没有工钱，有工钱就不叫'义务'了。中午吃饭还得自己解决。那些人大多靠打'咕哩'换几个活命钱，哪来时间做义务？不做义务就得交西币四角，简直是不让人活了。幸亏他们联合起来都不去了，法国人也拿他们没办法。现在看来，法国人还得继续修路，还有许许多多'鬼佬工'等着你们去做。你们没有时间，又没有西币抵工，到时你们怎样过日子还不知道呢。估计这'义务工'势在继续推行。我们应该多想想这些。南三人历来正气浩然，清光绪二十四年闰三月初二，法国人在广洲湾村坊一带上岸扰民，升旗，鸣炮，抓鸡捉狗。南三人把他们赶跑了。田头陈跃龙，霞瑶陈竹轩，他们是好汉！这样的人才是心存大气，得人敬佩。今日田头村那里又将掀起抗税抗租行动，一起维护大众利益，他们才是可敬的。"

"李师伯，一进村我们就猜想你是为两村讲和而来。谁知你却讲起天下大事来了。冷水搓粉，搓来搓去，搓不到一块儿。按你这样说，他们打了我们的人，我们忍气吞声算了，是不是？我们回敬他们几下，就不识大体了？"坐在榕树根头的一位青年人站起来，眼睛逼着李师傅。

李师傅看了那青年一眼，苦笑了一下，说："我们也伤了他们的人，扣了他们的船。他们渔具都没有了，损失惨重。这一点大家要看到，做人得讲良心。他们打了我们的人，这当然要处理好。他们医伤，我们也在医伤，药费怎样付，我们要坐下来面谈。很多东西还得谈，谈到心里没有怨恨为止。但我们得首先消除怨恨，有心和好才能和好。如果我们把眼睛看得远些，认清哪些人才是我们命里克星，大家就不会对眼前的人那么怨恨了。"

"这不是揾笨尿（骗人）吗？伤了我们的人，赔钱医伤一字不提，难道要我们向他们啃泥沙磕头？"有人大声吼着。

"李师傅，你的大道理讲了那么多，离我们似乎都很远。我们是小人，小人。小人做事就用小人办法，闹不好，还是拳头解决痛快些。"这是癫狗的声音。

"你是什么人？你是乡绅还是村房老大？居然如此在师伯面前讲话。无礼！"一位老者扶着树根站起来，大声喝道。李师傅急忙抱拳行礼说："晚叔原来在，失敬了。"晚叔是村里的长者，读过学堂，是廪膳生员，是享受过公家供养伙食的学生，参加过县试，在村中颇有威望。儿子又在吴川县黄坡公干，村里人无不看重他。

"我看这样，两村对垒。公有公道理，婆有婆道理。谁家有理，我看包公来了也审不分明。我这个人历来崇尚中庸之道，以和为上。我们姓陈，他们也姓陈，我们有一字之谊。

说不定十代八代之前还同一个祖宗呢。大家各让一步，打伤的人，各村自己负责医理。然后大家互相道歉赔礼，重归于好。这才是天地中和之道。"晚叔说。

"不服！不服！""叫他们派代表过来，当面讲好，免得以后再欺负人。"几个青年人在吼。

"那你不能过去向人家赔礼呀？谁判了你的官司啦，你有理了？人家该向你赔礼来了？你们也打了人家，扣了人家的船，而且把船都给弄坏了。你本该负荆向人家请罪。"晚叔倚老不饶，"这件事我还得追究，谁凿穿了人家的船？"

没有人作声。

"这事我要一查到底。无法无天了，毁人家产，丧尽天良！"晚叔向天一指，用冷峻的眼神向众人扫了一圈。

全场鸦雀无声。

"听说全村在骂一个人，哑巴。哑巴该骂。他在为别人做事，把别人丢下的渔网一张一张洗好，晒好，叠好，堆放好。哑巴真不是喝村里的水长大的。世上有这样的人吗？两村打得死去活来，他居然帮起仇家做事来了，这不明摆着叛变沙凹村了吗？"晚叔说。

大家瞪圆了眼，晚叔时阴时阳，油麻糖嘴唱花旦，真不知他"鬼儿戏"唱的哪一出。

"哑巴在吗？"晚叔扭头四看。

有人喊："哑鬼呢？"有人告诉说："哪敢见人！"

哑巴不敢露面，的确怕挨骂。

"没想到良心竟在一个哑人那里。天下多有这样的人就好了。台风一场，人家死里逃生，捡了一条性命。好不容易修好了船，置齐了家什，重新再来，又遇你们这些不讲本分的人，弄得丢盔弃甲。多可怜呀，你们想过没有？你们倒高兴，弹冠相庆，可知道人家的悲惨处？哑巴想到了，哑巴是观音菩萨，慈善心肠。听说他是报答人相救之恩。那年鲡鱼扎穿他的大腿，还是李师伯和船上人相救的。他能念念不忘，记住人家的好处，这样的人才值得人敬佩。现如今还得顶着别人的谩骂，还得在这村子里活着，在别人灼热的眼光里活着。他太难得了，好人哪！"

场上有人听着听着，鼻子里响一声，掉转脸回去了。

"你们谁不愿听着，就回去吧，我还得说。事归正题。这事这样吧，有人都把话说到那步田地了，李师傅你就回去传话，让埇田村派个人过来，与大家见个面，消消气。管保没他什么事。这事担在我身上。别看这些人如狼似虎的，我们还算是礼仪之乡，大家心里还是有分寸的。"

三十九

李师傅把到沙凹村的事说过，又加上一句："看来他们那边还是有阻力，不过看上去也不是难说话。要硬到底的毕竟只是少数人。有晚叔竣山壮着胆，我们去是有好处的。"

"那个晚叔在村里可是个扼包口的啰，他扼得了吗？"富哥自答自问。"扼包口"是句土话。这话来源于捉鸡鸭抓猫。捉住了鸡鸭猫什么的，一下塞进麻包里，塞进包里的活口是要窜出来的，得赶快把包口扼牢。这扼包口的相当于掌握大局的人了。关键时刻就看扭包口的了，他能管得住吗，他能说了算吗？大家担心。谁愿意过江谈判呢，那是不值的事呀，祸福难卜，弄不好输了还受辱。

"这明摆着要再将我们一军，不去，耻笑咱村中没有能人；去了，必定是受辱一场，说不定还趁机扣人，要挟勒索。"富哥冷冷地说。

"对晚叔我还是信赖的。我们总得要去，还有船，有网在人家手里。现在是要低声下气去赔不是。当然也不需要跪下去给他磕头。这里就看谁去合适了。"李师傅说。

大家默不作声。

六哥说："这可是关云长单刀赴会了。这人不光要能说会道，随机应变，不给自己，不给村里人丢面子，还得把事情谈好。人得有胆量，还要高大威猛，才见得我们不是去丢人的。"

大家心里把全村人挨个琢磨遍了，觉得没有合适的。正为难，只见子善站了出来，心平气静地说："我——人不算高大，但能说几句以理服人的话。要说有胆量，有理就有胆量。有理能走遍天下，无理即寸步难行。我相信公道自在人心，无理者心虚，要说怕，先得是他们。"刚说着，子善母亲跌跌撞撞走上来，扯住子善说："阿弟啊，我就你一根独苗，你可不能去啊，要有个什么不测，我这辈子靠谁去啊。你不要逞能！这一村人的担子，你担得了吗？"

大田远远地喊："阿婶，别担心，要有个三长两短，我们全村养你。"话刚说出，就有人"呸呸"两声，向他摆手，要他不要再说。

子善一出来，六哥眼前就一亮。子善虽不高大，但能说会道，脑瓜子灵活。由于他秉性善良，面对捡海人的侮辱挑衅，往往只付之一笑。所以，捡海人对他记恨不多。此行人选，他是最合适不过了。我怎么一时竟想不起来呢？六哥朗声说："子善能去，我放心了。"

"还是我跟你一起去。毕竟他们要给我面子的。"李师傅说。

"要你陪我一起去就显得孩子气了。我是挂着埇田村的胸牌去的，还是我一个人去好。他们可能难为我吗？我们已经有船有网在他们手上，他们用不着难为我。他们不外要谈赔偿。可以谈呀，能答应的就答应，不能答应的，我们不答应。他难为我干什么？难为我了，谁还去跟他们谈呢？最终还不是什么也没有得到吗？要是长时间地扣我们的船，不还我们网，他们不怕外村人指责吗？我看那位竣山晚叔首先不答应。他们无非要个面子，要个下去的台阶。我们顺水推舟，全给他，要多大的面子就给他多大的面子。面子又不用钱买。"子善说。

忽然有人说："要说谈赔偿呢。"

子善坦然说道："我不是说了吗？小利可让，无非也是为了个面子；大利不给。我们伤的人多，伤势也重。要不就让两地议员公证。孰轻孰重，由他们公断。动用议员，那就是下一步的事了。"

大家频频点头。子善还没出门，大家觉得已有几分把握。

六哥说："那只能这样定了，明天是圩日，派个人到三甲祠堂去，让过来趁圩的南三人渡个声，就说我们后天有人过去。"说完走过来，握了握子善的手，将二十文银毫按在子善手里，说："见机而行，只能是这点了。缸瓦打老虎，生死就尽这一煲了。好好发挥它的作用吧。"

十八那天一早，子善来到江头，与到来送行的六哥及众弟兄告别。说也奇怪，以往来来回回，或长时或短暂，不知互相道别过多少回，都是若无其事一样。唯独这次，心里就觉得不同，总有一点悲凉的感觉。毕竟是做好了去赔罪的准备。遭了人家的抢，挨了人家的棍棒，还得向人去赔礼道歉。他越想越不是滋味。他预先估计了很多，昨夜想了一夜，寻找着有无更好的办法。他懂得人心微妙，懂得人有恻隐之心，懂得人有护短之私，也有畏理之愧。李师傅不是说晚叔还念一字之情吗？两村同姓陈，这宗族之义也是可以开人心窍的。他试图另辟蹊径。他记起李师傅曾说过沙凹村世系的事，翻了一夜族谱，所以他把一本《陈氏族谱》早放在营草袋里。他跳上一只小舢板，两手摇棹，循着退潮的江流，弯弯曲曲地东行。

过了江。子善刚插好船，就见一个人从一堆渔网边跑过来，是哑巴。哑巴"啊啊"两声，瞪大着两眼指着村里，又"啊啊"两声。

子善猜出他是问自己："你到村里？"

子善果断地点着头。

哑巴连忙摆手，口里"呜呜哇哇"地叫。是让子善千万别进去。

子善竖掌说："不怕。"随后蹲下，用指在沙上写了两个字"竣山"，示意哑巴带他去找他。哑巴犹豫一阵，摆摆手，货郎鼓似的摇着头，叫子善别去。子善拉着他往前走。哑巴只好忐忑着前边引路。

拐过几条小巷，进了一间茅草四合院，竣山正在厅里看书，见哑巴领着个人进来，已经猜着几分，连忙起身让座，然后吩咐倒茶，递上烟筒。子善报过名，谢过。竣山就问："一个人来？"

子善道："正是。敝村将两村言好之任务托付与我，今天登门造访，以表歉意。望老先生转达村中各弟兄姐妹，就说埇田村兄弟让我问候大家来了。"

竣山说："我们同姓，有兄弟情分，不必客套。在我们这里，你也尽管放心。"

二人寒暄一阵之后，子善起身拱手作揖道："老先生不愧为读书人，仪容举止言谈，令某一见即生敬意。在下忝列陈门，视同宗如同一家，自当叙辈相称，敢问老先生阶尊几辈呢？"

竣山说："到我这一辈，已是二十四世了。你呢？"

子善急忙回道："我是二十五世，那你是我的叔辈了。"接着起身道："敢问排行？"

竣山道："村里人惯叫我晚叔。你既然晚我一辈，我愧受叔辈之称了。"

子善连忙起身道："小侄见过晚叔。"一会儿，又说："听说南三一带陈姓，多与乾塘、米稔一宗，不知贵村开基之祖由哪里迁来呢？"

晚叔说："南三地居海隅，迁徙不定，祖辈迁来，多已几经搬迁，旧时人没有文化，之前又没有族谱。只在明朝中期才修了一次家谱，从开基祖以来，世系清晰，只可惜开基祖之前，已无从考究，派人到乾塘等处打听过，都没能接上。只记得开基祖是十九世，照此排列下来，才理清辈分。"

"你们南三南郭、西埔、河湾、埠尾等陈姓俱从米稔、乾塘迁来。唯独凤莲陈姓,是从莆田五世分支的,与米稔、乾塘的远了几代。是了,你们都根寻过什么地方了?是否打听过米稔?"

"南三陈姓,许多来自乾塘,比如田头村,他那里建有小宗,春秋致祭,不用再到乾塘大宗了。我们也曾到田头、乾塘追宗,只是毫无线索。米稔也访过,也是没能联上。"

"我已粗略查过,南三有二十三条村庄来自米稔。我这里有米稔陈氏族谱一本,可供考究。"

晚叔一听,大喜过望,连忙要过族谱,认真查看起来。那是一本八开竹纸,手抄小楷的线装简本。轻轻一揭,飘起一丝霉味。晚叔粗略看过,没发现任何端倪。子善说:"仓促之间,很难理得清楚,不若我将族谱留下,你老慢慢查看根寻,或许有所发现。"

子善又要过族谱,指着化州一支十八世祖下,说:"这里有个存疑的地方,华公派下十八世祖莘公生有四子,其中三子迁徙去向皆写得清清楚楚,唯独这四子连芳,脚下并无注明,只记有'失考'二字。"

"连芳?"晚叔忽然精神抖擞起来。把族谱拉到面前,翻来倒去地看,仔细把一张张纸端详了一遍,对那泛黄的起了毛边的竹纸产生了兴趣。又把谱倒翻回去细看了一遍,喃喃地说:"莫非……连芳跟我开基之祖同名。可他是化州的。怎么可能……啊,是了,这都是一代代人流传下来的话了:说我们祖先是个缸瓦贩。那一年由罗江运缸瓦一船,取道海南,不料在东门口遇了大风,船翻货毁,只捡了条性命,遂在海边采海疗饥,建寮暂住,后来便定居下来。繁衍了些人,渐成一条小村，因村地处沙丘低洼，当地人便称为沙凹村。莫非……"

晚叔把族谱留下，起身把族谱锁进书箱，然后叫过儿子，让他把某某某几人叫来。

四十

一会儿，三个人前脚跟后脚进来，一个高大，一个清瘦，一个不高不矮身材适中，面目却有些暗黄。三人一见子善，半边脸扭一边去了，并不打招呼。子善起身，一一见过。

晚叔介绍说："我们村有三房，大房豪公，二房莘公，三房环公。这三位是各房老大，讲得话的，他们言出服众，又是村里压场人物。"

坡头话里，老大不是人们习惯说的社会黑道人物，而是村乡中德高望重的人。这个子善明白。可压场人物是样什么人物？莫非都是扼包口的？子善一时不解，只一个劲地道着："久仰，久仰。"

"想不到，我们是不打不相识，踏破铁鞋无觅处，连芳公来自哪宗哪派，我们访了多少年多少代，一无所获。可能就因这一场打，或许竟寻到根了。哈哈！"

进来的几人满头雾水，觉得晚叔的话似不对题。几人你望着我，我望着你。

晚叔详细将刚才族谱所见述说一遍。几人马上心里嘀咕：

蹭亲来了？船网被扣，使心眼来了！不过，既然晚叔喜欢上了，我们只得一旁叫好。

晚叔吩咐几人鸣锣，把村人召集到庙前榕树下。

榕树下男男女女，叽叽喳喳，这边吵，那边笑，有朝着子善指指点点的，有斜眼向晚叔哼着响鼻的。场面有点怪诞。

刚才三人中那个高大的一张嘴，喊道："大家别吵了。"顿时鸦雀无声。子善心想：这就是压场人物吧。

晚叔站起来，说："这是那边埇田村来的兄弟。"他让子善也站起来。

"哟，蟾蜍邀牛蛙，不是一家竟称兄道弟来了。"有人低声嘀咕。

一位年轻妈妈从背后解下婴儿，婴儿憋红着脸，一会儿便拉下摊屎来。妈妈嘴里"啰啰"的叫一阵。一只狗儿来了，很快把地上的屎一扫而光，转头朝婴儿的屁股伸出一拃长的舌头，左左右右把小屁股打扫得干干净净。妈妈把孩子抱坐膝上，打量着眼前这位陌生的年轻人，心里说，替人舔屎来了。一颗心悬了起来。

子善起来走到中间，脸上微带笑容，向人们抱拳致意："诸位长辈、兄弟姐妹，在下向各位致歉来了。"声音清晰而响亮，不紧不慢，不高不低。人群中有人轻轻"哎呀"一声。

就几句话，让许多人心里一甜，像扑面吹来一缕清风。人们耿耿于怀要的就是这样的话。这话太中听了。

卜妹在榕树根下，吓得面如死灰。哑巴手心里捏着把汗。癞狗抱着手斜靠在庙门边，眼里跳着火。

子善继续说："说起来，我们本是兄弟姐妹，没想到因了一点小误会，发生了令人心痛的事情。这事全怪我们，假如我们将大家看成亲人一样，就不会有那样不愉快的事情发生了。首先，我在这里向在这次冲突里受了伤的兄弟们深表遗憾，说声对不起了。我们村也伤了几个，他们痛定思痛，后悔莫及。多少年来，敝村弟兄们深入贵地谋生，得到贵村种种帮助和体谅。你们久居贵地，是一地之主，我们却没想到过向乡里们打一声招呼，更谈不上好好地联络你们，这都是我们的过失。毕竟村夫野老，言行粗野，给乡亲们造成心灵损伤，我们问心有愧。……"

"不要尽说这些了，蛊惑人心！打伤了我们的人，先说说怎样赔伤吧。"癞狗倚着庙门，手指远远地剡着子善。

"是呀，是呀，讲多甜也没有用。"有人附和。

晚叔咳了一声。刚才那个面目暗黄的人喝道："阿狗，该你讲了吗？大家不要跟着起哄。"场上立即寂静下来。

听着子善温和的讲话，有人就想起他曾经帮过哑巴的事。联想起来，觉得这人不是虚情假意，倒真的心口如一。人家是一副菩萨心肠呢，癞狗及那些跟着起哄的人反倒是多事了。人不能赢了不饶人。既然人家都认错了，我们还犟着干什么？场上有几位老成的就叫："不要胡闹了，做人得有点德行。"

"拳头棍棒没落在你们身上，你们倒落得做起好人来了。以后谁让人欺负了，别指望别人去帮忙了啊。"挑拨的话语里带着激愤。

癞狗远远地把一张脸涨红着，大喊："谁装好人谁滚出村去。"

晚叔说："阿狗，你这话就说得过分了点了。装好人的要滚出村去，那好人不更要滚出去了？剩下的都不是好人，我们村成个什么样子啦。别忘了,我们村是礼仪之乡,该讲道理还得讲道理。是吧。"

"人家不是自个儿跟我们商谈来了么?都吠什么吠!"那个清瘦的老大说话倒有点狠。

"你听听,我们都成了狗了,还吠呢。"一个年青的几乎咬着另一个的耳朵说。

子善回到晚叔身边,继续说:"打架吵架,两败俱伤,没有输赢,不是皮肉受苦就是心灵创伤。想想双方受伤的兄弟,我这没受伤的心里也像堵着一团血,难过得彻夜无眠。兄弟有困难,陌路相逢尚且应该帮忙,何况是出手伤了人?受了伤的要医治。无论如何我们也得想方设法尽点绵薄之力。村里派鄙人到来,就是听听大家的意见。只要有利和好,该我们赔的钱还是要赔。就是把屎裤当铺当了,也要实现我们君子之言。"最后几句言辞恳切,句句扣人心弦。

场上一下没有了声音。静谧的场面压逼得人们连连咳嗽。这边几下,那边几声。水烟筒不耐烦地咕咚咕咚响着。

晚叔起来说:"沉默这么久了,也没有人说什么。我看这样吧,赔钱的事,就免了吧。双方都有人伤了。平心而论,埇田村的可能伤得要重些。各村负责医治自己的人算了。说赔钱,只不过是我们一时激愤的话。有贤侄你这些话,大家几天来鼓在肚里的气都消了。"

"晚叔的话足见贵村的通情达理。在这里我先表谢意了。"子善抱拳致意,接着说,"不过,我们还得对自己的过错负责。既然大家都不肯说,我这里只好自擅了。今有小银数文,聊作慰问,以表对受伤兄弟的关切。"说完,往袋里掏银,让晚叔一手按住。"使不得,使不得。无论如何,也是宗亲一场。要这样，我们沙凹村真是狼虎之乡了。这样吧，"晚叔把脸转向大家，问道，"乡亲们，这钱可不可以收呢？"

"还用说？我们都不要脸啦，这不都成了小人了啦。"

"哎呀，我们可不能那么小气！"

晚叔说："不能收，对吧。刚才子善贤侄真说到大家心里头去了，有你这一番话，我们心里就甜了。谁无恻隐之心？伤者固然可怜，也用不着贵村出钱治理。何况你们也有受伤的。兄弟阋墙，苦果各自吞下算了，或者还希望有同御外侮的时候呢。你们还要靠船吃饭，靠网打鱼。诸位乡亲，我们明天派人把船修好，等船上灰泥干了——大概要个十天八天吧。你们来放船好了。"

"对，就该这样。"有几个人瓮声瓮气地说。

子善绕场一周，抱拳向众人再度行礼，表示感谢。

年轻妈妈那颗提起的心放了下来。

榕树下的卜妹，眼泪都流出来了。她眼里伊人不再是个小个子，而是个伟岸魁梧的大丈夫了。

八天后，埔田村派人到来放船。沙凹村三房老大都出来相送。说起族谱的事，都感动万分，说子善帮他们找回了根。

埔田村的渔民照样在散尾一带围海捕鱼，只是沙凹村再没有人捡海来了。船上伙计很难过。以前见了面没有好脸色，咒骂冲撞时有发生，经过一场斗殴，双方和好，才知道情感的宝贵。现在希望他们来，反而不来了，大家又过意不去。总盼望村上有人来。偶尔来几个，就像对待亲戚一样，总让他们的篓子满着回去。谁知这样一亲热，村上的人更不好意思来了。

不来归不来，人始终觉得亲切多了。

四十一

转眼又是深秋。江岚一片，远树生烟。陈应桃踏着松软的沙地，穿过海边第一线沙带，来到梅魁江渡头。过了这个渡，就是第二线沙带，即是梅魁、大仁堂地面了。每次到坡头公局会议，他必定先到梅魁，因乾塘公局长、议长黄湘南是梅魁人，所以每次会议，他必定先到公局长这里，等沙城、南寨、大仁堂、梅魁的议员们都到齐了，便一起上路。然后西渡北戈江，进入第三沙带，这里又早有乾塘、米稔两地议员在等候。这样，乾塘镇议员、议长十多人，一路西行，再渡过米稔江，进入坡头地面。再走十二里路，才到坡头圩。这一路走来，有马不能骑，要车没有车。因为乘马过渡走海滩不仅多一样开支，还携泥带涩脏兮兮的很是碍事。车呢，更是麻烦事，那牛车过不了沙，过不了海，只能走坡地岭地，加上乾塘一带根本就没有车。船倒是举目可见，但乘船也不能直达，即便最便捷的水路，也只能半水半陆而行。先是从三合窝沿大江西下，到石角渡上岸。上岸后又要北走十多里旱路才能到达坡头。路远了不算，还要舟船劳顿。所以，沙城、南寨一带人到坡头，只能过三重渡，涉三片滩，越两大岭。时而涉水，时而踏涩，上船下船，爬沙洲，过大岭，差不多半天的时间就花在路上。

到得坡头公局,时交巳中。南三、坡头的议员议长早已在席。

殷多东端坐高靠背雕花镶皮大椅,下巴胡须剪得整整齐齐,深眼窝里藏着的两只眼睛,像海洋深处远古落下的两粒陨石,黑得让人看不出他的视向。他对这些姗姗来迟的属下深感不满,只是眼睛里很难看出。墙上的自鸣钟当当响了十下。他立刻站起来,这动作在强调他的守时。旁边的卢文廷就向他靠了靠。他呜里哇啦说起来了,除了卢文廷,谁也不知道他说的什么。只见他时而激愤,时而感慨,时而摇头发叹。他说了好大一会儿,才停了。卢文廷就开始翻译:"诸位,自身税开征以来,几经波折,时行时停。前些年境内盗匪横行,为了限制外来华人等进入广州湾,保证湾区民众安全,我们拟发保安纸,谁知民众多不理解其中好处,又遇种种抵制,拒不执行。你们比起印度支那联邦来,可见素质太低。无端又生恐惧,外逃者不断增加,你们广州湾人见识鲜寡,可笑之甚。骂我们所征身税是'人头税',讥讽之余又进行种种阻挠。你们怎么不去看一看,自我大法国进广州湾以来,城镇乡村大为改观。西营那里已经有了宽广的马路、电灯、美丽的洋楼、庄严的教堂、银行、洋学堂。赤坎更不用说了,处处充满生机。就是你们坡头,也已跟往日大不一般。先不要说法文学校成立后有多少好处。单讲市场,这里有遮风挡雨的市场了。在这里做生意,买卖东西,可说是无风雪之忧,无日晒雨淋之虑。我们还修了麻斜通坡头的大马路,将来财政好了,我们还可以铺上柏油。柏油马路,见过吗?干净利爽,无尘无沙,走在上面如走天街一般。营建这些公益事业，钱从何来？"他用眼扫了一下会场，眼光直射每个人的脸上，在每个人的脸上打了个问号。眼光电一样游闪，忽地停在一个满面油光的老人身上，问："国才先生，你说说。"

这是卢文廷的开会风格。但凡开会，一般不是自己滔滔不绝说完了事，他要让每个人提心吊胆地听着，时刻牵动你的脑筋。这样突然插上一问，下面至少得用心听着。现在他是翻译上司的讲话，照样来个灵活多样，中间不时插上些问号，以引起听众注意。

那个叫国才的人见让他说话，也不站起来，只欠了欠身。国才是坡头一方巨富，声誉很响，因此当上了坡头公局的公局长，法国人也得看他脸色行事。他说："财政无非来源于税收，没有税收，就没有公益，谈何马路、市场？一个地方要发展，还不是靠纳税人的无私奉献？"

"说得对，有远见的商家就是不一样。不过，这只说对了一部分，还有社会安定，谁来保护你们的问题。就说前些年，赤坎那里窝藏了多少土匪？谁是良民，谁是盗贼？谁也说不清。人家脑门上可没印上记号。早在1913年2月，我驻华公使康悌就曾照会北洋政府，要求以证身票约束界内民众。所以我们要你们领保安纸（即证身票），就是为了拒坏人于租界之外，谁知你们毫不理解，一样拒绝执行，所以赤坎那里鱼龙混杂，盗贼猖狂，来去无踪，打家劫舍，抢掠富有人家，富商大户更是在劫难逃了。这地方安稳，谁来保护？还不是陈学谈那些有远见的华商，筹资募勇，供养一支有枪的队伍，才保证了一方安宁？组建民团，得要钱啊。这钱从哪里来？难道让安南总署拨款？不可能！"卢文廷一阵自问自答，环视会场一周，停下来，半刻钟不说话。会场一时沉默，听的人一阵紧张，以为这老狐狸又耍心机了。忽然他脖子一伸，一下提高嗓门，制造出一种让人耳鼓一震的语调，说："我们新近组织的民团50人，武器装备还有人员供给，这得多少钱？还有坡头高岭至乾塘高岭儿的马路，去年至今，已有一年，修建进度缓慢，此种状况必须纾解。否则，我们将无颜面对大法国总署。"

二画官殷多东抖抖地竖起两个手指，环视众人。所有人屏声静气，静候着两个手指所要表达的意思。他嗷嗷唬唬说了几句，卢文廷又接着说："这两件事，是当前之要务。一是修路，二是维持民团。先说第一件，修路要一笔大花费。方案有二：第一个方案去年已初步试行，就是'义务公役'，只要大家出人，没人可出才需要交钱买工。第二方案就是全民征收修路资费。考虑到民团维持必须要钱，这修路又要钱，你们肯定又是一片叫苦，就只能实行'义务公役'了。'义务公役'也不是我们首创，远在你们商周，近到明清，哪一朝哪一代没有？要说没有？我倒要问问，何为'井田'？井田中间那一块算不算公田？公田谁种？还不是大家共同效力？何为'徭役'？可见为国家、为政府出点力古来皆有。那是天公地道的事。至于我们的'义务公役'，具体每家每户一年里该出多少工，现在还没法定，你们诸位绅耆心里先有个底。其次是加紧在征税项征收。我这里给你们棒喝一声，税，必须如数如项强征。"卢文廷把"如数如项强征"一字一顿，说得力透千钧。眼珠四周转了一圈，继续说："听好了，是强征，再不能婆婆妈妈的了。眼下临近秋收，第二季田税征收要即行着手。在册的田亩要一分不漏，就连那些新开垦的，不管什么时候开垦的，一律按在行办法征收。南三方面的盐税，拟设专点征缴。只要能讨到，不管用什么办法都不为过！"说完朝桌上就是一拳。

没想到这一拳却捶起一个老相识，他呼地站起来。这人是乾塘陈应桃。陈应桃一站起来，殷多东、卢文廷就有了点震撼。只见陈应桃向下扯了扯斜襟长衫，说："刚才两位长官说得好。自你们法国政府主事广州湾以来，当地的确发生了许多变化。路修了，市场盖了，现在又要修高岭马路、供养民团。这些都是事关民生，利及公益。倒是那地方治安，日日让人不安。我们依然是提心吊胆过着日子，当然我这沾点边的地方官儿也有责任。现在不说偷鸡摸狗夜夜在发生，就是公开入村劫掠，捉人勒赎等事，也是常有。前十年广州政府派黄强南下剿匪，才有地方几年安宁。如果单凭陈学谈民团，恐怕也是杯水车薪。如今种种迹象表明，匪患似有死灰复燃之忧。赤坎那里枪支弹药公开买卖，耕牛销赃窝点也是明目张胆交易，就差没有挂牌营业。土匪赖以生存的条件无处不有。还有那花会赌馆遍地，鸦片烟馆满街，烟花妓女到处都是，这些又是盗贼醉生梦死的地方。恶俗如此，还有什么民生可谈？政府一味地追求税收，罔顾利害得失，使安守本分者，几无安身之所，祸害百姓者却逍遥自得。这是有益斯民，还是逐民于水火呢？任由流毒泛滥，是荼毒生民还是有益民生呢？今又欲行强征税，不择手段。又要施行'义务公役'，不顾民情。这是不培其本，反损其根，树无久矣！所有这些，我看你们是一律照搬安南殖民做法，终究是在别人的国土之上，与自己的国民痛痒无关，所以你们视而不见，见而不惊。恕我直言，所有这些，似乎与你们奉行的'开发使命'，开辟'文明之路'相去太远了。什么'义务公役'，实质又是一项变相之税收，是'身税'的另一种征收形式。若当局真要强力施行，势必激起民变。请大法国各级官僚谨慎从事，不要一意孤行。只有让百姓安养生息一段时间，扶本培源，恢复元气，才是保证一方安宁之良策……"

"好了，好了。你一站起来我就知道你要说的必是这些。这些你们都说了多少遍了，你们发的多是些无病呻吟之声。希望你们多站在我们这里想一想，我们无非也是为了界内利益。只是你们不与我们想到一块儿罢了。二画官行政委员提出的两点势在必行之举，还期公等务必助力推行，不得矫情推托。"

会议到了最后，一如往常，几个议长照样留下再议。议员们即先行离会。众议员们刚离公局，南三议员中有人使了个眼色，示意大家向一个地方走去。

这是三甲祠堂。众议员走进祠堂，有人即关了大门。大门一关，把守大门的是文丞武尉两位门神，看上去里面似空寂无人。刚才暗示众人的是南三议员陈勇祥。大家落座甫定，他便说："今日之事，我先说两句，然后大家各抒己见。法国当局力推殖民政策，纷纷扰扰二三十年的人头税，依然不肯轻易放弃。为了确保人头税有效施行，先是借匪患之名，欲核发保安纸，即身牌、良民证。以此核定广州湾人身份。一为确保身税开征；二为防止共产党人进入租界。实质与国民党反共遥相呼应。近些年，又效行乡镇保甲制度，实行保甲联保，无非也是借华人之力，进一步保证税收落到实处，防止共产党人插手征税，推波助澜，发动抗税抗租。今日所议'义务公役'，实际法国人已成竹在胸，颁行只是迟早的事情了。如此横征暴敛,变相压榨,我广州湾人难有生天之日。我等身负议员之名,实无议事之权利。只不过是要我们做一个传声筒,为他们的苛政一路传呼罢了。如此违心之事,我们坚决不能再干了。我们议员虽然同情民众,痛恨法国当局,但毕竟是无头蚊蝇,散沙一盘。徒发议论,实际无益于民,还不如成立一个议员会,大家勠力同心,统一主意,统一行动,今后行事,也不至于无目的蛮来。大家有何见解,都说一说。"

陈应桃站起来,与大家拱拱手,说:"我是乾塘片议员。对南三民众反法抗税行动深表敬佩。刚才勇祥兄所言,切中当前广州湾民众面临的艰难。也点中了法国当局的施政要害。一是他们对共产党起了戒心。1928年的事,我们都略有所闻。朱也赤等10多名共产党人就是被广州湾法国当局逮捕,然后引渡给国民党政府,押解至高州杀害的。法国人正加紧与国民党的勾结,对付共产党人,以维护他们在广州湾的殖民利益;国民党也正好利用法国殖民政府,清除广州湾这个'避风港'内的共产党势力。我们国人必须清楚,中国前途命运的起死回生,只有共产党能担当大任。我们作为爱国人士,只有支持共产党,支持农民运动,开展土地革命,农民才有盼头,国家才有希望。二是'义务公役'。听他们的语气,'义务公役'近期必定实行。因为,坡头高岭至乾塘高岭儿马路修筑,正需要大量民工。'义务公役'与强行征收新税同一个目的,就是加紧盘剥百姓。这两条绳索一旦捆牢在咱农民身上,咱们就只有喘气的份了。我们必须立即行动起来,有组织,有计划地开展斗争,以各种方式唤醒民众,使他们明白,有法国殖民者统治一天,广州湾人就没有好日子过。

必须与他们抗争到底，我们才有出路。"

大家谈起法当局的种种劣行，个个气愤。大家越说越激动，越说越高声，忽然有人掩嘴示意，众人才平静下来。大家一致同意成立议员会。经过一番酝酿，选举出会长、副会长及理事监事人等，并建议适当扩大吸纳范围，吸收一批有担当敢干事有魄力不是议员的人加入议员会。并确定联络形式，定期议事等。直商议到日影上了东墙，各人才匆匆离去。

四十二

坡头通往张冻渡口的路上，一支上百人的队伍迤逦前行。队伍后面是三辆牛车，牛车上坐着几个穿长衫戴眼镜的人，他们旁边是算盘、谷斗、大秤、麻包等用具。牛车前面是民团队伍，这几十个刚刚完成集训的团勇，一色的穿着浅黄色的上衣，浅黄色的短裤，戴着安南尖顶斗笠，光着两只脚丫，肩上都挂着长枪。为了完成南三田税征收，公局不得不赶鸭子下江，将这几十个只练了三个月齐步走的团勇派上用场。走在最前头的是四十个绿衣兵。这些绿衣兵本也是本地人，只因在公局里多待了些时日，也不管自己是主兵还是客兵，反正自认为是正统。红带兵、蓝带兵是老大老二，他们当然是老三了，那些新来的团勇根本不在他们眼里。今天的队伍里没有老大老二，所以他们走在最前面是理所当然的了。这些绿衣兵平日里狐假虎威惯了，一般已经忘记了自己的出身低微,也忘记了自己是别人雇用来的,一个个都主子气十足,像皇宫里的主事太监,所到之处,对百姓指手呵斥,横蛮粗野,深得百姓憎恶。在主子面前又极尽奴颜,只要主子高兴,什么事都干,伤天害理,全然不顾,所以老百姓见了他们,无不恨之入骨。这样的队伍,领队的离不开卢文廷。他是队伍里唯一穿鞋的人。那是一双法国三节教官皮鞋,走起路来,一路扬着尘埃,气派十足。

牛车吱呀吱呀,轰轰隆隆地抖着轻快的身子来到埠头。它们不能过江,只能停在埠头旁边的树林子里,等待渡江过来的载运租粮的木船,把粮食接运回去。

快到江边,上百人的队伍就呼啦啦地小跑起来,争着爬到停靠在埠头边上的两只敞篷船上。一只船里是绿衣兵和穿长衫戴眼镜的人,另一只船里即尽是团勇。船载着人浮着齐舷的江水,沉甸甸地渡过江去。

上岸走六七里沙路,太阳已经爬上树梢。近海坯田里,零零落落摇着些直指苍天的稻穗,田边泛着白晃晃的盐花。有的禾田已经收割完,田埂上铺满稻草,散发着稻草清香,清香里又夹着海的腥味。三三两两的农夫,正挑泥填堵坯堤决口。台风留下的残痕,虽经过将近一年的岁月洗刷,人力清除,依然随处可见。

上百人很快分成三股。一股直奔凤莲盐场;一股进田边村;一股再走一里地奔田头圩。田边村是一条过千人的村庄,那里早有本地的议员、保长、甲长及地方主事人等候着,不断有村民挑着麻包担子来到一张方桌旁边,等候验看过谷样,看着掌斗人飞快量过,眼就盯着账册里自己名下的数目,尤其关注那个小圆圈。看着红色小圆圈画上了,才如释重负地又一路怨愤地离开。也有些凭着海水的恩赐，得了些土地以外的微薄收入的，捧着十多个或几十个铜钱，来到方桌旁边，任由那些能写会算的眼镜先生，"一六二五，二一二五，""三下五去二，二下五去三"念着算着，反正自己对这些拗口的符咒也是糊里糊涂。随着算盘噼里啪啦响过，眼镜先生报出钱数，便把铜钱哇的泻下，等叮叮叮的数点过之后，这些人心里就盘算着：交钱比交谷合算多了。先不要说稻谷折算成钱币后吃亏了多少，单这笔脚夫费，一担种的田地就不用交那二十文的冤枉钱了。但算来算去，又觉得那土地不是自己的了，一年辛辛苦苦下来，原来都是为这班手里操枪的人瞎忙乎着。

时近中午，陆陆续续有脚夫把一担担稻谷挑下船，每担谷子的包上都编有记号，写有斗数斤数。后面总有一个绿衣兵一个黄衣团勇押着向埠头走去。

甲长一户一户验过，就剩那么三五户，他们的名下依然没有圆圈。甲长只好带着议员、保长来到这些人的家里，翻油缸，开瓦锅，查暗房，看猪圈，巡牛棚。1929年起，国民党施行保甲制度，十户一甲，一家犯罪，保甲连坐。这办法用来对付私藏共产党，果然十分有效。于是法国当局立即仿效，眼下征收田税，这保甲制度太管用了。虽然不完全按十户一甲编定，但甲长是村村必有的。既然每村均有一个知情人管着，村里漏了个谁也能随时落准了。甲长是本村人，虽然对本村人口土地了如指掌，但总带着几分人情。乡里乡亲，毕竟朝晚相见，碍着面子的事总不能毫无顾忌。当下甲长带众人看过之后，心里就一阵自疚：原来这些人有的确实一无所有，有的仅有一条耕牛或一只瘦得可以上树的猪崽或几斗留作开春播种的谷种。做保长、甲长、议员，原本想着为地方乡民做些好事，也为自己捞点人情资本，积点阴德，没想到一上到这条船上，很多事情都由不得自己了，甚至干下来都有些伤天害理之嫌了。

他们硬着头皮向卢文廷汇报，卢文廷顿时火冒三丈，口里就说："里边有几个已经是惯坏了的了，他们老奸巨猾，年年拒交。也许都藏别家去了。这回甭管那么多，有什么要什么，猪、牛一样要。"一声令下，四邻震荡。一时间，牛哞声，猪叫声，鸡飞狗跳，满村里牛喊猪嘶鸡鸭哀鸣。那些阻拦抢截的户主，挨了几个枪托，只好坐在地上干哭了。保长、甲长、议员们看了，心里也一阵自责。

张冻埠头边上的牛车，谷包叠得满满实实。牛车开始起运，车上坐着一绿一黄二兵勇，摇摇晃晃地朝坡头走。路上难免要大小便，团勇里大多是吃喝赌嫖的，月饷又满足不了享受的欲望，现在就趁着绿衣兵大便之机，与车夫丢了个眼色，车夫朝黄牛鞭喝几声，牛车便飞跑起来。等到绿衣兵提着短裤追上，谷包已经瘪了几个。路边密匝的荆棘丛里，就藏着两包稻谷了。

晚上收完租税过渡回来，牛车又早已等待在埠头边。稻谷载满牛车，队伍里多了几头猪牛和一批鸡鸭。猪牛一路呼天喊地，鸡鸭扑腾哀叫，沿路百姓都摇头叹气，暗地里骂道："'一撮须'连猪牛鸡鸭都搜上当田租地税了。"

那个监守自盗的团勇，吃过晚饭正要趁着夜色收网，回头寻找藏在荆棘里的两包稻谷，忽然肩膀上被一只鹰爪扣住。一个声音喝道："卢百长要见你呢。"那团勇吓得一泡尿从裤脚渗下,面如死灰。原来卢文廷回到公局粮库逐包查看,发现有人做了手脚,对着包号一查,查出监运的人来。叫过绿衣兵一问,绿衣兵本与团勇不睦,正无处邀功,于是制造这么一个机会,给团勇一个下手盗窃的时机。现在卢文廷一问,便一五一十将经过细说一遍。卢文廷不由分说,便将那团勇关进暗房,等候上级处置。

绿衣兵们并非不吃腥的猫,只是在卢文廷身边久了,摸透了"一撮须"那一套。所以一个个表面上忠于职守,乖巧恭顺,不敢胡来。由此可见"一撮须"驾驭部下的奸猾处。

四十三

预料的事情终于发生。1936年正月,一份颁行义务公役法的法国公文贴上街头。广州湾这块笼罩着凄风苦雨的大地又蒙上一层黑暗的阴云。

寒风料峭,阴雨连绵。正街上行人匆匆,个个佝偻着背,把头缩进衣领里。不是有非办不可的要事,谁还在这撵狗不出门的天气里在街上奔忙呢。

三甲祠堂里雾气升腾,聚集在这里的七十多人,口里喷着雾气,鼻孔里流着清涕,脸面都冻得通红。各人两手互插在自己的衣袖里,腿把宽大的裤脚抖得不停地颤动,哼哼声此起彼伏,擤鼻涕的声音和着跺脚的声音响个不停。

参加这次匆忙会议的,是议员会人员外加地方有担当的人士。祠堂上座案台之上，摆着一排酒盅。香烟正静静地升起，升到案台上空，腾地一个回旋，卷下来在众人头上一阵环绕，留下一丝暖意，又匆匆从檐窗上飞了出去。案台地面上，躺着一只大红公鸡，不时发一声叫。

主持这次会议的是南三的陈勇祥。他说："上次我们在此开了一个短会，成立了议员会。在相隔这么短的时间里，我们又急急集会，是因为法国人的打算已经提前到来。'义务公役法'已经正式公布。'义务公役法'这么快就出笼了，这让我们有点措手不及。估计坡头高岭至乾塘高岭儿的马路就要加紧开修，'义务公役法'就是为这条路的开修做准备的。届时，南三、坡头、乾塘甚至东海一带广州湾里大部分地方的民众都是修路的义工。每个月自带粮食到那里修路四天。如此长时间无偿劳动，又给我们这一带乡民带来巨大的负担。成年累月奔忙于此，生计更无着落。更有甚者，法国人租借广州湾的初衷，就是把广州湾打造成与法国安南殖民地遥相呼应的军港。目前帝国列强正加紧实施瓜分中国的计划，以租借之名行扩张他们势力范围之实，把广州湾当作他们的殖民之地。鉴于日本人侵略中国的野心不断暴露，法国人生怕自己的既得利益受到侵犯，所以积极做好准备。坡头高岭至乾塘高岭儿一线，是一条极具战略意义的军用通道。战争一起，遭殃的必是广州湾人民。因此，我们要坚决抵制法国人的军事扩张，促使法国人放弃把广州湾作为战场，作为军港的战略图谋。抵抗'公役法'必须全民行动，共同抗争。"

"要抵制'义务公役法'，应该先走好第一步。通过交涉渠道向法国人进言，具陈人民的苦处，要他们停止施行'义务公役法'。走好这一步，是我们议员责无旁贷的使命了。"

有议员建议。

"对，我们所有议员一起提出抗议，坚决要求。如果他们拒不采纳，我们全部辞去议员，我们不干了，看他们依靠谁！"好几个议员附和着。

油行的钟大朝手上哈了口气，说道："议员们的想法是可嘉的，但恐怕法国人不会那么轻易放弃。这广州湾的天下，是他们法国人的，他们肯吃我们那一套？任由我们要挟他？我看没那么容易。"

"也难说，要治理广州湾，我看他还得依靠咱广州湾人。"

一个油行伙计说："你们议员大多是读书人，说话文质彬彬的。恕我直言，'秀才造反，三年不成'，自古已有先言。加上议员多少得了法国人些丝好处，难免有点顾虑。如果他们来个威逼利诱，各个击破，你们谁先没了主张还说不定呢。"

"你不要先自低估了自己人。我们议员很多都是慷慨之士。自古忠君死节的，有几个不是读书人啊！"有人分辩。

陈勇祥见人多语杂，话不投机，便赶快把话题拢住，说："今天我们是为义而来，大伙儿就要勠力同心。"说完，就定了个计划：先向坡头公局提请撤销"义务公役法"，如果不被采纳，即另择日期到西营总公使署请愿。

原本还有个剒鸡歃血的程序。但歃血是要慷慨激昂气氛的，气氛激烈，斗气昂扬，热血满腔，才能有壮烈的场面，才能把那满是腥味万难下咽的血酒咽下。有壮烈的场面才有赴汤蹈火，百折不挠，击筑歌行的壮举。或许是那天天气太冷了，热血沸腾不起来，只好冷冷清清的收场了。

结果还是应了油行伙计的话，众议员在坡头公局与殷多东见面后,提出撤销"义务公役法"之议,被殷多东脸红脖子粗的训斥了一顿,又遭卢文廷边翻译边讥讽的羞辱了一场,一个个羞惭满面,汗流浃背。只有寥寥几个议员再三执言抗争,最后依然是将愤辞议员的故伎重演了一遍,把议员胸牌丢了一地。殷多东从地上捡起几个议员牌子,翻过来掉过去地看了一阵,倒记住了一个叫陈应桃的,注意上一个叫陈勇祥的,吩咐卢文廷严加调查,看这两人是不是共产党。

四十四

二月十九日早上,有三拨人分别从三个地方出发,向着同一目的地行进。一路从乾塘三合窝沙嘴乘船,沿南三大江西行;一路在坡头阿懒塘西集中,由法国人修筑的马路向麻斜出发,再由麻斜乘船渡过麻斜湾,在西岸法国警察局前等候;一路由南三田头圩启程,沿途集合凤莲、调垌等地议员,乘船过海湾向法警察局前集中。时近巳初,三路人员次第到齐。这些人都是当地议员,这些人今天几乎都是头发油亮,面目有光,穿着整齐。他们在本地算是有头有面人物,能当上议员,一般都有些背景或身份。或有十担八担种的土地,家财不薄;或是前清秀才,能舞文弄墨;或是私塾先生,在本地名望颇高。总之,一个个不是肚子里有墨水,就是腰包里有点钱。今天他们是为民请命而来,一路上浮想联翩,心潮澎湃,心情颇为复杂。此行结果如何,他们心里没有个数。

人们把希望寄托在这些人身上,把他们推上了风口浪尖。他们一个个都似身上负了千斤重担。谁叫自己是议员呢,议员是上要效命于大法政府,下要忙碌于地方民生事务的。上传下达是他们的天职,转达乡民诉求,要求法国当局收回推行"义务公役法"成命,是今天他们远途跋涉而来要完成的使命。他们聚集在一棵榕树之下,心里都有些忐忑。他们将要面对的是法国广州湾总公使署一等民政官总公使第打司特。他们都像待漏五更的朝臣,小心谨慎地向着一栋洋楼走去。

　　这些人当中没有几个人到过西营,也不大愿到这里来。他们都是受过孔老夫子教诲的读书人,有过"但悲不见九州同"的伤感。来到这地方,总有一种自卑感。今天如果不是肩负着特别的使命,他们也多半不愿到这地方来的。大家心情很矛盾,这是他们顶级上司的衙门所在地,他们应该向往这个地方。可一听"白瓦特城"这个名字,心里就怪怪的不是滋味,首先名儿就与中国有点格格不入。还是西营这名字叫着顺口,可那名儿又总像带点火药味。

　　眼前是一栋让人心灵一震的很特别的楼房。楼房前额突出,圆圆的像个纸扎的狮子额头,狮额上方一个大时钟。时针一跳一跳的,像是随时有可能停下的脉搏。狮额下一个巨大的门楼,门楼下向外分开着八字阶梯扶手,扶手下是棕黄色葫芦样石柱。八字中间便是青石台阶,台阶很陡,一级一级向上升上去,望着有点目眩。顺着阶梯要昂首仰望才能看到门口,给人一种登天的感觉。门口两边是两个巨大的古怪窗户:上边人字顶,下边是两扇百叶长方窗户,窗户上装饰着钢卷窗花,像法国人头上的卷发。一切都溢着洋气。

　　众人正要举步登上阶梯,不想两边各闪出一个穿着暗绿衣服肩上斜佩红带的卫兵,一齐把枪咯噔横住。领头的说明来意,掏出议员牌,让卫兵看过,然后扣在胸前。其他人纷纷仿效,都掏出牌子扣上。卫兵又叫来一个戴圆圈眼镜的中国人,用中国话盘问一通,又咚咚咚地跑上楼去,好一阵才下来,示意卫兵放行。

走上十级阶梯,立时有点气喘。放眼往楼里一望,眼睛顿时又眩了起来。满地里全是黑黑白白的回字。细一看,是地板上铺了瓷砖,那瓷砖一块一块合成无数个回字,回字有黑口里含白方块的,有白口里含黑方块的。黑白错杂,花里胡哨看得人眼花缭乱。这是前厅,中央挂一面三色旗。左右两扇高大的门里又藏着楼梯。沿前厅进去,满头上都是圆拱,细一看,圆拱分东西南北几个方向,不管朝哪一方向走去,不是长长的房廊,就是顶上白得耀眼的大厅。走过中厅,一条通道横在眼前,通道南北相贯,两边是两个宽敞透亮的侧门。都是拱顶方门,一色的百叶窗从顶到脚。进去又是一个大厅,比前面一个更加宽敞,也是满天空里弯着圆拱,看得人眼里满是金星。眼前一亮,又是一条南北通道,南北两个侧门。再进去就是后厅了,样子跟前边的一模一样。正惴惴地看着,有士兵过来,推着众人往回走,手指楼上。众人转回到前厅,左转,抬眼一望,吓得倒退两步,原来门里藏着的楼梯长得吓人,像要通到天上去。一行人噔噔噔乱步上楼,足足三十六步。众人心跳加快。上得二楼,那气派更让人一阵慌乱。朝东走去是富丽堂皇的大厅,头上华灯高挂,地面是白花蓝底平绒地毯。右边一架钢琴,左边一壁书架,书架前边一张巨大长案,案头上放一本《中国文黎字音》字典。此字典是法国商人洛尔专为在广州湾从政的法国人编写的广州湾方言注音字典。长案正中坐着一个衣装笔挺的法国人,他正手握鹅毛,蘸着墨水低头疾书。听见脚步声,抬起头来,鹰眼里放出闪电一样的光,举手一指。刚才那个戴圆圈眼镜的中国人——大概是师爷吧,就过来带着他们穿过两个大厅,来到西面一个大厅里。这大厅东西向摆着一张长长的桌子,十张雕着镂空花卉图案镶皮靠椅,大厅顶上挂一盏雪白的带罩大肚油灯,油灯上亮着橘黄的光,四面壁灯照耀,虽是有点昏黄,却显得十分豪华。

一阵笃笃笃敲着地板的皮鞋声响过,那位法国长官用威风的步伐走过来,径直走到正西面的位子坐下。师爷走过来,先向长官深深鞠了一躬,然后面向众人,说:"这是我们法国广州湾总公使署一等民政官总公使第打司特,你们有何公干,就把文书递上来吧!"陈勇祥递上文书。第打司特让师爷看过,师爷把文书用法语读了一遍。第打司特摸了摸髭须,白了众人一眼,就咕噜咕噜地说了起来。师爷翻译说:"'义务公役法'是沿袭你们前清的做法。为政府无偿做点义工,自古也有。何况又完全是为了界内利益,为什么就三番四次地反对呢?"

陈勇祥说:"自贵国租借广州湾以来,各种捐税加征,乡民百姓、工商各界叫苦连天。先说田亩税,一担种的田现在收'西币'一元,相当于白银二元八角,比光绪年间的租税已经高出两成。原来一担稻谷卖到一元西币,现在只能卖八角西币了。也不知是西币涨了,还是稻谷跌了,我们说不清,只知道一担种的田,租谷要交到一石二斗五升。一担种的田每造能有多少收成呢,一般年成,收稻谷不过一担多,最好年成也不过两担谷。想想看,农民们一年下来,除了缴交田税之外,剩下的能有多少?去年一场台风,垧田失收,农家几乎是吃野菜、葭芋子度日。再说盐田税，去年台风之后，所有盐田荡如平地，浮泥盖沙，根本无法晒盐。基本生活都无法维持，哪里还有钱交税呢。那些小商小贩更是苦不堪言。现在是民生困顿，圩上都少有人买卖东西，市场税，门牌税，他们又怎能应付呢？这些都已经使得百姓挣扎艰难，今年又出台'义务公役法'。扰扰攘攘了二十多年的身税，已经弄得百姓满腔愤怨。几经曲折，不能完全施行。现在施行的'义务公役'，实质是身税的二度出笼，而且比身税更要苛刻。乡民的劳力虽是贱价的，但它还能换两口饭吃——都跟你们做义务了，连口吃的都没有了。乡下人手停口停，你们应该知道。出钱代工？那是有钱人才有的本事。有本事也得算一算啊。每天要交西币四角。西币四角就是一元一角二分毫银了，折合起来，每天相当于要交五十斤的稻谷了。每天五十斤啊，每个月四天下来，就得交给你们二担粮食。一年有十二个月，想想这是何等重负啊！小商小贩只能是以钱代工，每年差不多得交54元毫银，折算稻谷二十四担。似这等重负，是小商小贩、无业游民所能负担得了的吗？"说完最后一句，陈勇祥满脸已经涨得通红。其他议员见陈勇祥无所顾忌，胆子也壮了起来，纷纷发表意见，有陈说义务公役在中法租借条约中并无约定的，有说义务公役法有悖民情的。众人据理力争，越说越激愤。

第打司特听着听着，就有点不耐烦了，叽里咕噜说了一阵，最后抖着双肩，两手一摊，苦笑着。师爷接过话茬翻译说："你们这些都是老调重弹了。据我所知，广州湾人并没穷到这步田地，你看我们赤坎的烟馆、妓馆、赌馆、酒馆，进进出出的不都是你们乡下人的身影？那些个做生意的，一个个富得流油。你们天天哭爹叫娘,无病呻吟,无非要跟我们过不去。你们仇视我们大法国政府,由来已久。我们绝不会听你们干哭。你们都是我大法国属下办事的,应该忠于职守,切实为推行'义务公役法'效力。你们怎么不好好想想,如果没有义务公役,你们连一条像样的路都没有——麻斜至坡头的马路不都是你们当地人义务修筑的吗?你们真是鼠目寸光,只会盯着自己的脚趾头走路——也不看看现在脚下走的什么路!我再次强调:你们是议员,要为我大法国政府多多出谋献策,不要老跟在一班乡巴佬、小业主背后穷叫唤。"

这些话听起来似乎与殷多东、卢文廷会上所说如出一辙。陈勇祥不禁愤怒了,红着脸说:"广州湾只是你们的租借地,并非你们的殖民地。你们用殖民的办法经营广州湾,严重违反了两国当初签订的《广州湾租界条约》。你们企图用奴役民众的办法来统治广州湾,用征服安南盘剥附庸国的办法来盘剥广州湾民众是行不通的。"

议员们一个个不知为什么都来了勇气,与跟刚进门那阵判若两人,人人都抢着说。见第打司特不但没有采纳意见的样子,反而表现出极不耐烦的态度,大家绝望了。怎么办呢,不干算了。大家又一次摘下议员牌子,噼里啪啦往桌上丢,义无反顾的样子。

第打司特暴跳起来,嗷嗷地叫着什么,双手把桌上的牌子狠力一拢,捧起来往地上一摔,牌子撒了一地。师爷赶快弯下腰去,把牌子拢作一堆,装进一个牛皮纸信封里,扯了扯一个议员的长衫,示意他拿好。见没有接,递给另一个,也没接。师爷为难地捧着一袋牌子,一旁站着。

议员们在大厅里已经足足站了一个时辰,道理讲了一大堆，一个个口干舌燥。第打司特怒目圆睁，鹰钩鼻上冒着汗珠，他不想跟这班人再纠缠下去，转身向楼梯走。没想到这班人居然像一群饥饿的鸭子一样，追着他喋喋不休。第打司特气愤至极，竟提起一只脚，朝身边一个议员踢去，那议员踉跄两步，侧倒在地。第打司特看也没看，一路噔噔噔地下楼，扬长而去。

师爷走过来，把装牌子的纸袋递给陈勇祥，眼向四周扫了一圈，小声说："兄弟，这不是咱讲理的地方，回去吧。还是拿回去吧，意气用事不行哦。"

议员们走出法国总公使署，迎着吹来的海风，头发一下乱了，心里没有了主意。但一颗担着重责的心却轻松了下来，总算完成了一次使命，回去可以大言不惭地对乡民大众们说："我们已经尽职尽责了。"

四十五

有几个人总觉得自己的责任没有尽到，心中始终感到愧疚。

南三议员陈勇祥、陈竣山回来后彻夜难眠。到法总公使署请愿不成，义务公役法马上就要施行了，广州湾人的身上又多了一重枷锁。陈勇祥思来想去，心有不甘，难道二十万同胞就这样分文不值被赶进受奴役的牢笼？希望法国人发善心已经没有可能，因为他们租借广州湾的目的就是掠取，想尽一切办法多掠夺！义务公役实质就是一种间接掠夺。广州湾人正像一群被赶向深渊的囚徒，水越去越深，眼看着已经头没脚浮了。没有救世的上帝，没有补天的女娲，那只有靠他们自己了。他想起"自救会"，想起"议员会"。又觉得那些组织都是些个软面团，难成大事。他想起一个人，这人也许是上帝，也许是女娲。可这个人又不是一个人，似乎是千千万万，又是千千万万凝汇成的一个。他在哪里？他在茫茫的人海里。他想到共产党人黄学增，可是自1928年南路特委黄平民、朱也赤等人被害之后就再没有他们的消息。他苦苦寻思，看来他只有去找一个人了。

惊蛰的雷声像一个下坡的铁罐，轰隆隆的从远处滚来，又轰隆隆地向远处滚去。一幕雨帘垂天而下，忽东忽西，曼妙而轻盈，像仙女舞动的裙裾。等又一阵雷过，那裙裾由轻轻的薄纱变成了厚厚的褐布，天地暗下来了，四野是哗哗的响声，沼蛙在近处你一声我一声地对唱，远远近近的池塘都在欢呼。田野里大大小小的蛙声遥相响应，到处一片热闹。雷声越来越猛，雨越下越大，四面全是春天沉重的脚步。

陈勇祥找到陈竣山，披上蓑衣，戴上宽边斗笠，驾一叶小舟，向三合窝方向摇去。小船穿行在喧哗的江天里，分涛剪浪，载着风雨向彼岸颠簸。船近沙岸，系好船，就急急顺着海岸东行。一路跨棘踏荆，来到淡水沟一间茅舍前，扣响木门。一会儿，一张亲切的面孔出现在眼前，他就是沙城议员陈应桃。陈应桃是二人在吴川川西小学时的同学，从读书时起，三人就交谊深厚。得知陈应桃是南二渔民协会副会长，又是南二早期共产党人，南路交通联络站就在他家里，非常兴奋。加上又有同为议员这一层关系，几人都以故知相看。

南路特委吴川县领导人陈柱等曾到沙城村里开展革命活动,也经常到南三一带宣传革命道理。诗云子曰里哪有他那样深刻的道理,他们都被打动了。因此一层,几人更有共同话题。

陈应桃也正为昨天请愿的事焦急。见了二人,先是一愣,口里却欢喜得连声叫道:"竣山晚叔,勇祥叔,来得正好!来得正好!"

"什么这个叔那个叔,都是同学,叫名字最爽利。"

"按辈分我就该称你们叔,今天是你们到我家里来了,这个叔还是要称呼的。"

"哎哟,倒攀起宗亲来啰!"

几人坐下,陈应桃就说:"我们议员总以为可以左右法国人的意图,天真得有点过了头了。当下民众也抱有这种侥幸心理,一度认为,只要我们到西营直面抗争,具陈民间疾苦,必定引起法国人的同情,就可以改变法国人的主张。事实已经证明,此路不通!"

"只有自救了。"竣山说。

"当务之急,是怎样自救。"勇祥说。

"光靠我们是不可能的了,何况我们议员中真正尽力的没有几个。'自救会'呢,看似是一班有头面人物,可没一个是扼得包口的。灾难面前,想到的是如何脱身,这样的人能当得了大事吗?依我看,只有发动民众联合起来,用自己的力量实行自救。"应桃把拳头一握。

"对!"两人异口同声。

"法国人早看透了咱议员的两面性质,软弱虚伪,名曰为民请命,实质是虚与委蛇,应付了事。加上议员制度,本身就是把我们当摆设的。你见过他们有哪一项政策是因为我们的建议而改变的啊？议员议员，我们议了，他们是从来不会改变自己的主张的。看来只有千万人的力量，才能撼动这株根深蒂固的法国梧桐。"竣山深有感触地说。

"可是千万人的行动，声势浩大，确实不易操控。这里面要有人暗中活动，暗中指挥才行。来明的又行不通，前天不是抓了几个出头露面的了吗？幸好及时解救，他们才放人了。要想来个翻江倒海，先得有暗流涌动，然后凭借烈风的威力，推波助澜才行。表面上看，都是民众自发行为，让他们看到民众就怕，却又无从下手，这才是妙招。怎样发动呢？我想了很久了。眼见三月十六清明已近，各地宗祠必在清明后一天公祭始祖。中国人至重宗族之亲，最恨外族的侵略。法国人强行租借广州湾，本身已经存有民族怨恨，加上三十多年来官贪吏恶，劣行不断，苛捐重重，民不聊生，近又决意推行义务公役法，何异于将干柴置于炽炭之上。趁清明大祭之机，点一把民族义火，来一个火上浇油，必然烈焰冲天。"应桃似胸有成竹，继续说，"万事都在因势利导。法国兵登陆南三广洲湾村坊一带，是西历1898年4月22日，正是光绪二十四年闰三月初二，那是一个耻辱的日子，是广州湾人乃至全国人终生难忘的国耻日。今年也有个闰三月，我们这一带不是有三月三炒虫炒蚁风俗习惯吗？传说三月三是麻风佬生日。这一天，家家户户炒米炒谷，意在炒灭麻风虫毒。法国人入侵广州湾以来，无恶不作，何异麻风佬入境，人人憎厌。我们就在国耻日的第二天，来一个三月三打番鬼，来一个三月三炒麻风。既能以国耻唤醒民众，不忘国恨家仇。又可以让人明白，法国殖民者就如麻风佬一般，应该愤起而驱逐他们。只要所有人都行动起来，万众一心，来一次示威游行，在法国人面前充分显示广州湾人的浩大声势,充分展示广州湾人反抗实行'义务公役法'的决心和力量,就能逼使法国人放弃'义务公役法'。"

竣山说:"对,时间就定闰三月初三。正三月十七,是清明后公祭之日,要在这天大力活动宣传,讲明宗旨,充分调动民众的反法情绪。现在起就要暗中约定联络人员,约好联络信号,我看就以击鼓为号,要求民众闻声而动,在本地预定地点集合,再向坡头进发。具体时间不宜过早公布,只让民众记住:五更鼓声一起,立刻行动。各地集合地点以人多常到的地方为宜。中国人第一重祖宗,第二敬神灵,祠堂是祖宗魂归之所,庙宇是神灵威仪所在。一句话,祠堂、庙宇是人心归附的地方,在那里集合最能聚合人心。各地就以庙堂、祠堂为点,开展动员誓师行动。"

停了一下,沉吟片刻,他继续说:"这么大的举动,要振作人心,群龙先得有个头,有个总指挥才行。"

"指挥可不能抛头露面,要考虑事后可能出现不测。至于谁人合适,再行物色。"勇祥说。

应桃点点头表示赞同,说:"为了壮我声威,先举行总誓师大会,在誓师会上议定总指挥。好不好?"

"没有个头儿怎样誓师?还不是乌合之众?"勇祥说。

"这个不同,反法是民族大义,只要有人召集,没有不响应的。拉上三柏的李聘珊,我们几个先做个会议召集人,筹备人。"应桃说。

"可是大会在何处召开合适?"几人嘀咕。

"哎,就定在离租界较近的唐界附近,我看三柏大宗最为合适。三柏在唐界一边,虽接近租界,但法当局发现了也无法干预。而且三柏李姓是个大族,人数几十万,影响最大,声威最壮。响应面必定很大。"勇祥说。

定了大会地址，又物色了一批宣传干将，议定宣传提纲，确定参加会议人员。商议既定，几人便分头行动。

吴川三柏大宗祠，坐落在法租界北边的鉴江西面，离租界仅一里地。这天，来自南三、乾塘、坡头等地宗族主事人，"自救会"、"议员会"、地方耆老、地方名人等都陆续到齐，集合在大宗祠广场前。会上推举米稔人陈宝华为"三月三抗法指挥部总指挥"。陈宝华是国民党陆军第六十四军补充营营长，曾当过国民党吴川县县长。因亏空公款被追查逃避在外。现正闲居于唐界一边的大茅村。既然大家一致认为他有过军旅经历推举他为总指挥，他也没有推辞。在会上做了一番慷慨激昂的讲话之后，陈李两姓族长也慨然发言，言辞激烈，声情感人。他们说："我们共同的仇敌是法国殖民者，我们一定要团结一致，同仇敌忾，外御其侮。地不分吴川遂溪，南三南二；姓不分赵钱孙李，陈郑张黄。炎黄子孙，同心勠力，把五只手指合拢，攥成一个有力拳头，统一行动，对付我们共同的敌人。"

接着排案焚香，供上果品粉猪面羊，面对苍天旷野，众人望天跪拜。主祭朗声宣读誓文，其文曰：

当此春雷震令，龙蛇蛰醒之时，广州湾各界英贤，义集于吴川三柏之乡，以珍果素牲致祭于昊天河岳之灵而告曰：父天有好生之德，母地有茹育之恩。故济济万物得以融和滋生。然人有逆天之类，国有逞恶之邦。今者，有化外蛮虏法国，与俄、德、英、葡为谋，争相裂我金瓯，瓜分国土，以租借为名,强占我中华边陲。趁国运衰微,恃船坚炮利,占我南疆,致令二十万人沦为无邦无国之奴;奸淫抢掠,画地为牢,遂使三千里水陆人间变成地狱。自蛮夷入殖以来,步天灾而加患,租税倍赋;视民生为俎肉,宰割贪腥。民已不堪水火之蒸,物已尽征科之耗。今复倡义务公役之法,驱民以供其奴役;实继人头身税之招,敲骨而享其吸髓。地已不堪重累,民已竭尽脂膏。古语云,民不畏死,死亦何足惧哉!吾等决意揭竿而起,拼死抗争,或可尚期一线。今易水击筑而歌,对天歃血而誓:万众一心,同膺举事。有心怀畏葸、志摇不定、半途而废、叛道而行者,天地不容,万众同诛!

誓毕,刲鸡歃血,密定闰三月初三为举事日期。指定南寨广福庙、沙城大窝天后宫、梅魁三帝庙、乾塘胜塘岭、乾塘大宗祠、米稔大宗祠、南三田头小宗祠、坡头博立拜斋坡等地为集合点,午时前集合于坡头关帝庙。同时确定了各乡各点负责人,指定正三月十七为各点动员日期。并声明举事前一律不准透露行动日期,只听五更鼓声为号行动;严禁任何人向外宣扬抗法动员事宜和透露主事人姓名等。

四十六

距离清明还有十天。

坡头圩各路口、各村路口都围着一圈圈人,他们伸长着脖子看着一张张黄纸红印公文。公文宣布，义务公役法即日起施行。为完成坡头高岭至乾塘高岭儿路段工务，着各村乡务必在清明前十天督促在龄男子完成划定工段义工任务。消息传开，到处一片哗然，唏嘘声、咒骂声不绝于耳。

时间一天天过去，已经三天，没有人到工段上去。村上的议员、甲长来了，议长、保长来了。他们放下了狠话，明天再不开工就要抓人了。

第四天辰时一交，陆陆续续就有人在岭头上出现。南三来的，坡头来的，乾塘来的。到处是人，蚂蚁一样在大岭上、长坡上移动。路段已经按一家一户分定，用木牌插好，木牌上写得清楚分明。一面面小旗远远近近地招摇，那是各村路段的标志。

到来的人有用锄头挑着一担粪箕内搁一个瓦盅的，有腋下夹一个营草包的。草包里有铁锤，铁钎，还有带上的午餐。带粪箕的就挑土筑路基，带铁锤的砸石头。那些廉江运来的玄武岩石，黑而且坚硬，一锤下去，猛地一蹦，飞一边去了，只留下火星和焦味。它们不肯轻易就范，干起来实在费劲。那些自带的锤子，多是家里锤钉螺的家伙。钉螺是海边人的桌上常食，家家户户就靠这把锤子，把煮熟了的钉螺捶碎，淘肉，做送粥下餐的菜。那锤子砸钉螺毫不费力，现在砸的是石头，没砸多久，锤子就卷了帽。好在另外有人将粗大的石头用大锤砸成拳头大小，这些小锤才发挥了一点作用。砸了半天，才砸了那么一小堆。望着自己的路段，就唉声叹气起来。这样下去，任务何日能够完成？怨声也越来越多了。有人就说，鬼佬工，能蒙即蒙。于是有人在路基上扒开浮土，将一块块没有砸过的大石头埋下去，然后在上面薄薄地覆盖一层碎石,以为这样可以蒙混过关。谁知"呼"的一声,皮鞭闪电似的在眼前一剜,监工瞪着两只红眼在面前站着。只好乖乖地把石头挖起,忍着掌上灼热的疼痛埋头苦干。

三月的太阳已经燥热,一冬里没照过几天太阳的头脸顿时火辣起来。陆续有人吃午餐了,他们有的抱着瓦盅坐在地上顶着火辣的日头,咽着两截番薯。咽一下就着瓦盅喝一口米汤。凉了的番薯硬邦邦,啃一口,没精打采地嚼着,脖子一伸,番薯咽下去了,连连打了几个噎。然后从菅草袋里摸出一小包螺肉,这是下餐最好的菜了。这螺肉就是用刚才捶石头的锤子捶出来的。味道还算可以,只是里面常常藏着一小片螺壳,吃着吃着,咯噔一声,眉就皱起来,牙齿一阵酸痛。有带的是稀粥的,捧起瓦盅,瓦盅里马上现出自己的脸面,睫毛依稀可数。喝完半瓦盅稀粥,肚子鼓了起来。可是等起来拉了泡尿,肚子又瘪下去了。有从草袋里掏出一把葭苧子的,就着河坎下舀来的山泉,若有若无地嚼着。葭苧子是海边葭苧树的果实,那东西专为穷人而长,每年三四月,正是农家青黄不接的时候,葭苧树长出果实来了,穷人们纷纷到海边采摘,或煮熟,或晒干。那东西并不是什么时食美味,其味道苦涩难吞,不是到了饿极难忍,谁愿意吃它呢。那东西吃到肚里之后,肠鸣胃叫,里面连连造反,肚子半天鼓胀难受。可是穷人们还得感谢它,正是有了它,一年的饥荒才勉强熬过去。

工地上叮叮当当,响声连成一片,一路从西头响到东头,从黄色的泥岭响向白晃晃满是银沙的长坡。蜿蜒十多里,飞扬的沙尘在人们头上卷来卷去,然后涌向高处,漫天扬起,像一条黄龙在旷野上腾飞。

干了大半天，人们筋疲力尽。心底下那股反抗之火不断上炽。愈炽愈烈，由反抗而生厌倦，由厌倦而消极惰工，继而产生弄虚作假念头。有人乘监工不在，又在路基上挖出一个大坑，把几块大石头搁空垒成个石洞，然后众人七手八脚覆盖上一层黄土，再在上面薄薄地铺上一层碎石；有人从别处挖来土块，刨开路基，将土块埋下，再覆上一层碎石。人们知道，弄虚作假，蒙混欺骗，本是不道德行为。但在别人的欺压面前，一味地愚昧憨厚，埋头为人苦干，确实也是蠢笨至极。愤恨既然无处宣泄，人们只有用这样的儿戏办法换取一丝快慰，也算是小小报复。后来常常有人把出工不出力，不讲成效后果的劳动戏称为"鬼佬工"，出处就在这里。

黄日西沉，监工们爬上汽车，议员议长甲长保长们都回去了，叮叮当当的锤声慢慢少下来。撑着酸痛的腰朝远处一望，路迷迷茫茫，蛇一样的向远处伸去。回看眼前，每个人都长叹一声，这得多少天才能完成啊。完成了这个，说不定又来个什么工程。一个月四天，永远做不完的鬼佬工，苦日子哪日才是尽头！人们一路嘟嘟囔囔，踏着沉重的脚步走向黑暗的夜里。

四十七

米稔大宗祠里，庄严而肃穆。来自化州、雷州、南三、东海岛、官渡、龙头、坡头以及紧邻村庄的宗亲几千人，祭过了祖,利用这一年一度难得的机会互相问候,共聚情谊。今年的祭祖,与往年不同,一是多了一条归来认宗的村庄,那就是南三的沙凹村。近百年的寻宗问祖路,踏遍了近山远水,想不到踏破铁鞋无觅处,居然在一次不愉快的冲突中找到了自己的根,寻回了自己的祖,大家激动得热泪盈眶。面对那块象征性的神主牌,众人肃然起敬。耳孙鼻祖,世上没有人能见着,但面对着那块牌子,却真像见到了久别的亲人一样。

各地宗亲对第一次来归祭祖的兄弟,倍加亲热,尽管有的言语不通,但只要两手握在一起,就有一股暖流在彼此的身上涌动。外地来的宗亲,谈话中尤其关注广州湾内宗亲的处境,听说法国人又在施行"义务公役法",被逼参加义务劳役,大家无不愤慨。

有人站在大门外大声演讲,历数法国人租借广州湾以来,怎样辱我同胞,毁我宗庙祖坟,肆意侵我国土。怎样加征苛捐杂税,罔顾天灾人祸,横征暴敛,逼得民不聊生。怎样把广州湾租借地变成殖民地。鸦片泛滥,毒害生民,赌馆妓馆林立,残害百姓。还有盗匪横行,杀人越货,乡里几无宁日等等。今又变相征收人头税,以"义务公役"之名,强迫百姓为他们无偿劳役。听到这里,众人自然想起前些天疲于奔命,忍饥带饿为法国人熬苦力的情景,个个都有一肚子倒不完的苦水。

那人往更高处一站,说:"同胞们,义务公役法刚刚开始,他们有更多的苦役等待着我们去做。修完了这个马路,肯定还有别的马路。修完了马路,肯定又要修码头、炮楼、机场。总之,只要法国人统治我们一天,我们就没有安生的日子过。我们不如团结起来，共同对付他们，坚决反抗义务公役法，维护自己的利益。我们每天靠卖苦力才能养活自己和家人，凭什么一分不给，我们就要为他们做牛马？同胞们，不管是南二的，南三的，东海的，遂溪的，只要我们团结一心，跟他们抗争到底，惧怕的一定是他们。我们要用千人万人的力量，逼他们退让，逼他们放弃'义务公役法'。同胞们，如果有一天需要我们起来造反，你们敢不敢干？"

"敢！"

"问什么敢不敢？大不了是个死，只要有人行动，我们一定干！"

"敢，有人开声，我们一定干，把法国人赶出广州湾！"

"把法国鬼赶出广州湾！"

"什么时候行动啊？说吧，就听你们一声，我们马上响应！"

"我们也要来，跟兄弟们一起干！"这是租界外的宗亲在大喊。

"听好了，鼓声就是号令。哪一天五更鼓声一响，我们马上行动！"那人大喊。

呼声在祠堂上空震荡，几只蝙蝠吓得从桁木下飞出，冲着墙壁四面乱撞。

在埇田村功夫馆前，埇田村的男男女女都出来了，他们以最朴素而热烈的仪式欢迎就要到来的亲人。馆前的空地上，砌起一座新灶，灶上架一口大锅，灶里烈焰腾腾，锅里沸水翻滚，沸腾的水里是白花花的米。米在锅里涌动，慢慢变大变长，舀起来一看，晶莹透亮。米才透心，剁好的萝卜干碎就撒下去。一锅腾着粳米香气的菜头儿粥煮好了。出锅盛到盆里,盆上摇晃着白气,过了半个时辰,盆面上泛着皎洁的琼浆。粥慢慢凉了,静候着,静候着。

村头走过来一群人,前面引路的是子善、大田和富哥。来到功夫馆前,全村人都欢呼起来了。几百双手紧紧相握,你看着我,我看着你,奇怪的眼泪居然在最欢喜的时候流出来了。

沙凹村中几个兄弟特意找到高佬和六哥,互相抚摸着。你我身上的伤早已痊愈,心上的伤让这一阵抚摸,痕迹早已熨平,只是愧疚和悔恨总是留着淡淡的影子,挥之不去。晚叔挽着子善,来到大家面前,埔田村里所有的人都望而起敬,如果不是这位仁者长者识大体顾大局,两村也不会那么快就走到一起。每个人都与他争相握手致意。

哑巴这边瞧瞧,那边看看,跟谁都啊啊呀呀一阵。见着陌生人就拉起裤腿,指着伤疤,又指着子善,又向四周甩着眼寻找,竖起个大拇指,啊啊哈哈笑着。

大家吃着可口的菜头儿粥,六哥满怀歉意地说:"各位长辈、弟兄,今天用这最普通不过的东西招待第一次会面的亲人,实在是有失情面了。望众位亲人见谅。"

晚叔站起来说:"哎,怎么能这样说呢,君子之交淡如水嘛。水虽然淡,但问世间还有什么东西比水更珍贵的呢,我看没有。今天不看吃的是什么,就看一副古道热肠。你们的热情我们深深感受到了,什么都比不上这份火辣辣的盛情呀。深情能从平平淡淡中看出,友谊是要普普通通的日子来体会的。今天吃着这碗非同一般的粥,我心里热乎着。不知大家有没有同感,假如你今天用山珍海味招待我,反而使我生分，我觉得我是客人；你用这洋溢着亲情的家常便饭接待我，我真的感受到回家的温暖，我们简直就是一家人了。更何况大家彼此的钱都来得不易，生活都那么难，这种接待使我们安心。但愿我们两村兄弟如鱼在水，天长地久……"

哗啦啦，热烈的掌声打断了晚叔的讲话。他停了一下，接着说："公叔伯婶，弟兄姐妹们，以前我们曾经糊涂过，打过，交过恶。那是过去的事了，现在我们是一家人了，我们绝对不会再做那样的傻事了。现在我们要挽起手来，筑成一道人墙，对付我们共同的对手。"

后面的话有点辣味，刚才没到米稔大宗的人听了一愣，张大着嘴等着晚叔继续说。可是晚叔没有继续说，他看了一眼旁边的子善，点点头，子善会意，腰杆一挺，大声说："古话说，兄弟阋墙，外御其侮。以前我们兄弟曾经打过，现在我们不打了！我们要联起手来，对付共同的敌人。当下，法国人步步紧逼，逼得我们连生存的机会都没有了。加租增税，现在又搞'义务公役'，我们以前曾经反抗过，现在是刀枪搁在脖子上了，不去不行了。还有什么办法让他们停下来没有？有！但办法只有一个，那就是团结起来，地不分南三南二，姓不分赵钱孙李，团结一致，共同抵抗法国殖民者，我们才有生天。"

"对，早该反了，不给他们点颜色看，总以为我们好欺负呢！"

"驱逐他们，把他们赶出广州湾！"

"一起行动起来，绝不给鬼佬白做工！"

"兄弟姐妹们，我们就等哪天一声鼓响，一起行动，打番鬼，反压迫！"子善在高呼。

埇田村里像一锅煮沸的粥，热气高涨。

四十八

广州湾租界,西起麻斜海湾,东至乾塘沙城南寨,南自南三全岛,北至坡头高岭九有,这些天每个地方都像沉默下来。人们侧耳聆听,期待着一种声音。深夜期待着,讨厌的鸡啼声总是纷纷扰扰,乱人视听;早晨期待着,令人厌烦的牛哞、犬吠使人心绪不安;中午的嘈嘈杂杂之声,使人误以为那声音来了,细心再听,又似乎不像;傍晚了,估计那声音不会响起,人们似乎有点扫兴。分明知道那鼓声必定是五更打响,可是人们生怕推迟了提早了,一时分神听不到,整天侧耳聆听。今天过去了,只有期待明天了。

一天一天等着,又跨一个月了。眼见到了闰三月初三,如果不是闰月,已经是四月天了,天有点闷热,加上一夜无风,黎明前十分燠热。鸡刚叫五更,西南角忽然传来雷鸣般的鼓响。顿时,东面,北面,西面,像从天边夹着雷声滚来,像从海上伴着惊涛涌来,震天动地。近处,所有村庄的鼓也响起来了。远远近近,如惊雷掠地,似倒海翻江,满世界都颤抖在鼓声的浩荡中。

东自海边的沙城、南寨,人流越过梅魁江,与梅魁三帝庙前的队伍汇合,浩浩荡荡跨过北戈江,涌向胜塘大岭。到乾塘大宗、米稔大宗,队伍又壮大了一倍。过了米稔江,沿路村庄的队伍不断融入。队伍越来越雄壮,像磅礴的江河,洪流滚滚。人们肩上扛着锄头、禾叉、标枪、马叉、大刀、网桩、木工砍刀。举着"番鬼佬滚出广州湾！""抵制义务公役法""反对一切苛捐杂税！"等白底黑字或红底黑字的竹匾横幅。竹匾本是一圈一圈卷起用来逛谷的器具，习惯称为谷埠，眼下没有稻谷可存，把它派上新的用场，拉抻开来贴上标语当作横幅，引人注目。不断有人奔跑着，追逐着，融入队伍，向着坡头方向涌去。

南三江边，乱帆如叶。还有千千万万的敞篷船、舢板、跳鱼船、钓鱼船，也像秋风江上的飘叶，乱纷纷向北岸进发。卸下人，又返回南岸，继续渡运。博立拜斋坡上，早已人声鼎沸，各色大小旗帜猎猎飘扬。写满黄字黑字的横标在晨风里摇晃。两支队伍汇合一起，潮水一样向坡头扑去，人们一路喊着："三月三，打番鬼！""三月三，炒麻风！""广州湾人团结一心，抵制义务公役法"，气势汹涌。

公局楼里慌作一团，远远近近的鼓声让这里的人惊心动魄。眼下又不是年例，这么多的鼓声接连而起，一定与前些天议员们反对义务公役法有关，他们预感到事情不妙。登楼一望，圩北面的关帝庙前，已经蚂蚁一般聚集了黑压压的人。遥望塘博村大路，一股巨大的洪流正由东面扑来；南面也人头拥涌，沙尘飞扬。四面八方汹汹涌涌的全是人流了，此起彼伏的呼喊声不断传来。眼见一场撼天动地的波涛就要扑到，公局长陈国才急忙派人急报西营总公使署，正要通知殷多东，营盘里的警察士兵还没有反应过来，已经让浩浩荡荡的队伍围起来了。很快，公局也让洪流围困，口号声、呐喊声震荡着。公局长急令紧闭重门，登楼密切关注事态。

这边营盘里二画官殷多东见人越来越多，旗帜上都写着张狂的大字,问旁边的人,知道是为反抗义务公役法而来,急忙吩咐警察坚守大门,荷枪实弹以待,以防不测。又急急带着帮办登上楼顶,遥望四面情形。不看犹可,看了顿时倒退两步,倒吸一口冷气。原来圩的四面田野里树林里,到处是人,旗幡飘飘,喊声阵阵,竟像翻江倒海一般。圩上的街道里黑乎乎填满了人,到处是呐喊声。他听不懂,问喊的是什么。帮办说:"官逼民反,法国佬滚蛋!"殷多东一吼,一时失控,竟向那人飞起一脚。他的头嗡嗡响起,他不愿多看,又忍不住要看。整个坡头圩就像一只飘摇在人海里的小船了。圩上大大小小的房屋、楼房都摇动起来了。人越涌越多,好像从天而降。人的海洋波浪翻滚,那些房屋、楼房都像要漂浮起来了。不远处的公局楼以及自己脚下的这栋营盘楼也被人海的巨浪和声浪撞击得似要摇晃起来。殷多东嗷嗷叫着:"太可怕了!太可怕了!哪来的人,哪来的这么多人啊?想不到坡头居然这么大。我的天!"忽然想起平日里听帮办、翻译们有关"世界都是坡头圩大"的笑料,惊看眼前恐怖场面始觉并非笑谈,吓得两肩一耸,双手一摊,失声叹道:"啊呀呀,这世界算坡头圩大!这世界算坡头圩大!"他梦呓一样重复着。一会儿,他豁然醒悟,我怕什么,我不是有枪吗?他冷静下来。瞪着眼怒视远方。

那句"这世界算坡头圩大"后来被传了出来。跟人们常说的"世界都是坡头圩大"语法虽然不同,意思却是一致的。"世界都是坡头圩大"竟得到一个法国当局官员的认证。此话因一场声势浩大的反法斗争传得更加沸沸扬扬,惊动了国内,传到了国外。"世界都是坡头圩大"被赋予了一种崭新的再不是一般的含义了。

公局楼二楼上的阳台，平时是局长和幕僚们闲聊远望的地方。可是今天，成了他们彷徨踱步惶恐四顾的笼子。绿衣兵、团勇都龟缩在大厅里。外面呼声阵阵，声声喊着要他们出来。他们不敢下去，一旦落在这班怒不可遏的人手上，不死也得受辱一场。但躲着又不是办法。他们要试一试来者是不是还有点善意，局长就谨慎地向外探头，只见一面红旗堵在公局大门外，上书："官逼民反，抵制义务公役法！"他刚露面，楼下就轰然大喊："出来！出来！不承应撤销义务公役法，我们决不罢休！"

"有事好好说，好好商量，我们都是讲道理的。"公局长说。

"那就下来跟我们讲，'义务公役法'还实不实行？"下面大喊。

"商量是可以的，大家先退一步，派出代表来谈，这样扰扰攘攘的可不是体统。"

突然不远处阿懒塘边，呼声四起，人头骚动，人流旋风一样，旋来旋去，总跟着一个人疯狂追打。只见那人抱头鼠窜，向公局这边逃来——是双百长卢文廷。原来他一早往赤坎公干，刚回来正好撞在蜘蛛网上了。

"捉住'一撮须'。""打倒无恶不作的卢文廷！"喊声如潮。人们恨不得逮住他，抓住这个残害百姓、伤天害理、横征暴敛、不择手段的狂徒，恨不得剥下他一层皮来。可是他跑得飞快，脚下的皮靴扑起一路飞尘。他夺路飞向公局，公局门前的人都像等着飞来的禾鸡，摩拳擦掌。谁知那家伙精得很，他不向大门逃，却望着侧门跑。一个手握两根耙钉的青年飞步上前，在矮竹林边将他截住。后面大喊："逮住他，逮住他！"卢文廷情急中拔出手枪，照前一晃。青年侧身一闪，卢文廷乘机窜了过去，钻进竹林。青年奋力上前，捉住了卢文廷一只靴子，卢文廷拼命挣扎，终于挣脱。有人接应他进了后门。门还来不及关上，青年人已经一个箭步冲了进去。

门外喊声大震。

卢文廷急忙奔上楼梯，喝令锁上楼梯铁门。

"陈土轩，上，上！"外面大喊。陈土轩两眼喷火，攥紧两根耙钉，将钉插进墙缝，借助耙钉，两脚蹬墙，没两下跃上一楼窗眉。下面喊声像浪涛汹涌，陈土轩举起耙钉继续上爬。卢文廷看见那两枚不断向上的耙钉，心惊胆战。摸着刚才被这小子抱住的曾被耙钉戳穿过的这只脚，连声叫险！转眼见那小子的头已经在二楼窗台上冒出，更加惊恐。没想到这小子如此狂妄，居然紧追不舍，他顿时怒火中烧，拔出手枪，"砰砰"就是两枪。

陈土轩应声落地，鲜血飞喷。外面"啊"一声，所有喊声突然停止，天地间突然一暗。那子弹像穿透所有人的胸膛，所有人的胸口一阵疼痛。所有人一齐扑向铁栅。

天黑了又亮，亮了又黑，像垂下悲戚的大幕。

突然像醒来，有人大号："法国人开枪了，法国鬼打死人了。"围墙外的喊声又像午后的蝉声猛然响起，所有人振臂高呼："让他们偿还血债！""为死难者报仇！"人们用力推门，大门哐啷哐啷颤抖着，震动着，突然轰一声倒下去了。人们冲进公局大院，扑向陈土轩，人们还心存侥幸地把手伸向他的鼻孔，发现已经没了呼吸。大家像脚下踩到火炭，猛地跳起来，一齐冲向楼梯，可是楼梯铁门已经锁牢。有人立刻冲进旁边库房,发现里面有枪,有子弹。大家纷纷抄起枪,塞上子弹。

楼上见状,更加恐慌。这些人手中有枪,局面将何其惨烈。绿衣兵、团勇们赶快举起枪来,"一撮须"丧心病狂大喊:"开枪……"枪声猛烈响起。墙上,路面上跳曳着火星。子弹在人们身边、头上呼啸。

两个人相继倒下。

人群向后退去。枪声大作,公路边又有两人倒下。人们纷纷四处奔逃,惊恐呼号。

"乡亲们,同胞们!我们不能退缩,上!"随着一声呼喊,一面血红的旗帜冲到大门前,跟着是数十个腰束红带手握网桩的人,那是武馆的师傅和徒弟。还有十几个光着上身、体胸虚胖的彪形大汉也冲到门前,那是油行的伙计。他们大喊:"开枪吧,开枪吧!怕死不是广州湾人。"退下去的人复又涌回来,再次把公局围得密不透风。

"砰",人们一震,转头四顾。那位擎旗人晃了两晃,身子向上一挺,趔趄两步,终于立脚不住,轰然倒下去了。

"哇,哇,哇"一个不一样的哭喊声震动着大地。一个与众不同的面孔扑了上去,那是哑巴。

"子善……"沙凹村的弟兄们大喊。埇田村的弟兄们大喊。所有人都向前涌去。

公路上轰隆隆开来汽车,车上跳下蓝带兵。一声恶喊,所有的兵站成几条直线。又一声恶叫,所有的兵右转抬臂,噗噗噗向公局跑。领头的用枪压开人群,队伍到了大门边站定,端起长枪,齐刷刷站成几排。

门边那些腰束红带手执网桩的人,赤膊袒胸的人依然堵在门前。他们与那些蓝带兵对峙着,怒目相向。

人们纷纷解下身上衣衫,含着眼泪为死难者盖上,然后深深鞠上一躬。人们沉痛地议论着这些人的姓名,关注着他们是哪里人。

"他们是广州湾人,是广州湾的儿子。"一个洪亮的声音回答。

大家擦着眼泪。人们不再呼喊,知道呼喊也没有用。只把满腔的怒火深深埋在心底。

人们在太阳底下曝晒了一上午,又饥又累,口干舌燥,仍然坚持。突然,阿妗儿随着敬善堂里一班师太扶着独轮车,挥汗而来。挨街逐巷放下粥煲、碗筷,催促人们赶快将就吃点。来到公局门前,见了衣衫盖着的尸体,师太们双掌合十,念声"阿弥陀佛",潸然泪下,伫立而泣。

出了人命,法国佬知道广州湾人不肯善罢甘休。直到下午申时,人山人海依然波涛激荡。法国人只好答应谈判:答应先拨钱把死难者安葬,抚恤家属;撤销义务公役法的事,要请示再行谈判。

"不答应撤销'义务公役法',死难者的血就是白流。我们对不起他们。同胞们,我们不能就此罢休!"油行的伙计大喊。

"不撤销'义务公役法',我们就不离去!"所有人在大喊。

公局大院的水井被锁上了,公局四周堆满了柴火。眼看这些人真要豁出去了,他们要断公局楼的水,火烧公局楼。公局长吓得筛糠似的抖着。

蓝带兵们的枪端得齐刷刷的,黑洞洞的枪口对准人的海洋。海洋里那血肉之躯，一个贴着一个，一个挨着一个，一个个怒目圆睁。枪对付得了那么多人吗？一个倒下去了，后面还有千千万万。那些蓝带兵有些惶恐了，脚不停地抖。

"你们回去吧，回去吧，明天回复你，明天回复你。一定一定！决不食言！撤销，撤销！"公局长在楼上颤声说。

"你们说了没用，要殷多东出来答复。"几个人喊。

"这就是行政委员的意思。撤销，撤销！他同意了，还得知会法国总公使署呀。那只能是明天了，各位，各位！咱们先回去吧！"

营盘那边，殷多东在楼顶上不知踱了多少圈。站了一下，又一圈一圈地踱，他不停地搓着两手。忽然放眼西望，见无数示威的人仍在呼喊。呼喊声起起伏伏的传来，定神细望，原来马路上阿懒塘一段已经被掘开了。他的汗一下出来了，麻斜至坡头的交通已被截断，不要说外面支援的车辆进不来，就连被困在公局楼前的援兵也回不去了。"坡头，坡头，坡头太可怕了！"沉吟良久，只好叫传话：撤销"义务公役法"。然后驰电法国总公使署，具陈事态，申请引咎辞职。

太阳快要落山了，人们只好相信殷多东的话是真的。

西落的太阳把满腔怒火射上西天，半天霞光红得耀眼。人们拖着沉重的脚步，心里搁着一块石头，怀着一腔悲愤，闷闷地回去了。

四十九

沙凹村这几天跟所有的村庄一样，街头巷尾都在议论，议论着前几天打番鬼的事，议论着那几位惨死的同胞。谈论着他们的勇敢和悲壮。几位牺牲的人中，有个他们最熟悉的人，就是那位到过村里的子善。多好的一位青年，惨死在法国人无情的枪口下，大家无不摇头叹息。卜妹听到消息，半信半疑，她急忙找来哑巴，盘问证实。哑巴不会说话，平时有什么心事全用"咿咿呀呀"和表情动作表达。今天却哑到连咿咿呀呀都没有了，他垂头丧气，满脸藏着悲哀。卜妹拉着哑巴问："子善呢？子善他怎么啦？"哑巴什么也没有说，眼泪像檐头下的滴雨，一串连着一串，不停地淌，哑巴从来没有流泪，万般痛苦都在他呜呜呀呀的叫声里。今天他破天荒地流下泪来，他的心在流血。

卜妹彻底崩溃了，心碎了。认识子善以来，是子善的善良深深打动了她，他像温顺的小羊，像乖张的兔子，别人在大发雷霆，他的温和总是不为别人的冲动而改变，他的善良融在他的血液里，融在他的语言里，融在他的举手投足里，融在他那灼灼动人的眼神里。他是春天的微风，夏天的润雨，秋日的晨露，寒冬的暖阳。他所到之处无不给人一种祥和的感觉。自从子善到村中讲和，卜妹心目中的子善又不光是善良了，他的胆量，他的聪明更让卜妹心仪了。子善的胆量里有一种深情，有一种真挚，有一种催人泪下，使人为之动容的精诚。他那深情，那真挚，那精诚能软化人心中的块垒，能疏解人心里的阻塞，能洗刷人心中的怨愤。这一切源自他的善。他的善里有真情，有挚爱，有火一样的热烈。在国恨家仇面前，他的善不再是温和的善了，他的善成了担当，成了血性，成了骨气，成了钢铁。他把生命看成是流在国家血脉里的血，国家有难了，这血就要为国家而沸腾，为国家而喷涌。而今，他的血跟那些死难同胞的血一样，汩汩地流尽了，他们用自己殷红的血在人们心中铸成了一块永难磨灭的丰碑。

卜妹想起了那只船，那只刚修好的船。那船上有她刻骨铭心的记忆，有她永世难忘的承诺。她像疯了似的奔向江边，光着脚，散着发，衣衫不整。

哑巴急得在后面追。村里人看得目瞪口呆，不知发生了什么事。

卜妹扑向江边，绝望地大喊："船，船，那只船呢？"

村里人跟着跑出来，生怕卜妹因什么事想不开。

卜妹扑倒在沙滩上，痛苦号啕。人们不知道她为什么，阿婶伯母姐妹只是伤心地陪着流泪，卜妹没爹没娘了，太可怜了。

"船呢，船呢……它不会来了，我再不能过去了……"卜妹起劲捶着海沙，摇着披下来的散发，口里喃喃自语。是啊，她多么盼望那一天快点到来，就坐着那只船，船上锣鼓喧天，笑声阵阵，她依着子善温暖的肩头，被人们簇拥着，顺着那条江流款款北行，江两边红花绿树，村上张灯结彩……

大半天了，卜妹渐渐冷静下来，只断断续续抽搭着。她对阿婶伯母姐妹们说："你们回去吧，我不会死的。让我一个人静静心，慢慢就好了。"阿婶伯母都是过来人，猜想卜妹必定是为着一个情字。那些姐妹们也是最心细的，也看出因由来了，青春女孩谁没有过这般经历？只是没有这样热烈悲伤罢了。大家听了卜妹的话，也就稍稍放心，渐渐地都回去了，只有哑巴还呆呆地守着。

九有村东北，是一望无边的黄泥大岭，荒草萋萋。法国人修的马路，就在这大岭中间穿过。大岭北边便是唐界。在唐界一边，有一处凹下去的小盆地。盆地虽小，但在这旷野里，却显得苍苍茫茫。小盆地的西头，一片向阳的高坡上，有新土五堆。每堆土的西头都竖着一块墓碑，正面朝着太阳升起的方向。墓碑上刻有名字，名字下垂着浓重的红漆油，像眼里流着的血泪。五个坟墓两边，竖着一副挽联：为国慨捐躯，谋种类生存，知君义愤所钟，不惜牺牲留正气；救民慷浴血，想精神不死，愧我热情空抱，聊挥血泪泣英魂。这是闰三月三坡头抗法斗争死难烈士的坟墓。

有一个人牺牲后没有葬在这里。就是那个擎旗倒在公局大门外的后生。他倒下后被送到东街那间诊所。经医生努力抢救，那后生还是没能救过来。那后生喊了几声"兄弟们"，就咽了气了。他是埔田村人。村中兄弟眷念手足之情，为释朝暮之思，便将他运回故土，埋葬在村南那座高踞江边的岭上。他是陈子善。

青山处处埋忠骨，故乡他乡，都是他们丰碑所在。

陈土轩、杨真炎、陈福章、李康保、陈兴炎、陈子善，他们有一个共同的英名——广州湾铁血男儿。他们是鉴江河床上哺育出来的英雄，是乾塘热土上成长起来的好汉。

时近正午，九有大岭一片沉寂，偶有蹿上高天的云雀，在云间孤零零地独唱。突然又像石子一样从高天掷落，在凄迷的荒草中走走停停，转眼消失得无影无踪。

一个青春女子，身穿土布斜襟衫。头扎一根红头绳，脚穿一双黑布鞋。她一直低着头，手搭在前额上向四野张望，似在寻找什么。在这样一个寂静空寥的荒岭上独行，虽是白天，却无异于夜行。她走走停停，心应该是慌乱的。她走到那副挽联前停下，俯身向坟头墓碑寻找。看到了"李康保"三字，一下昏死过去。

女子是李康保的妻子。初二是他们结婚的日子。初三一早起来，依农村旧例，她跟丈夫见过高堂，下厨做饭。外面人们正议论着打番鬼的事。丈夫匆匆吃过饭，就出门去了。直等到夜深，才听说丈夫蒙难了……

她慢慢苏醒过来，四野茫茫，周围静得吓人。可是这世上再没有值得她害怕的东西了。她悲痛万分，泪落在荒草上。她颤抖着点燃纸钱，她的眼泪滴落在纸钱上，发出咝咝之声。纸钱升起白白的轻烟，轻烟摇摆着婀娜的身姿向上升起，像游魂飘魄。那烟携着她的泪，袅袅地上了青天。烟越来越浓重，聚成了一片云彩，向南飞去，在广州湾的上空飘着，游来游去。

五十

过了十天,坡头圩传得沸沸扬扬,义务公役法真的撤销了。还有一个振奋人心的消息,殷多东要走了,卢文廷要撤职了。坡头圩人真是大喜过望,一场抗法斗争终于取得胜利,英雄的血没有白流。这消息很快传遍整个广州湾。那些议员议长们奔走相告,说他们的心血终于如愿以偿。自救会的人更是踌躇满志。老百姓口里吁了一口气,心里说,总算不用到那条熬人的马路上做鬼佬工了。

闰三月底,罗秘正式走马上任,到坡头接任行政委员。传闻殷多东马上就要走人,大街小巷里议论纷纷,大家商谈着,给他一个怎么样的送别仪式最能大快人心呢,很多人准备着。

廿八这一天,殷多东夫妇两人满脸凄惶,提着提箱,从那座旧公署楼里出来,正要转道西行,坐车往麻斜过东海岛。忽见满路两边尽是红红绿绿的纸旗,上面画着奇奇怪怪的似文非文的图案。问师爷,才知道那是中国方术之士画的阴符。还有大大小小的四方纸旗,上面是他们夫妇两人仓皇逃跑的画像,后面追赶着手里拿着锄头木棍的农民。地上满是飞着的纸钱,纸钱忽而被旋风卷起,直向他卷来,直送到他的脚下。他一阵颤抖,这是一个送瘟神的场面。一个堂堂大法国二画官行政委员居然获得这样的送别仪式,他有点伤感。他不满当局对他做出这样的处置。他害怕还会遭到袭击，他不禁一阵悲哀，又一阵恐惧，这是一个不祥的兆头，他懂得中国人的意思，他不得不避。他们只好退回寓所，直等到天黑了才匆匆上路，黯然离去。

人们也为"一撮须"准备了丰厚的礼物，但左等右等，总没见他出现，有人说，他早在五天前已经离开坡头，不知调往何方。

五十一

正当人们沉浸在胜利的忙乎中，乾塘方面传来消息。昨天晚上，法国当局出动蓝带兵、绿衣兵一百多人，对乾塘那谋、九母塘村实行封村，挨家搜查。村民陈宝光因参加三月三反法斗争，被封屋抄家。家私什物一概被毁。听到拍门声后，陈宝光警觉起来，急忙爬上屋顶，正要从屋后逃走，被一束电光罩住，当场被抓。

一只麻包立刻当头套住，往下一拉，陈宝光被装进了麻袋。接着一阵乱棍抽打、铁锤猛砸。陈宝光大声呼喊，手脚死劲撑着挠着麻袋，一只脚撑破麻袋，被铁锤砸了两下，抽搐几下便不动了。只听哼哼几声，麻袋一下蹬直，便没了动静。血液很快染红了麻袋，渗满一地。

消息传出，各地一片恐慌。当天参加示威抗议游行的有四五万人，几乎涉及南三南二所有村庄家家户户。法国人卷起的腥风血雨，笼罩着广州湾大地，扰得天昏地暗，人人自危。

在当日示威抗议中，那些不惧抛头露面的，有一百七十多人列在了缉捕名单中。其中有议员强硬派、自救会领头人和中坚会员。这些人得到风声后，丢家弃口，四散逃亡。以为像鸦片走私、洋货走私一样，只要越过洋界，进入唐界就万事大吉了。因此选择了接近租界的唐界地面躲藏避难。有在吴川大茅一带的，有在吴川林屋的，龙头莫村的。他们像惊弓之鸟，投亲靠友，惶惶不可终日，凄凉境况难以言状。南三陈竣山等被盯上之后，在本地已难以立脚，只好远走高飞，逃亡化州林尘等地，以教书授徒糊口度日。有些还频频改名换姓，四处躲避。英雄末路，自古如此，令人不胜唏嘘。

还有一些人被列上共产党人名单。广州湾法国当局通电国民政府，中法联合通缉。乾塘陈应桃、南三陈勇祥早在通缉之列，幸好早已得到消息，隐蔽乡间，避过了一场场搜查。让埇田村人大吃一惊的，原来通缉的共产党人名单上，竟有师傅李明芳的名字。大家细细回想起他的言行人品，样样非同一般。才知道共产党人原来这样，品行端正，大方得体，怜贫惜苦，与穷苦人手足相亲。

那些挂着抗法总指挥名堂的人，在轰轰烈烈的斗争中始终不见他的影子。他们关心的不是用血肉为代价换来的是什么，而是在这场血与火的博弈中他们得到什么。他们之所以不轻易抛头露面，是他们心里明亮着：自古以来，群众性反抗统治者的行动，无一不是以轰轰烈烈开始，以秋后算账被追查逃亡被赶尽杀绝而告终。

为了解救被追捕的同胞，自救会仍然有人冒着随时身陷罗网的危险，寻求另一条道路，就是希望国民党的同情和支持。广州湾只是祖国暂时租借出去的一块领土，它仍然是国家不可分割的一部分。面对挣扎于灾难中的同胞，他们焉有不管之理？他们想的的确太合乎人情，太合乎天理了。于是发动捐资，筹措银两，联络有头面人物，四处走动，疏通关节，希望通过国民党要员的斡旋，解救被追杀的同志。

他们先是找到抗法指挥部总指挥陈宝华，由陈宝华联系时任广东东区绥靖主任委员的李汉魂将军，希望通过他的斡旋，引起国民党的关注，通过外交途径照会法国当局，双方交涉，以求缓和紧张局势，撤销缉捕通告。结果是钱花了，事情却不了了之。

然后又通过赤坎华商代表、赤坎公局局长兼法国赤坎警察局要员陈学谈，与法国总公使署总公使第打司特谈判。求上门来的冤家，人家是什么态度可想而知，结果是不果而终。

四处奔波四处碰壁之后，依然不肯放弃。跟着又筹集巨资，通过当过国民党电白县县长秘书的南三人陈致力，到广州向国民党政府官员寻求帮助，希望通过国民党的主流势力与广州湾法国当局协商取得谅解。最后是钱花得差不多，得到的结果却是，法国人和国民党加深了共识：三月三抗法暴乱，里面肯定有共产党人在暗中鼓动和领导。

梦想国民党出面帮助，企图向法国人妥协求和以求得解救，何异于缘木求鱼。郑香山老先生闻讯后，淡然一笑道："君等皆在梦中矣！"

事实证明，郑老先生所见不谬。

求法国人不行，疏通国民党关节寻求帮助行不通，那只有重启"自救"了，怎么自救呢，来一个轰轰烈烈的行动，向国民党吴川县七区行政专员公署公开正面请愿。希望他们良心发现，给予支持。广州湾人的不屈不挠和民族大义可想而知。于是组织几百人的请愿队伍。偷偷地越过租界，进入唐界吴川地面，举起白布黑字横幅，三角小旗，个个头扎白巾。一副壮士歌行的悲壮气概。向吴川县公署所在地梅菉浩荡进发。其可悲可怜可叹令人嘘唏。

谁知经过黄坡时，却遭到了黄坡公局长程玉光指挥的警察队伍的驱赶殴打。众人被打得鼻青脸肿却一脸茫然。这都不是法国人的租界了，自己的同胞为何这样对待他们呢？他们想不明白。

到了梅菉，刚到七区行政专员公署大门，一阵哒哒哒的机枪声立即向他们发出热烈的欢呼。公署专员周景泰下令："以后遇到这样的请愿队伍，首先是开枪扫射，然后解除其武装，全部驱逐出境。"大家这才稍稍明白，他们是境外人员，不是祖国同胞了。

为了对付共产党，国民党与法国当局早已是一丘之貉，沆瀣一气了。三月三抗法斗争这样一场民族反帝斗争，最后却续演出一场场广州湾法国当局与国民党互相配合向广州湾人民和共产党人疯狂扑杀的双簧戏。

那些逃难到唐界的被通缉人员，东躲西藏，惶惶终日。当年有八十多人被招募到李汉魂部下，随国民党北上。其余的仍然隐藏在林屋、大茅、莫村一带，凄惶度日。那些被通缉的共产党人就更不用说了。直到1945年8月15日，日本宣布投降后，广州湾很快宣布回归祖国，融入一个崭新的名字——湛江。

逃难的人陆续露面了，纷纷回到家中。

这年秋天一个天高气爽的中午,南三的沙凹村村西路口,走来一位老人,他头发花白,两眼已经显得有点蒙眬。上身布衫贴着几块补丁,脚上穿一双破了洞的布鞋。他来到那棵熟悉的榕树下,伫立良久,对着已经陌生的一切,感慨万千。这些年有家归不得,流亡漂泊,音信断绝,消息全无。回想往事,不禁凄然。见不远处坐着一男一女两个壮年人。他怯怯地走近去,那两人立刻站起来,女的跟他热情打招呼,男的笑着跟他猛点头。还认得他是竣山晚叔,可竣山认不出他们了。一交谈,女的告诉他:她叫卜妹,他是哑巴。

　　岁月蹉跎,山河摇荡,风雨无常。转眼十年了。

　　卜妹没有嫁,哑巴未有娶。

2021年6月于坡头